また「サランへ」を歌おうね

山本友美

Yamamoto Tomomi

花乱社

装画／山本英世
写真／山本尚生
装丁／design POOL

愛は生き抜いた記録のなかでこそ光る。

金　時鐘

科学の進歩はもはや、神々の領分をも占めつつあります。成し得ないことはないかのような、科学万能の二十一世紀です。

私は神という全能の存在を信じたことがありませんので、その偉大さを口にすることははばかられますが、それでも人智、人の知恵や能力を持ってしては到底及びもつかない超絶の力が、この宇宙には厳然として存在していることまで疑ったことはいささかもありません。この究めようのない深遠かつ無辺な神秘さこそ、人類が太古の昔から神という言葉でしか言い表せなかった、未知なるものへの本性的な祈りであったろうとも思うのです。

思えば思いみるほど、私たち人間も言い得ぬ不思議さに取り囲まれて暮らしています。見ず知らずの男女が結びついて、共に生きてゆくという結婚の妙もその不思議さの一つです。いかに気が合い、思いが通じ合う間柄《あいだがら》であっても、その二人が巡り会うのは日本の場合だけでも一億二千万分の一の確率です。男女それぞれ六千万分の一の比率で二人は出会い、合意を実らせているのですから、考えれば考えるほど結婚という結びつきは不思議な縁《えにし》に満ちています。

李卜之《イボクジ》という日本育ちの若者がいて、友美と呼ばれるもとから日本人の女性がいました。その女性には差別にさらされることの惨《みじ》めさをとくと知っている父がおり、それでも差別することの酷《むご》さには思いが至らない父でもありました。若者は自己の出自を隠さない在日二世の苦学生でありましたし、愛し合うようになった友美とは日本国籍の「山本耕之」になることでしか、夫になりえなかった在日朝鮮人の学究者でした。

山本友美の代表作「父のなまえ」は山本夫妻が経てきた、そして今なお経ている実際の話が小説になっている物語りです。事実はあくまで事実であって、事実を書き出すだけでは創作とは言えません。それが文学の世界で言われている創作のセオリーです。もし事実にのみ徹して書かれるとすれば、それはルポルタージュか記録文学のうちのものとなるでしょう。特定の事実に虚構が組み合わされて創りだされるものに、創作という創造行為があるゆえんでもあります。

ところがわが親愛なる書き手、山本友美は、あくまでも事実に即して自己と父と、在日朝鮮人の夫との三者の存立を、同時代を共に生きる異邦人と位置づけて、現実の事実を突き抜けていきます。それこそ事実の奥の事実にこだわりつづけている、しなやかな創作者です。

在日朝鮮人にとって日本人への帰化がうしろめたいのは、在日朝鮮人で在りつづけることをむずかしくさせている側にひょいと鞍替えしてしまう、自己くらましの帰化だったからです。李卜之は山本友美との縁を実現させるために進んで「山本耕之」を受け入れて、朝鮮系日本人になっていきます。父と交わる暮らしのなかで日本と朝鮮の歴史的しがらみを和ませていって、山本友美は誰にも増《ま》して韓国・朝鮮を身近なものにしてゆきました。卜之は鞍替えしたのではなく、日本人の暮らし向きの中へ入りこんで、友美に〝朝鮮〟をかかえさせていったのです。

やはり耕之と友美は選ばれて結ばれた二人でした。結婚はただの結実ではなく、普段の営みを意志的に意識化してゆく、事の始まりでありその持続でありました。生き抜いた記録のなかでこそ、まこと愛は底びかる光をたたえています。

また「サランへ」を歌おうね❖目次

愛は 生き抜いた記録のなかでこそ 光る。……金 時鐘 3

Ⅰ 父のなまえ
父のなまえ…… 15
また「サランへ」を歌おうね…… 95

Ⅱ 母の島
セコイアのある家…… 161
母の島…… 243

Ⅲ ソウルの雪
出会い…… 257
緋寒桜…… 263
マスクメロン…… 267
cross（十字架）…… 270

タッタバラー　277
松原先生のこと　280
母はフィリピンに行く　287
ソウルの雪　297
〝ヒロリン〟の光景　299
鎮痛剤　302
別れの情景　306
シルエット　309
被災地へ　312

初出一覧　321
山本友美さんとその作品　田島 栄　323
「国家百年の暗がり」の前で　松原新一　327
あとがき　349

また「サランヘ」を歌おうね

I　父のなまえ

父のなまえ

一冊の分厚いファイルが机の上にあります。それはこの夏、イタリアのミラノで開催される「国際機械機構学会」の資料です。私はボールペンが挟んである頁を開きました。学会のプログラムで、英文を辿っていくと演題の後に「11：00　K.YAMAMOTO」と印刷されています。「K」は「KOUJI」の頭文字です。

一人娘

英世《えいせい》、あなたは、小学校二年生の時に私に尋ねたことがありましたね。

「おかあさん、おとうさんのなまえはだれがつけたの？　やまもとこうじって野球選手みたいでかっこいい、ってヒロ君が言ったよ」

そう言って、あなたは私をじっと見つめました。見つめられて、けれど私は即答ができなかった。

「だれだろうね」

と、うやむやにしてしまいました。

あれからずいぶん長い年月が経ちました。そろそろ私は答えなければなりません。

後三分で長崎発博多行きの列車が発車するという時、「おーい、友美」と私の名を呼びながら、鄭《てい》君を先頭に高校のクラスメイトがばたばたとホームに駆け込んで来ました。「夜食にしろよ」と、鄭君はほかほかの肉まんを窓から私の手に渡しました。まだ湯気の立つ肉まんのぬくもりが、故郷を離れて一人暮らしをするのだ、という私の不安と寂しさをやんわりと包んでくれました。師走の三十日、長崎には珍しく雪が降る夜の旅立ちでした。

私は昭和二十四年十月二十日、父・中尾三次が四十二歳、母・喜美（愛称・きみこ）が三十五歳、結婚七年目にやっと生まれた一人娘です。

昭和二十年八月九日午前十一時、工場の外に出ていた喜美は、

「あれ、落下傘が二つふわふわ浮かんどる」

と見上げながら中に入り、その二分後原爆投下。一瞬の差で命を拾ったのです。三菱造船所で

設計技師をしていた三次は、その日は熊本で戦闘機の部品を作る工場に派遣されていました。長崎が大変なことになっていると知り、翌々日かろうじて長崎に帰り、喜美を捜しました。実家の防空壕に逃れていると聞いて、

「きみこー、きみこー、きみこの家族はいないかあ」

と叫びながら、煤と埃で真っ黒になった顔を壕に突っ込んで呼び続けました。三次の声を耳にしたのは祖母で、

「あんた、三次さんね、きみこ、三次さんが帰ってきなったよぉ」

と、防空壕の中で縮こまっていた喜美に伝えました。三次は顔の中で目玉ばかりがぎょろぎょろしていて、祖母は誰だかわからなくて声で判断したそうです。

喜美はその年の秋から寝付き、半年経ってようやく寝たり起きたりの暮らしになったとか。私を妊娠した時も、無事に出産できるだろうかと周囲を心配させました。産気づいた時、三次は二階で将棋をさしていたのですが、産声を聞いて将棋盤をひっくり返して階段を駆け下りました。産婆さんは、難産で生まれたこの赤ちゃんはもうけもんで、もう喜美は出産は無理だと三次に告げました。

三次は、一人っ子になるであろうこのみどり子が友人たちに恵まれるように、友美と名付けました。

喜美は産後の肥立ちが悪く、母乳もあまり出ません。祖母や妹が交代で家事を手伝ってくれました。三次は三菱を辞めて、家で何か商売をしようと思い立ちます。

昭和二十七年、その当時炭屋が儲かると噂され、三次は姉・マキエから借金して木炭店を始めます。

けれど炭屋の隆盛も長くは続かず、商売の才に乏しい三次は儲けることができません。

私が四歳になった年の暮れ、三次はリヤカーに炭と薪を積んで売りに出ました。喜美もリヤカーを押す手伝いをします。喜美は、三次の古い外套《がいとう》を切って作ったマントを私に着せました。

「おとうちゃんの虫の食った外套のいいところだけを切って作ったとよ。虫食いの見えんごと、フェルトでチューリップば縫い付けて。友美ちゃんはマントば着たら遊びに行けると思っていたとやろう、リヤカーの後ろにちょこんと坐って大はしゃぎするとよ」

眼鏡橋のたもとにリヤカーを停めて炭を売りますが、なかなか売れません。通りがかりの人が声をかけてきました。

「あんたたちもこんな苦労ばしならんと、はよう朝鮮に帰んならんね」

二人は朝鮮人に間違えられたのです。朝方から時折降っていた雪が本降りになってきました。一円の収入もないまま、重いリヤカーを三次は再び引きます。私は「おなかんすいたぁ」と泣き出しました。早くから出て来て、もう夕方近い、さぞや空腹だろうと喜美はもらい泣きをしてしまいます。

「喜美さんじゃなかね」

声をかけてくれた人がいました。偶然通りがかった、喜美の女子商業学校時代の教師でした。

「この寒かとに、炭ば売りに歩きよるとね」

先生は「いつでんよかけんね」と一番高い樫《かし》の炭を一俵注文して、五百円を喜美に握らせました。

「おとうちゃん、つり銭」

「細かとのなか」

三次はぶすりと応えます。


小学校二年生の時に三次はうどん屋を始めます。店の名前は「大黒《だいこく》」、私が遊んでいて拾った木彫りの大黒から付けました。

小学校、中学校と三次はPTA会長を務め、友美の教育に熱心でした。熱心なあまり干渉が過ぎて、私はつい三次の顔色を窺《うかが》い、いい子になろうとするのです。

オレンジの灯り

私は地元の大学を受験して失敗し、その後に受けた公務員試験に合格でき、福岡の大学に勤めることになりました。就職が決まった時、長崎の親類は、

「よくあのおとうさんが手放す気になったこと、可愛い子には旅をさせよ、の心境かね」

と耳打ちしました。喜美は私を旅立たせる心細さから風邪をこじらせて寝込んでしまい、三次は博多まで送って来て、マキエに私を託し、帰って行きました。マキエは三次の姉、私の伯母になります。大分県から出て来て下宿探しを手伝ってくれました。大学からすぐの福岡市箱崎に部屋をみつけ、階下に大家さんが住んでいることが気に入り、マキエは、

「ここなら三次も安心じゃら」

と決めました。六畳一間で台所はありません。

「流しはないけんど、お湯くらい沸かしてお茶を飲みない」

電気コンロとやかん、鍋やインスタントラーメンを買ってくれました。

辞令は昭和四十四年一月一日付けで、出勤は四日からです。前年には米軍のファントムが九州大学の電算機センターに墜落するという事件があり、学生運動が活発でした。市電が通り、長崎の街を思い起こさせます。

下宿は電車の終点「九大前」から歩いて二分、市場は買い物客で賑わい、夜遅くまで白衣を着た学生や、ギターを手にした若者が行き交いました。福岡空港をめざして着陸態勢に入った旅客機が頭上すれすれに通過していく、その怖さと騒音を除けば、昔ながらの箱崎は親しみやすい街でした。ひと月も経たないうちに大学の仕事にも慣れ、友人もできて、私は福岡の生活をのびのびと楽しんでいました。

あれは福岡で二度目の夏を迎えた、七月の終わりの日、箱崎の氏神様、筥崎宮《はこざきぐう》の夏越祭の宵でした。大家のおばさんに浴衣を着せてもらい、下駄をはいて私はうきうきしながら宮の楼門前に奉ってある茅《ち》の輪をくぐりに出かけました。この茅の輪をくぐると無事に夏を越せる、という言い伝えがあるのです。カランという音がして私は石に躓いてしまいました。下駄をぬごうとしても足首が痛くて動けません。もうすぐそこに同僚が待っているのだけれど、立ち上がれないのです。

その場にしゃがんだまま足首をさすっていると、「大丈夫ですか」と走って来た男の人がいます。私は痛みで顔を歪めながら、それでも初対面の人に助けを求めるのも気が引けて黙って頷きました。その人は私の二倍はありそうな体格で、暑いのに円管服を着てヘルメットを被り、一見して労働者風です。

彼は「失礼」と言いながら私の足首を用心深く触り、

「骨は折れてないようだけど……」

と呟き、

「家まで送りましょう、浴衣が汚れるかなあ」

と言いながら軽々と私を背負いました。ちっとも不自然ではない仕草だったのです。その大きな背は、幼い日、父に背負われて縁日を見物に行ったことを思い出させます。長崎の街が恋しくなって、私は思わずしゃくりあげました。

「痛みますか」

その人の声は小児科医のようなあたたかいものでした。大通りには荷台にブルドーザーを積んだ、山口ナンバーの大型トラックが止まっていて、助手席から若者が顔を出し、

「ボクちゃん」

と呼びます。辺りに小さい男の子がいるのかと見回すと、私を背負ったその人が合図を返しているのです。

「ボクちゃんって？」

「僕のことをみんながそう呼ぶんですよ」

私の足首に触れないよう気遣いながら彼は答えます。こんな図体の大人に、ボクちゃん、だなんて、私はおかしくて笑いをかみころしました。彼は大学へ同期生の友人を訪ねた帰りだと話しました。

大家さんは、見知らぬ人に背負われて戻って来た私を見て驚きました。

「この方が来てくれなかったら、私、まだ動けなかった」

「友美ちゃん、符《ふ》がよかったね。筥崎さんに守られたったい。あなたたちも、はよう上がりんしゃい。だぶば食べんしゃい」

大家さんは私の足首を湿布してから、彼女自慢のだぶをたっぷりと椀についでくれました。だぶは博多の祭りの時によく作るもので、きくらげ、花麩、糸こんにゃく、椎茸、筍などを刻んで入れ、片栗粉でとろみをつけたお吸い物です。温かいだぶもありますが、夏越祭の夜は冷やしただぶで、ボクちゃんも助手さんも珍しそうにお代わりしています。


英世、今でもだぶを食べる時、私はおとうさんと出会った夜を思い出します。

ボクちゃんは在日韓国人でした。本名は「李卜之《イボクジ》」、日本での通称名は「山本卜之《やまもとぼくゆき》」です。

卜之の父は十八歳で韓国の釜山港から漁船に乗って下関に渡り、山口県厚狭《あさ》郡で所帯を持っていた姉のもとに着きました。そこから酒屋の丁稚奉公、小野田の桜山《さくらやま》炭鉱で働いた後、弟・竜植《りゅうしょく》と二人で砂利運搬の仕事を始めて、運送会社を立ち上げました。父が日本に来て五年目のことです。その年に父と同郷だったミネ（韓順伊《ハンジュンイ》）が嫁いで来ました。

卜之は終戦の翌年、昭和二十一年八月に小野田市で生まれました。卜之の父は家の中では暴君だったけれど、外では誰にでもやさしかったそうです。夜遅い仕事は父と竜植がこなして、卜之はいつもトラックの助手席に乗って父について行きました。卜之が高校二年の時に、父は胃癌で他界しました。卜之の下には三歳違いの弟妹が四人います。

私と出会った時、卜之は私より三歳年上の二十四歳でした。山口大学の工学部を卒業して、叔父・竜植の運送会社「山本重機運送」を手伝っていました。大学四年の時に大手の電機メーカーに就職が内定したけれど、そこの人事課から、

「韓国籍のままなら昇級はできない。平社員の待遇なので承知おきください」

と連絡がありました。卜之自身は、電気関係なら自分の好きな分野だから、とこの会社に決めようとしたのだけれど、話を聞きつけた竜植が、

「国立大学まで出た人間をつかまえてじゃな、そんなばかな話があるか。朝鮮人だとあなどりやがる」

と激怒したので、断ったのだそうです。

私は、卜之が韓国人だと知っても何の違和感も抱きませんでした。私が生まれ育ったのは長崎市の繁華街・本籠町《もとかごまち》で、隣には中華街新地がありました。小学校からクラスには何人も華僑の子がいて、私たちは中国人、日本人などと意識することもなく、ただ名前が「許」とか「鄭」とか、日本名ではない、ただそれだけのことでした。何の隔たりもなかった。長崎という風土

が、昔から外国人に対してオープンだったからかもしれません。

それから卜之と私は電話をしたり、時々小野田と福岡を行き来して付き合い始めました。卜之は積極的に自分の気持ちをさらけ出すタイプではなく、私のことをどう思っているのかよくわかりません。けれど私が職場の仲間や友人と山登りやキャンプに行く時は、短時間でしたけれど彼も参加していました。それも目的地まで荷物を運んだり、テントを設営したり、ある海辺の松林のキャンプ地では、一晩中焚き火をして蚊の襲撃を防いでくれたり、手助けが必要な時にさりげなくそばにいる人でした。

卜之とつかず離れずの交際をして一年が過ぎた頃、友人が「ボクちゃんの国の言葉、覚えた方がいいよ」と「韓国語会話教室生徒募集」という新聞の切抜きを持って来ました。三カ月コースで、私は卜之に内緒で通い始めました。

ある夜、私は卜之に電話して、

「アンニョンハセヨ（こんばんは）」

できるだけ発音に忠実に言いました。「習っちゃった」と、いたずらっ子のように続けました。しばらく電話の向こうからは応答がありません。

「もしもし、ボクちゃん、聞こえているの?」

「いつのまに……」

卜之の声は怒ったような低音でした。

「サラン（愛）って響き、とてもきれい」

私はかまわずに続けます。

「苦労するよ、僕みたいな男……」

「え？」

「友美さんはやっぱり日本人と結婚する方がいいよ。何も好きこのんで苦労を背負い込むことはない。僕は一生独身でいるつもりだ」

私はその時は単純に、サランの響きが好きと言っただけ、韓国語を習っていると驚かせたかっただけだったのです。けれどいつもは口数の少ない、笑顔で私の聞き役に回る人が、一生懸命に伝えようとするのがわかります。

「ご両親から一人娘さんを取り上げたら、かわいそうだ。それに僕はまだ弟妹を学校にやらなければいけない。友美さんと出会えてよかった、と思っている」

私の方が黙り込んでしまいます。

「友美さん、聞こえますか？」

ちょっとだけ不安そうな彼の声がしました。

「たくさん食べて少しでも太るようにね。じゃ」

ためらうように電話は切れました。私の少食をいつも心配している彼、私は急に卜之に会いたくなりました。あわてて十円玉を探し出してかけ直しても、もう呼び出し音が鳴るばかりでした。

卜之と音信不通になって二カ月が経っていました。

卜之の叔父・李竜植から下宿に電話があったのは、博多の三大祭の一つ、筥崎宮の放生会《ほうじょうや》も終わって秋めいてきた頃でした。私は竜植とは面識がありませんでしたので、何かしら嫌な予感がしました。

「ボクユキが、はあ、トラックに潰されて入院しとります。一応知らせとくで」

短い電話でした。彼の話し振りはせかせかと怒ったようで、卜之の命は助かったのだ、とわかってもしばらくは体中の震えが止まりません。

「しっかりしんしゃい。明日でも行ってボクちゃんの顔を見てきんしゃい」

大家さんの声に救われたものです。

翌日、大学に休みをもらって小野田市へ行きました。彼はどんな状態なのだろう、話はできるのだろうか、関門トンネルを抜けて、いつもなら右手に広がる海を眺めるのですが、そんな余裕はありません。指定された病院へタクシーを飛ばし、病室のドアをノックしました。「はい」と返ってきた声はいつもと変わらない穏やかな声色です。ドアを開けた私を見て卜之は

「あれ」と言いました。ベッドの横には松葉杖が立て掛けてありましたが、顔色もよく元気です。

私は力が抜けて思わず壁に凭《もた》れ掛かりました。

「すまないねえ、心配かけて」

卜之は、ほら、何ともないよ、というふうに半身を起こし、私に椅子を勧めてその時の状況を話してくれました。

午後七時、彼は仕事が終わった後、一人で車庫の中にバックで止めてあるトレーラーの下に潜って、プロペラシャフトの修理をしていました。車庫は緩やかな斜面に建っています。プロペラシャフトとブレーキは連結しています。彼はゆっくりとプロペラシャフトのネジを回しました。回した勢《はず》みに力が入ったのか、ネジが外れコロコロと落ちていきました。しまった、と思った瞬間、もうブレーキは外れ、トレーラーが動き出したのです。身体をずらす余裕もありません。卜之の脛《すね》の上を二本のタイヤが嘲笑うように滑っていきます。彼は車体の間から通りを歩く人影を見ました。

「危ない！　そこをどけ！　轢《ひ》かれるぞ！」

ありったけの声で叫んだそうです。

車庫の二階にいた竜植は異様な声を耳にして事務所から飛び出しました。目に入ったのはゆるゆると動くトレーラー。カーン、カーン、カーン、竜植は一足飛びに階段を駆け下りて、とにかくトレーラーを止めて下を覗くと、卜之は仰向けになったままでした。

救急車の中で、

「おまえを死なせたら、俺は死んだ兄様に顔向けできんでよ」

と、半狂乱になっていたとか。

「タイヤの空気が抜けていたんだね。内臓なんかも異状がなく足の骨折だけですんで、みんな驚いてね」

卜之は枕元をまさぐって、

「守ってくれたんだよ。作業着の胸ポケットに入れていたんだ」

取り出したのは、お守りでした。夏越祭の宵のお札に私が卜之に贈った筥崎宮のお守り、このお札をずっと身に着けていてくれたのだ。私はこの時、卜之から離れることなどできない、と思ったのです。


気忙しい咳払いが廊下に響き、精悍《せいかん》な体格の人が入って来ました。ふくよかな卜之とは正反対で、鷲のような目つき、頬骨が飛び出し顎が尖っています。「叔父です」と、卜之が紹介するのをさえぎって、竜植はせっかちに言葉を継ぎます。

「私はボクユキの父親代わりですいね。ボクユキはこんな事故をしでかすような人間ではないが、最近は九州の方にばかり頭がいっちょりましてな、困ったもんだ、と姉さんと話しとったが、はあ。あんたもわかっているとは思うが、これの父親は学問をしたいがために無理やり日本に渡ったほどの人間で、はあ、李の家は山口の同胞のもので知らんもんはおらん。チョクポ（族譜、韓国の家系図）によるとわしらは李王朝の二十八代目でな、卜之はその総領ですいね。本国なら恐れ多くて誰も声をかけんです」

挨拶をしようとする私から目をそらして、竜植はそれだけ一気にまくしたてると、

「ま、ゆっくりしていきなさいや」

と言い捨てて帰って行きました。その口調には、博多から三時間かけてやって来た私を労《ねぎら》う気持ちなどなさそうでした。肩をいからせてぴょんぴょん跳ぶようにして去って行くその背は、「勝手な付き合いは許さん」と言わんばかりでした。

英世、あなたのおとうさんの周りの在日同胞には日本人と結婚した人は誰もいなかった。おとうさんも自分の結婚相手は同胞だと考えていたんだって。同じ在日同胞ならお互いの家族や親族と摩擦を起こすこともないだろう、日本で生活していく自分たちの立場も理解し合えると。ところが私と出会ってしまいました。私はおとうさんが守ってやらなければ、どこかへふらふらと飛んで行きそうだったって。

けれど、おとうさんは悩みました。血縁の絆や先祖を敬う韓国人の心は日本人の想像以上で、在日韓国人は、韓国に住む韓国人よりもそれが強いし、律義に風習を守っている。冠婚葬祭には同胞が集合し、年に数回の先祖代々の法事には親族が寄り合い、それにかかる費用だって大

変だ。それにおとうさんは李家の本家の長男、叔父と協力して一族を纏《まと》めなければならない立場。一人娘で自由気ままに生きてきた私は、その生活環境に到底馴染めないだろう、辛い思いをさせるのは目に見えるようだ。

私はね、これまで知らなかったどんな世界があるのだろう、不安より好奇心の方が強かったのです。それに、おとうさんが日本人だったら国立大学卒で、誰からも好かれる性格の持ち主だもの、とっくに他の女性と恋愛していたでしょう、韓国人だったから、私を待っていてくれたのだ、と。

そんな時、大学の上司から見合いを勧められました。その上司は私が勤め始めた時から仕事のノウハウを教えてくれた人で、時にはそのお宅にお邪魔して夫人の手料理をご馳走になったりしてきました。私は上司に対し兄のように親しみを持ち信頼もしていました。卜之を紹介したいと思っていた矢先の見合いの話でした。

私は在日韓国人の卜之とお付き合いをしている、と話しました。黙って聞いていた上司の表情はだんだん険しくなりました。彼は私の顔を凝視して言いました。

「あなたはニグロにでも抱かれますか」

私はその言葉が上司の口から出たとはとても思えませんでした。呆気にとられてしばらく言葉が出ませんでした。憤りを抑えようと努めながら、まっすぐに上司を見ました。

「抱かれます」

「ニグロにでも」と問われたことが、韓国人の「李卜之」と交際していると告げた時の、周囲の初めての反応でした。

英世、その時に私は、おとうさんが置かれている日本での立場を垣間見ました。若い医者の中でも流行《はや》り歌で、「チョーセンのやまおくでかすかに聞こえる豚の声、ブーブー」なんて歌っていたのよ。おとうさんが韓国人というのはそんなに差別されなければいけないことなのか、そんな差別はおかしい、私はおとうさんと一緒に立ち向かっていきたい、それどころか、何かあったら私がおとうさんを庇《かば》って乗り越えられるかもしれない、という気持ちが強くなっていくのです。

私は二十三歳になっていました。

ある日、卜之は、僕の家族に会ってほしい、と言いました。

小野田市は以前は「小野田セメント」で全国に知られた所でしたが、だんだんと衰退し、今は人口四万、街にも活気がありません。土曜日の勤務を終え、小野田へ着いたのは夕刻、駅に降りると、街全体が薄暗く陰気な感じでした。途中のバス停の名が「硫酸町」、「セメント町」などというのもおどろおどろしい印象です。卜之の家は小野田駅から車で二十分ほど山に入った処で、戦前は炭鉱で栄えたそうです。

「あそこだよ」

卜之が示した家は屋根の低い炭鉱住宅そのものです。けれどオレンジ色の灯りが家中をおおっているかのようです。薄闇の中で、オレンジ色だけがぽっと温かく心を和ませてくれました。

「僕はいつもあの灯りを目当てに帰るんだよ」

私は大きく頷きました。

足音でわかったのかさっと玄関が開いて、

「お帰り、えらかったねぇ」

「兄ちゃん、お帰りなさい」

弾んだ声がいっぺんに集まって、卜之を出迎えています。初めての訪問でしたので私は気が引けて、彼の後ろに隠れるようにしていました。

「あ、お客さん？」

妹らしき人が私に笑顔を向けます。

「わかった、ボク兄ちゃん、この人、友美さんでしょう」

一番末の妹は私の手を引っ張って靴を脱ぐよう急かします。照れたようにしていた高校生らしい弟もペコンとお辞儀をしてくれました。その目は笑っています。

「しぇまい所でいけんですね、どうぞおあがりくださいませ」

五十代にしては白髪がめだつ婦人はおかあさんでした。流暢な日本語ではありませんが、私の緊張を解きほぐす柔らかい口調です。賑やいだ部屋の空気は、長崎で親子三人静かに暮らしていたものとはかけ離れ、新鮮な感動でした。

博多行きの最終列車に間に合うよう車を走らせながら、卜之は話します。

「父と叔父がやっていた砂利運搬の会社は内実は借金だらけで、父が亡くなってから家を抵当に入れてなんとか会社を残した。母は炭鉱長屋を見つけて頼み込んで住まわせてもらった」

小野田の中心部にあった部屋数の多い二階屋を出て、二間に土間がついた炭鉱長屋に移った時、おかあさんは、

「アイゴ（哀号）ヤー　アイゴヤー」

と繰り返しながら土間に突っ伏して泣き叫んでいたそうです。

おとうさんが他界した時に四歳だった一番下の妹・利亜は今中学生、弟二人は大学生と高校生、私と同じ歳の妹・仮名は看護学校生です。

「もしもね、ボクちゃんのお嫁さんになったら弟さんや妹さん、私を姉さんって呼んでくれるのかなあ」

「友美さんは駄々っ子だから姉さんになれるのかなあ」

卜之はからかうように楽しそうに返してくれました。

あの灯りはボクちゃん家族を見続けて、守っていたのだろうなあ。私は、博多に着くまでずっと列車の窓にオレンジの灯りを見ていました。

なんばしよったか

「博多でなんばしよったか、朝鮮人と遊びよったか」

長崎に帰って〈山本重機運送常務　李卜之〉の名刺を見せて、今お付き合いしている、と切り出すと、三次はすごい剣幕で一喝し、

「こんな嘘八百の名刺ば持ってきて、常務なんて肩書きは誰でもつける」

名刺を引き裂きました。

「なんで、卜之さんに会ってもないのに」

「会わんでもわかる、二度と言うな」

喜美は口を挟む余地もなく、おろおろと立ち尽くしています。

「とうさんなら誰よりもわかってくれるって思っていたのに。ちゃんぽん屋の『喜楽』のおじちゃんだって中国人だけど、一番の話し相手だといつも言ってたじゃないの。私が小さい時は鄭君のかあさんがいつも端切れから洋服を作ってくれた、こんなに丁寧に日本人は縫いきらん、と今も大切にしまっている。いつか店にイギリス人が来て定食食べて、お金がなくなったから

腕時計を買ってくれって英語で頼んだ時も、困った時はお互いさんだから、外国人も日本人もなか、って無銭飲食を見逃したじゃないの」

「屁理屈言うな。それとこれとは違う」

先に三次と喜美には卜之のことを話していました。在日韓国人だけど大学を出て、四人の弟妹の面倒を見ているよ、と言ったら、今どき珍しい若者だ、苦労したのだろう、とほめていたくせに。

「友美ちゃんが突然言い出すけん、おとうちゃんもびっくりしなったとよ」

あわてて喜美はとりなします。

三次は私に背中を向けて、木製の金庫を開けたり閉めたりしては、日誌に十円玉の数を記しています。

博多に帰る列車の時間が迫っています。

「とうさん、行ってきます」

三次の背に仕方なく声をかけると、ちょっとだけ首を縦に振りました。

「後でよう話し合ってみるけん、風邪ひかんごとしとかんね」

喜美のとりなしに不承不承博多に戻ったものでした。

喜美が簡易保険の一泊旅行で下関に宿泊すると聞き、私は職場の先輩に付き添ってもらい、卜之を連れて行きました。

「おかあさん、僕はいつまでも待ちますから」

卜之は丁寧に喜美に伝え、お土産を渡します。

「笑顔がよかねぇ。初めて会った気がせんよ。でもおとうちゃんには内緒で会ったとに、このお土産はどうしようか。『小野田銘菓』と書いてある。おとうちゃんは目聡《めざと》いけんね」

喜美は三次に隠しておくことができずに、打ち明けました。叱り飛ばされるかと思っていたのですが、先輩が付き添っていたことで三次は態度を和らげました。

「友美とその男と二人だけでおまえに会いに来たとなら、もうこの家には入れんとこやった」

親の目を盗んで交際を深めているのでは、と三次は心配していたのです。

「ボクちゃんはあなたの若か時にそっくりやったですよ」

「おまえまでそげんことを言うて、友美がのぼせあがる。朝鮮人の社会で苦労するとは友美、というのがまだわからんか」

喜美を叱りつけます。

「いつまでも待ちますよ、と言いなった」

「きれいごとば言うて」

三次は喜美を睨みつけ、

「向こう様は日本人をもらうんだからよかろうが」

と付け加えます。

三次と喜美がどんな話し合いをしていたのか私にはよくわかりませんが、しばらく日を置いて三次の書状が届きました。

「おまえたちは好き合って一緒になるからいいかもしれん。だが生まれてくる子供はどうする。混血として生き難い道を歩ませるのだ。親のわがままで子供の生きる道を狭めてしまうことになる」

「韓国人には日本社会の恩恵が受けられん。年金もないし保険もない。選挙権もない。育った環境が違う。食べ物も風習も違う。おまえが耐えられるわけがない。そんな辛い暮らしを親が見たいと思うとか」

英世、私がおとうさんと結婚を考えていた昭和四十六年頃に較べると、今では在日外国人に関する日本の法律もずいぶん変わってきました。昭和五十七年からは国民年金も適用され、地方公務員に採用されるための「国籍要件」も緩和される方向にあるようです。ごく一部の市町村では参政権も適用されている、でもこの当時は日本に税金を納めていても恩恵はなく、年金制度もありません。選挙権もないのよ。書類上では夫が韓国人、妻が日本人なら婚姻届も出せず、内縁関係となってしまいます。夫の戸籍がある韓国に届ければ、妻や子供は当然韓国籍となります。もし私が出生届を役所に出せば、子供は母方の籍に入り父親である卜之が認知をする、いずれにしても三次が心配する戸籍に傷がつくという結果になります。

私は強気で、結婚したら自分たちの生活が始まるのだ、父は関係ない、と反発していました。

だけど三次の言うことが思い当たった時もありました。

叔父・竜植の家に挨拶に行った時、表札には威圧するように大きく、「李竜植」と黒々と描かれていいます。玄関を開けた途端、にんにくの臭《にお》いが鼻をついて、中からは喧嘩かと思える韓国語の激しい応酬、挨拶しても誰も迎えに出て来ません。所在無く立っていると、

「でくのぼうのようじゃなあ、上がって挨拶せんのか」

竜植の声。私はあわてて作り笑いをして、その場にいる親戚とも仕事仲間ともわからぬ人たちに「中尾友美です。よろしくお願いします」と言います。部屋の間取りは日本の家と同じだけれど、家具調度は螺鈿《らでん》細工がきらびやかで、原色の衣装の韓国人形が飾られています。見事な螺鈿の膳には、焼肉やキムチ、もやし、ぜんまいなどが盛り付けられています。

「あんたも食べなさいや」

韓国では来客にはまず「おなかがすいていませんか」と聞き、聞かれた方はたとえおなかがいっぱいでも料理をいただくのが習慣と本で読んでいたので、ああ、これかと、私も遠慮せずに箸をつけました。山菜をとるために、箸を逆さにして自分の皿にのせようとした時、小学生

の女の子が、

「このひと、はしをさかさまに持ってる！」

と大声を出しました。不快な視線が一時に私の手元に集まります。

「イルボンサラム（日本人）だからさ」

竜植が吐き捨てるように言いました。

「ええわね、日本の人やけんわからんわねぇ」

竜植の、太った奥さんは庇《かば》ってくれましたが、気まずい空気が流れます。よちよち歩きの幼女が私に近寄りました。抱き上げるとその幼子からもにんにくの臭い。

「卜之に何度、韓国の由緒ある筋から見合いの話がきたかわからん」

「今は結婚は、本人たちでいいわね」

叔母が口を挟むと、竜植は顔を真っ赤にしてその叔母めがけて「やかましい」と皿を投げつけました。私は凍りつきました。が、周囲はいつものことなのかちっとも動じません。「お客さんの前で」と、叔母は散らばった野菜を集めます。半時間もいたたまれなくて、私は辞去しました。

「もうすぐボクちゃんが来るけ、待ってなさいや」

叔母は止めてくれましたが、背後から
「帰りたいものは帰らせや」

竜植の鋭い声が追いかけてきます。

卜之と待ち合わせている喫茶店で一人になって、私はぼんやりと三次のことを思いました。

「どうしてもおまえはとうさんの言うことが聞かれんのやね」

私は黙り込みます。

「おまえのことを心配やけん、言うとぞ。どこの世界に子供ば可愛くない親がおるか」

私はこっくりと頷きます。私が素直になったのでわずかに和らいだ声で、

「朝鮮人と日本人では食べ物からがらりと違う。おまえは食べものの好き嫌いも多かし、料理も裁縫もしきらん。うまくよそ様に馴染むと思うか、おまえが苦労するとぞ」

三次はあの日はそれ以上何も言いませんでした。

三次が心配していたのは、今日のようなごく日常の疎外感かもしれない。私はバッグを摑み立ち上がりました。

「ごめん、ごめん、待たせたね」

卜之はハッハと息をはずませて汚れた作業着のまま店に入ってきました。

「もういい、福岡に帰る。ボクちゃん、ずっと仕事していればいいじゃないの。韓国人のお嫁さんもらえばいいじゃないの」

私はドアに体当たりして外に出て走りました。追ってくる気配がしましたが、無視して走り

続けます。突然ふわっと身体が軽くなりました。卜之が私を横抱きにしたのです。彼の逞しい腕は、夏越祭の夜に私を背負ってくれた、あの時のままでした。

「帰る、帰る」

私は声をあげて泣きじゃくりました。


私は再々長崎に帰り、卜之のことを話します。三次はまだ諦めていないか、という憮然《ぶぜん》とした表情で聞いているのか、いないのか……。


それほどまでに言うのならと、三次は喜美を伴って小野田市へ行きました。市役所で卜之の住んでいる町の町内会長を調べて訪ねます。町内会長や隣近所の評判はすべて良く、

「あんな青年はいない。父親が早死にしてから母親を助けて働いて、頭の良さを自慢することもないし誰にでも挨拶するし、あんな明るい家庭はないですよ」

何かけちをつけるところはないものか、と三次は垣間見た住居に目をつけ、

「あの狭か家にみなさん住んでおられる?」

「おとうさんが亡くなってから住んでいた家は抵当に取られて、おかあさんが炭鉱住宅の跡をやっと買ったんですよ。子供が五人いましたから大変でした」

次に会社の下調べに移ります。

三次と喜美はタクシーで山本重機運送の前を通りました。

「ゆっくり行ってください」

ちょうどおやつ時分で、会社の前に卜之が立って、事務員と話していました。

「あら、おんなった」

喜美は窓から手を振りそうな勢いで、三次からこっぴどく叱られます。

「あの人ですよ、ニコニコしとるあの人」

「いっぺん言えばわかる」

「もう一度往復しましょうか」

運転手さんが聞きます。

「いや、もう結構」

三次はにこりともしません。

二人が小野田へ行ったことはずいぶん後で聞きました。

「仕舞屋《しもたや》しかなかとこで暮らしきるか」

よほど店がないのが心配らしく、三次は何回も言いました。

「山本君のおかあさんは苦労した、苦労したと友美は言うが、あの時代は日本人も朝鮮人もなか、みんなが戦前・戦後は苦しかった。日本人でもボロ買いして生きた者はたくさんいる。山本君は叔父さんがいたし会社はあったし、長男でちやほやされて育っとる方だ。幼稚園にも行ったとやろう」

「その時は砂利運搬の会社がうまくいってた時だからよ。でもおかあさんが話してたけれど、『キンダーブック』なんか買ってやれなくて。ところがある日ボクちゃんが家に『キンダーブック』を持って帰ったんだって」

「注文してやんなったとかね」

喜美が口を挟む。

「申込用紙に○を付けるのを、おかあさんは字が読めずに内容がわからなくて適当に○をつけたらしいの、注文します、の方に」

「まちがいなったとね」

「うちでは買ってやれんから返して来なさい、とボクちゃんに言ったら、泣きもしないで歯をくいしばって走って返しに行ったんだって」

「まだ小さかとに、偉かねぇ。おかあさんもたまらんやったろう。絵本は買ってやりたかさ」

喜美は同調します。

「小学六年の時は親の代わりに集金に行ったんだって。ボクちゃんが行ったらお金を払ってくれたそうよ。私みたいにとうさんに可愛がられた思い出はないけれど、オート三輪の助手席によく乗せられたって」

「ボクちゃんの親父さんは何で日本に来たとか」

つられて、ボクちゃんと親しげに呼んで三次は、しまった、という顔をします。

「最初は学問をしたい、って漁船に潜り込んで来たって。韓国でも勉強が好きで、それでおじいさんが日本に行って勉強してこい、と行かせたらしいよ。ボクちゃんのおとうさんは末年だからとうさんより一回り年下よ」

ふん、と三次は鼻で笑います。

「おかあさんは偉かですよ、私は友美ちゃん一人育てるのもふうふういうたとに、おかあさんは五人も育てなった。ふつうはだんなさんが亡くなって長男がまだ高校三年なら、大学やら行かせんで就職させますよ。それを頑張ってリヤカー引いてボロ買いして、後の四人も立派に育てなったとですよ」

「ボクちゃんの家にはおかあさんが作ったカルピスがいつも置いてあって、学校から帰ってカルピス飲むのが一番の楽しみだったって」

「ほうら、カルピスやら私は作りもきらん」

喜美は鬼の首をとったように三次に言っています。

「甘酒もね、作るのよ。炊いたご飯を発酵させて。長崎でおくんちの時作るのは麹《こうじ》からでしょう。韓国は作り方が違うみたいよ」

「食べ物も違うとぞ」

三次はすかさず言いました。なんとしてでも反対したいのです。

私は強気で、結婚したら自分たちの生活が始まるのだ、父は関係ない、どうしても反対するのならそれでもいいと反発していました。卜之は日本人以上に親を思う気持ちが強く、

「友美さんは、ご両親が結婚して七年目にようやく授かった子供だ、可愛くてたまらないんだよ。おとうさんをゆっくり説得していこう」

と落ち着いていています。三次が誰かの説得に応じるなんて私には思えません。

そんな三次の頑なさを和らげたのは、大分の伯母・マキエでした。下宿探しを手伝ってくれた伯母。

「三次も東京の専門学校で勉強するちゅうて、田畑はいらん、学費だけ出しちょくれと私に泣きついたな。百姓はすかん、学問ばするちゅうて。友美ちゃんの意志の強かとは三次譲り。可愛い姪の結婚式には私も出たいと思うちょる」

「いろいろ言いたいことは山ほどあるが、善かれ悪しかれおまえの人生はおまえ自身が切り拓いていかなければならん。結果がどうなろうと誰も助けてはやれんし、何があろうと泣きついてくることはならん」

ついに三次は私に言いました。

そしてね、英世、おじいちゃんは結婚を許す条件として、おとうさんに帰化を持ち出しました。韓国籍から日本籍に変えてくれ、と言ったのです。おとうさんはそれも仕方がない、とひとまず了承してくれました。私は二十四歳になっていました。

チマチョゴリ

小野田市の郊外、ザビエル高校の裏手にカトリックの共同墓地があります。卜之の父はその一隅に眠っています。木の十字架には「ＲＩＰ」と刻まれています。

「ラテン語で、安らかに眠りたまえ、という意味だ」

卜之は十字を切ります。

「おとうさん、どうぞ無事にボクちゃんと結婚できますように」

私も手を合わせます。

「父はよく本を読んでいたなあ。長距離トラックに乗る時は『サンデー毎日』や『週刊朝日』を買い込んで、それに『リーダーズ・ダイジェスト』なんかも読んでいた。本棚には立志伝や剣豪伝なんかもあって」

「勉強家だったのね」

「塚原卜伝が大好きで、日本の通称名も山本にするか、塚本にするか迷ったらしいよ」

おとうさんは「李竜伊《イリュウイ》」、通称名「山本忠之」です。

「ボクちゃんの卜は塚原卜伝からもらったのね。そしておとうさんの之をつけて、卜之」

「母が言ってたけど、父は僕の名前は生まれるずいぶん前から考えていたらしい」

卜之は十字架の前におとうさんが好きだったタバコを供えます。

私にはおとうさんが、「日本の地で強く生きよ」と真摯《しんし》な思いで「卜之」と名付けた、そんな気がしてなりませんでした。


昭和四十九年二月吉日、長崎で結納を受けることになりました。食堂のテレビの上に鹿児島土産の西郷隆盛をもじった陶器の貯金箱があります。

「それは片付けとけ。明治六年政変のいきさつもある」

三次は喜美に言いつけています。

当日、喜美は朝からぐっしょりと汗をかき気分が悪そうでした。布団から出ようとしますが、起き上がれません。それでも「お手洗いの掃除を忘れとった」と立ち上がろうとします。

「私がするから寝ていていいよ」

「友美は美容室に行くと言ってたろう。早くせんと何時に小野田から着くかわからんとぞ」

三次は私を急かします。

「おまえは大事な時に役に立たん」

不機嫌に喜美に当たっています。――とうさんが反対し続けるから、かあさんは板ばさみで心労がたまったのよ。三次に反論したいけれどできません。一時間ちょっとで美容室から帰ると、割烹着姿の喜美がお手洗いの床を雑巾がけしています。

「かあさん、大丈夫？」

「ああ、心配させたね、もうよかよ」

喜美の笑顔は不自然です。

「はよう友美に着物ば着せんか」

「はい、はい」

喜美は足をひきずって二階に上がりました。淡いあずき色の地に梅の花がちりばめられた小紋が用意されています。喜美は器用な手つきで着付けてくれます。けれど、帯を締めようとする喜美の手の力は弱々しく、何度も締め直さなければなりません。喜美の額には脂汗が滲んでいました。

仲人夫妻と卜之が到着して、結納の儀はひとまず納められ、結婚式は五月の大安と決められました。結納の品々の「酒肴料」の中にも金一封が添えられてあるのを、三次は、

「日本人でもここまでの気配りはなかなかせん」

と、たいそう感心していました。

翌日私が箱崎に戻った後、喜美は寝付いてしまうのです。

三次は姉・マキエに、私の結婚が決まったこと、できれば姉から大分の親戚に伝えてみんなで披露宴に出席してほしい旨を書き送りました。マキエからしばらく経って返事がありました。

「私は一人だけでも出席したいと思うちょった。だけんど他の親族に、姪を朝鮮人に嫁がせるとはどうしても言えん。田舎だから噂はすぐに広がる。欠席させちょくれ」

と書かれてあり、過分の祝儀が添えられてありました。私の下宿を一緒に探してくれた伯母。あの時買ってもらった電気コンロと鍋は大切に使っています。時には手作りの漬物を送ってくれる伯母でした。喜美の身内は、祖母をはじめ親類たちが結婚を喜び披露宴に出席すると張り切っています。が、三次にとってはマキエの返事がショックだったのか、五月の挙式を延期すると言い出したのです。そして、

「結婚式には親戚を誰一人呼ぶつもりはない。おまえがお世話になっている先生方や、友達にも来てもらいたくない。それでもいいか」

「なぜ朝鮮人と結婚することが恥ずかしいことなの、隠さなければいけないの」

三次に摑みかかって聞いてみたかった、けれど哀しそうな喜美の目を見て思い留まりました。

「それでもいい。とうさんとかあさんが出席してくれたらそれでいい」

花嫁姿を楽しみにしている祖母の顔が浮かびます。

結婚式は昭和四十九年十月二十日、私の二十五歳の誕生日に決まりました。

前日の朝、私は長崎から来る両親と博多駅で落ち合うことになっていました。大家さんは留袖を着て一緒に駅まで来てくれました。

「友美ちゃんの花嫁姿を見たいけど、明日は家《うち》も法事やけん、ここから祝わせてもらいます」

喜美はもう目にハンカチをあてています。

「福岡の実家と思っていつでもボクちゃんと帰ってきんしゃい」

大家さんはそう言いながらいつまでも手を振ってくれます。

「よう来てくれなった。留袖まで着てもろうて」

三次は感慨深げに言いながら、

「大家さんは卜之が朝鮮人とは知らんのやろう」

「知っているよ。最初ボクちゃんが私を背負ってくれた時から知っているよ」

「あんまり誰にでもしゃべらんほうがいい。人は心で何を考えているかわからん」

「どうしてこだわるの？　私の周りは朝鮮がどうとかではなくて、ボクちゃんを認めているのよ」

三次に突っかかって涙声になってしまいます。

「わかっとる。泣くな、人が見よる」

自分が泣かせたくせに――三次と私は目をそらしたまま窓の外を見るのです。

小野田に到着して卜之の家に打ち合わせに行きました。婚礼衣装は色内掛け、訪問着、韓国の正装チマチョゴリの順序です。卜之の母・ミネと並んで叔父の竜植もいます。空気がおかしいのです。

「友美さん、教会で式の時は日本の着物でいいけぇ、披露宴はねぇ」

ミネがもぞもぞと言い出します。

「色内掛けのまま、農協会館に向かう予定ですよね」

私は意味がわからず聞き返しました。ミネは口ごもりながら、

「それじゃがね」

竜植が、もういいとミネを制して三次をキッと見て、

「小野田の在日同胞に、李家の総領が日本人の嫁をもらったとわかったら、はあ、しめしがつかんのです。チマチョゴリで隠しても中身は変わらんがのう、教会までとは言わんが披露宴は日本の着物は脱いでもろうて、わしらの顔を立ててもらえんですかのう」

竜植の口調は有無を言わせぬ勢いです。卜之は狼狽して、

「二人とも何を言い出すんかね、さんざん話し合ったじゃないね。これまでは在日同胞と日本人が結婚しても、公に会場で披露宴などしなかった。僕らが礎を築くんだって言ったじゃな

いか。叔父さんだって納得したはずだよ」

「卜之は神様みたいな人間じゃけ、わしら在日一世の胸中を理解せいと言っても無理じゃろうのう」

何処吹く風の顔で竜植は言います。私の顔から血の気が退いていくのがわかります。

「ちーっと話が違やせんか」

三次が呟いたような気がしました。

「ここまで辛抱してきたがもう我慢ならん。朝鮮人の嫁にはやれん、この話はなかったことにする」

三次はずっくと立ち上がり、私の腕を摑み、

「何をぐずぐずしよるか、帰るぞ」

だが、実際には三次は三分ほど目をつむったままでした。誰も口を開きません。卜之は竜植を睨みつけています。三次は手を拳にして自分の膝を押すような動作をしました。

「叔父さんが言われるのもよくわかります。新婦側の出席は私と家内だけですので構いませんが、本人も花嫁衣裳も着たかろうし、美容師さんの都合もあるでしょう。ここはひとつ仲人さんにお任せしてはどうでしょう」

思いがけない三次の言葉に私は唇をかみしめながら、その顔を見つめました。竜植はしぶしぶ承知します。ミネは、

「友美さん、悪う思うたらいかんでぇ」

と耳打ちしましたが、私の不信は強かったのです。

「日本人同士の結婚でも挙式の前はごたごたがある」

むっつり黙る私に三次は冷静な口調で言いました。仲人の吉山夫妻は卜之のおとうさんの友人で、十年前に韓国籍から日本籍に変わりました。夫人は日本人で私の立場をよく理解してくれています。仲人夫妻の計らいで、結局衣装は打ち合わせどおりとなったのです。

その夜、遅くまで、卜之の弟二人は三次の晩酌に付き合って、

「友美姉ちゃん、叔父さんのこと何も気にせんでいいよ。勝手言うんだから」

と私を慰めてくれたのです。


小野田カトリック教会で結婚式が執り行われます。

「病める時も悩める時も汝は友美を妻とすることを誓いますか」

「はい、誓います」

卜之ははっきりと即答します。

「友美さん、あなたはこの人を夫とし、病める時も……」

神父が続けます。もし今、ｎｏｎと答えたらどうなるだろう、私は一瞬沈黙して、

「はい、誓います」

と答えました。

披露宴会場の農協会館に移動。色内掛けで写真撮影の準備をしている私を、卜之の親族が扉から顔だけ突き出して交互に覗きます。女性たちは若い人も年寄りもチマチョゴリを着ています。私を見てひそひそと話したり、首をかしげたりしているのです。この時、私の中に、日本人同士の結婚ではないのだ、ということが実感として迫ってきました。ワンピースを着た卜之の二人の妹、仮名と利亜がずっと付き添ってくれました。


「ヨロブン　チュッカハムニダ（みなさん、おめでとうございます）」

披露宴は韓国語で始まりました。出席者八十余名の中で、喜美は留袖を着て気兼ねしたようにちょこんと腰かけています。出席者のほとんどは親族と、叔父の知人、職場関係で占められていて、卜之の同級生は七人程度です。

二度目の色直しで、叔父はチマチョゴリに着替えると思っていたのか、酔った足どりで廊下まで様子を見に来ました。紺の地に大輪の牡丹が刺繍してある訪問着の私を見て、「まだか」という顔をしてあわてて会場に戻って行きました。

三度目のお色直し、ショッキングピンクのチマチョゴリは、色白の私を華やかにしてくれました。

「友美ちゃん、桃の花になったね」

喜美は感極まったように肩を震わせて泣きます。ミネがチョゴリの襟を合わせながら喜美の肩に遠慮しいしい手を置いています。喜美の倍の体格はあるミネが、小柄な喜美を包み込むようにしている姿が鏡に映っています。

チマチョゴリで入場した時に初めて大きな拍手が湧きました。進行も半ばなのにこの時から祝いの宴が始まったかのようです。

「ねえさん、一曲歌わんかい」

竜植は半ば強引にミネにマイクを握らせます。

「わたしは歌えんでね」

ミネは淡緑色のチマの裾を揺らしながら照れています。続いて弟と妹と卜之の学友がステージに上がります。

「じゃ、みんなで『サランヘ』を合唱します」

卜之と私も輪の中に入れられます。曲は「サランヘ（愛しています）」という韓国のポップ調の歌です。

サランヘ　タンシヌル　チョンマルロ
サランヘ
愛しています　あなただけを　どんなに遠く離れていても

サランへ　タンシヌル　チョンマルロ
愛しています　あなただけを　心から
サランへ

「朝鮮語と日本語をごちゃまぜに歌いよる」

竜植の上機嫌の大声に会場がどっと湧きます。

「イエー　イエーイ　エー　サランへ」

終わりの部分は全員の大合唱になりました。

三次がマイクの前に立ちました。

「本日は私どもの諸事情で、新婦の来賓や親戚が出席できなかったことを深くお詫びいたします。友美は一人娘でわがままに育ててまいりました。皆様にはいろいろとお気に障ることもおありでしょうが」

三次は大きく肩で息をして、

「これからは世界はひとつだと私は考えております。どうか娘をよろしくお願いいたします、お願いします」

三次と喜美はしばらく顔を上げようとしませんでした。チマチョゴリの女性たちが啜り泣き、竜植は三次に走り寄りました。

機嫌よく笑っていた三次でしたが、「チマチョゴリの写真はいらん」と、色内掛けの写真だけを所望して長崎に帰って行きました。

英世

英世、あなたは昭和五十年七月十九日に生まれました。二五〇〇グラムでした。

「ボクユキ、生まれたでよ。でっかいのつけとるわ」

長男誕生の知らせを、卜之はトラックを運転中に、竜植の自動車無線で知りました。

「赤ちゃんは糸のような指をして、友美さんもやせとるで。二人とも大丈夫かいね」

ミネは心配します。竜植は、

「兄様の代わりに李家の統領息子の名前をつける」

と張り切ったのですが、三次から二カ月前に、

「女なら英世《ひでよ》、男なら英世《えいせい》と読むように」

と申し渡されていました。卜之も「えいせい」は衛星に通じると気に入りました。それを聞いた竜植の機嫌の悪さと言ったらなかったよ。

「アイゴー、日本人のお姫様もろうたがために、ボクユキは尻に敷かれてしまいよった」

怒って、すぐにはあなたの顔も見に来なかったのよ。

あなたはとても色白の赤ちゃんでした。時々ピクンと動いたり伸びをしたり、その一挙一動が愛らしくて、私はあなたから目を離すことができませんでした。看護師に「また赤ちゃんを見ているの、少しは横になりなさい」と叱られていました。

けれど私の頭の中では、あなたの出生届のことが離れません。あまり母乳の出ない乳房を含ませながら、この子の籍はどうなるのだろう、中尾の籍に入れて卜之が認知するのだろうか、ちゃんと父親、母親がいるのにかわいそうに、と泣いてばかりいました。

「この人と一緒ならどんな生活でもできる。卜之が在日韓国人ということで、もしも不合理な現実の壁にぶつかっても乗り越える」

といきまいていた気持ちなど忘れてしまい、ただ、ただ
「この子がかわいそう、何も知らないで生まれてきた、この子がかわいそう」

それればかり考えていました。

ミネは目の下にくまを作っている私を見て、

「友美さん、泣いたんか」

と尋ねます。

「乳が出らんようになるといけんでね、気持ちをしゃんと持ちなさいや」

ミネのやさしい口調を聞くと、ますます反発して、

「おかあさん、この子の籍のこと、どうするの」

と不機嫌にミネに食ってかかります。そんな私にミネは、

「ボクちゃんはちゃんと考えているそいね。こんなええ子のおとうちゃんになったんじゃけぇ、心配せんでぇえよ」

一言も叱ることなく、

「産後は気がいらいらするそいねぇ。ボクちゃんもいけんねぇ、嫁さんほったらかして仕事ばかり」

と宥《なだ》めてくれます。私は内心はミネにあたる自分を反省しながらも、素直になることができませんでした。ミネにはわがままを出せても、残業を終えて油で黒くなった指を気兼ねしながら、私の顔色を窺い、英世のほっぺを指でよしよしと撫でる卜之には、なかなか籍のことを言い出せなかったのです。

ミネは昼と夜に、産院まで半時間の道を鍋を抱えて日参しました。中身は鯛を蒸して骨を取り、身だけをほぐしてわかめをたっぷり入れて炊いた汁です。韓国では母親の体の回復のために食べさせます。

「熱いうちに飲んだら栄養になるでねぇ」

汗びっしょりになっているミネでした。私はいやいやながらその汁を口に含みます。すると乳が張ってくるのがわかるのです。
長崎から見舞いに来た喜美は
「どこの親がこんなにしてくださるもんね。実の母の私でさえ一回作ったらもう面倒かとに」
と、どんなに恐縮したことでしょう。

卜之と私は結婚してからは小野田市の隣の宇部市に住んでいました。竜植が新築の家を買い取り、無償で貸してくれたのです。

三次は英世の誕生一週間が過ぎた頃見舞いに来ました。三次は、ミネや卜之が不在の時を狙うようにして、眼鏡を外して英世に顔をすりつけ、足の指一本一本まで確かめるように眺め回していました。

「この子、一重まぶただけど」

三次の執拗さに私は不安になります。

「そがんことは問題じゃなか」

三次は身体のどこにも異状がないと納得したのか、もう氷も溶けてぬるくなった麦茶を一気に飲み干しました。

英世が生まれてからは、三次は帰化について何も言いませんでした。

「友美は産後で神経が昂《たかぶ》っとっけん、そっとしておいてくれまっせ」

喜美に口止めされていたのでしょう。

出生届の提出期限が迫っているのに、卜之は仕事が忙しく市役所に行けません。三次と喜美が代理で書類を持って行くことになりました。猛暑で戸外の気温は三十五度を超えていたでしょう。二人は通りでタクシーに乗るからと出て行きました。三次は大きな封筒をしっかりと抱えています。その中には出生届、認知届、委任状などが入っています。私は窓から二人を見送ります。最近腰が弱くなった三次は慣れないコルセットをはめて杖をつき、喜美は黒いこうもり傘を三次に差し掛けます。三次の前屈みの体が歩くたびに前後に揺れ、庇う喜美の傘もそのたびに頼りなくぶれています。三次が封筒を落とさないように抱えているのがわかります。

「私は英世の母親であると同時に、父と母にとってもたった一人しかいない娘なのだ」

親孝行のためにも卜之に帰化してもらって安心させたい。

私が積極的に帰化を切望した瞬間でした。

英世が八カ月になった頃、卜之は竜植と会社の運営で意見が対立していました。ある日、「もうおまえは明日から出て来んでええぞ」と竜植が怒鳴り、卜之はそれを機に山本重機運送を辞めました。竜植の長男に跡を継がせたほうがいい、という気持ちもあったのです。小野田や宇部の、同胞や友人から仕事の誘いがありましたが、地元で働いたのでは竜植もいい気持ちはしないだろうと断わります。福岡の方が職があるかもしれないと、大家さんの家に泊めてもらいハローワークに通いました。十数カ所会社を回ったけれど、日本籍ではないと断られたり、国籍は関係なくても給料が折り合わなかったりでなかなか決まりません。そんな時、私が大学に勤めていた時の同僚が「実家の鋳物工場を手伝ってみないかな」と紹介してくれました。福岡県小郡《おごおり》市にあるといいます。卜之は鋳物工場なら工学部で学んだことが役立つかもしれないと納得し、私は六年余を過ごした福岡に戻りたくてたまりません。

ミネになかなか言い出せなかったけれど、二男の宗之が、

「おかあちゃんのことは僕がいるから」

と福岡へ行くことを賛成してくれました。看護学校へ行き始めたばかりの利亜は黙って英世をあやしています。

「九州くんだりに行くなどとばかも休み休み言え。ボクユキは李家の頭ぞ。先祖の法事はどうするつもりか。あの嫁と一緒になって韓国人を捨てたか。養子に行ったのか」

竜植は激怒しました。

英世の初節句を済ませてから福岡へ発つことに決めました。長崎からは中尾の家紋の上り藤を入れ、牛若丸と弁慶が五条の橋で戦う図を染め抜いた幟《のぼり》と、飾り兜が贈られました。卜之は

庭にポールを立て、それを飾ります。鯉幟は見かけますが、幟を立てる風習は珍しいのか誰かれとなく見物に来ます。

「英世ちゃん、長崎のおじいちゃん、おばあちゃんからお祝いしてもらってよかったねぇ」

韓国では節句の祝いはなく、嫁いだ娘に実家から金品を送ることもないらしく、

「友美さんのおとうさん、おかあさんにこんなにしてもろうて」

ミネはしつっこいほどに頭を下げます。

「日本では嫁の親が、孫の節句を祝うのは当たり前なんだから」

いくら諭しても、

「ネー（私）は仮名さんの長男が生まれた時もなんもできんかった」

と悔やむのです。ミネは金銭で援助をしてやれなかったことが恥で自分を許せなかったのでしょう。幟の前で英世を抱くミネの顔は寂しく暗いものでした。

引越しの朝、ミネと一緒に、お墓参りをしました。

「おとうさん、行ってきますよ」

ト之が水を十字架にかけた、その時、今の今まで押し黙っていたミネが、いきなり十字架に縋《すが》りつきました。

「アイゴー、ボクちゃん、遠くに行ってしまうよー、どうか守っておくれよー」

人目も構わず号泣し、「アイゴー　アイゴー」と声を振り絞ります。しばらく身体を震わせて少し落ち着いたのか、

「友美さん、頼むけねぇ、頼むけねぇ」

と痛いほどに手を握り締めます。

ミネが昨夜遅くまでかかって作ったキムチものせて、軽トラックは出発しました。車がカーブを曲がりミネの姿が見えなくなるまで私は手を振り続けました。少し行くと、カーブを大きく曲がった道と畑の道が重なる処があります。そこに肩で大きく息をしながら手に何かを持っているミネの姿がありました。

「ふわふわせんべい、英世ちゃんがよく食べるわねぇ、入れてあげるの忘れていたけね」

ミネは孫の好きな菓子を持たせるために、近道を転ぶように駆けてきたのです。サイドミラーの中で肩を落として立ちすくんでいるミネの姿が小さくなっていきました。

在日

福岡県小郡市の住民になった時、私の住民票の氏名は「中尾友美」、続柄は「世帯主」。英世の氏名は「中尾英世」、続柄は「子」と記載されていました。

「友美の前の職場や下宿には親しい人たちもいよう。だが小郡市は初めての土地だし、どんな人が周りにいるかわからん。ボクユキが韓国人とわかって態度を変える者もおらんとは限らん。決して口外することはならん。天に向かって唾を吐くようなものだ」

三次の言葉を私は素直に受け止めることはできませんでした。小郡の住まいは六軒長屋の一角で、四畳半二つに台所が付いて九千円です。鋳物工場の十三万円の月給から五万円はミネに仕送りをします。二番目の弟の守之は佐世保の公立大学に進学していました。

卜之の仕事は鋳物製品の仕上げや配達です。グラインダーを回すたびに鉄粉が飛び散り下着まで汗と油、鉄粉で真っ赤になります。洗濯しても汚れはこびりついたままで、雑巾にもなりません。転職した初めから、友美は卜之の身体を心配しました。けれど、

「仕事が終わったら社長や息子さんと、これからいかに機械化していこうか、新製品を作ろうかと議論もする。これまでの勉強が役立つ」

と卜之はさして苦にもしていません。

長屋の住人は、郵便局の勤め人を除いては、電気工事の下請け、電車の乗務員、クリーニング業、日々身体を動かしている人ばかりです。ヨチヨチ歩きの英世と同年代の子供が何人かいて、裏の広場で一緒に遊んでくれました。

卜之が在日韓国人というのは日々の生活には支障はありません。こちらから言わない限り英世が戸籍上は私生児扱いということもわかりません。苗字は山本で通していました。けれど市が主催する乳幼児健診に英世を連れて行き「次の方、中尾さーん」と大声で呼ばれ、私が「はい」と返事をする時、気構えが必要でした。

今でこそ夫婦別姓の論議がなされていますけれど、この当時は苗字が異なるというのは奇異に思えたのです。

「どうして名前が違うの」

みんなは怪訝な顔をしました。私は親しくなった人に、

「実は夫は在日韓国人なの」

と打ち明けます。

「在日って？　ご主人、韓国で生まれたの」

「主人はね、日本で生まれて育ったけれど、ご両親が若い時に韓国から日本に来たのよ」

友人たちは在日ということもよく理解していません。

「だからね、韓国人なの」

「ああ、そうだったの、顔立ちとか日本人と一緒だからわからんねえ」

卜之が韓国人ということでその人が離れていくならそれでもいい、と開き直っていました。けれどそれを知って態度が変わる人はいませんでした。

昭和五十一年十月二十七日に二男が生まれました。俊就《しゅんしゅう》と名付けました。助産院の方が費用が安いのでそこで出産しました。予定日より十日も早かったのです。卜之は不在で、年輩の助産師は英世を背負って分娩させたくらいに安産でした。

三次から手紙が届きました。

「もうすぐ英世は幼稚園に上がる。すぐに俊就もそうなる。幼稚園の時はまだいいだろうが、小学校になれば名前が違うとか、父親は韓国人だとか、背負わんでいい問題を子供に負わせてしまう。そろそろ日本の籍を取るのが親の務めではないだろうか」

卜之は手紙を読み終えて何も言わずに封筒に戻します。

「ボクちゃん、帰化するのが嫌なの」

私はさりげなく聞きました。

「嫌とか、そんな問題ではないんだ。友美のように、日本人にはどうしてもわかってもらえない部分があるのさ」

「そんなふうに突っぱねなくても」

「友美に当たっているわけではないよ。日本の国の制度がね」

「私だって日本人の一人よ。私に言われているみたい」

「それは違うよ」

「どうするの。父になんて言うの」

言い返した私の声に棘があったのか俊就がぐずり出しました。卜之はそれには答えず俊就をあやしています。

私には卜之のこだわりが理解できません。

――籍を変えてもボクちゃんには変わりない。日本で生活していくのなら暮らしやすい道を選ぶ方が得策じゃないの。と、私は声に出しそうになります。夕飯は気まずいものでした。

数日後に三次から「帰化申請の手引書」が届きました。早手回しに長崎の法務局から取り寄せたらしいのです。私はそれを卜之に見せることができませんでした。


半年に一度、ミネは自分で作ったサツマイモやネギ、ほうれん草などをいっぱい抱えて手伝いに来てくれます。洗濯が大好きなミネは手でごしごしと洗っています。全自動洗濯機の使い方を教えても、

「汚れがおちんでよ」

と知らん顔です。風呂の残り湯で洗い、大きな手で何度もパンパンと叩いて皺を伸ばす、端と端を持ってピンと引っ張る。おしめからシーツまでミネはパンパンピンを繰り返します。ひとしきり働くと部屋に入って来て、

「あんたもえらいでね、少し横になりなさいや」

と言いながら、皺一本ないようにして干しあげたシーツの白さを満足そうに見やるミネ。私はミネが掛けてくれたほかほかの毛布にくるまって微睡《まどろみ》ながら、とても頼もし気な彼女のどっしりとした腰のあたりを眺めます。

ミネはおむつをたたみながら小声でぽつぽつと語ります。

「ボクちゃんが生まれた時いいね、ハルモニ（おばあさん）は大変な喜びようで、いつもボクちゃんを背負うてまわるでね。その三年後に仮名ちゃんが生まれたら、女の子かとがっかりして、抱き上げもせんのでぇ」

韓国では男子を特に大切にするといいます。ましてや他国で生を受けた長男がどんなに溺愛されたか私にも察しがつきます。

「ボクちゃんは利発な子で、幼稚園では早くから読み書きができて、私やハルモニに絵本を読んでくれるんよ。私は日本語が読めんでね。小学校ではずっと級長するそ。授業参観に行くのが楽しみだったそいね」

私は軽くあいづちを打ちます。

「ボクちゃんのアボジ（おとうさん）が死んだ時は借金だけが残っちょった」

「おとうさん、もっと長生きさせてあげたかったたね」

「それいいねぇ。ボクちゃんが中学生の頃から、アボジはよく胃が痛みよったそ。私もいけんじゃった。アボジは身体使って仕事するからつい食事も不規則だわね。羊羹《ようかん》くれ言うからあげたら、大きい羊羹ペロリと食べてしまう」

「結婚する前にボクちゃんから聞いたことがある、おとうさん、甘いもの大好きだったって」

「病院に行った時はもう遅かった。一週間も入院せんよ、すぐじゃったね、いってしもうた」

ミネは辛そうに溜め息をつく。

「アボジは亡くなる前に言うぞ。子供らは上の学校へ行かせてくれや、卜之は賢いけ、医者になったらええがのう。アボジが死んでからボクちゃんはよう手伝ってくれたいね。でも五人の生活はできん。ネーは体は強かったからボロ買いしようと決めたいね」

「叔父さんはお金の援助してくれなかったの」

「あれはその気持ちがあっても、嫁さんらがついとるで、ネーは断ったいね」

それで、と促す。

「リヤカー引いて工場や家を回ると、ちゃんと鉄屑をとっていてくれる。おばさん、ほかのもんには売らんからあんたが取りにきんさい。がんばりいね、と励ましてくれた。小野田の山本はみんなが知っとったけ」

「韓国の人から助けられたの」

「いやいや、日本の人も親切じゃった。やさしかったよ」

ミネは私に余計な気を回させまいとするようにあわてて言う。

「おかあさん偉いよ。母はいつも褒めてるよ。一人娘でさえ手を焼いたのに、おかあさんはよく五人を立派に育てたって」

「友美さんのおかあさんも偉いわね、あんなちっこい身体できちんと育てたわね。強そうには見えんよ。ピカドンも受けたんじゃろう」

「母は原爆に遭ったけれど自分の国で生活している。おかあさんはよその国で頑張った」

「子供らが小さい時はね、帽子をかぶって学校行くわね。私は手でゴシゴシ洗濯した帽子を毎朝かぶせる。真っ白になった帽子をかぶって、おかあちゃん、いってきます、とひらひら手を振って走る姿は可愛かったで。それを見ているだけで力をどんどんもらういね」

それでミネは今でも手で洗濯をしているのか、と思い当たりました。

「韓国人でボクちゃんと同じ年のものは、みんな高校か中学まで出ればよかった。親がやっているパチンコ店や食べ物屋を手伝うけね。わたしはおとうちゃんと、子供たちにはちゃんと学問をさせるけ、と約束したぞ」

「あれ、もう夕方になるわね、友美さん、今夜は何を作るかいね」

ミネは立ち上がりながら、風になびいている卜之の黒ずんだ下着をじっと見ていました。

鋳物工場の内部は夏も冬もありません。卜之の作業着は鋳物の粉や汗ですぐにどろどろになります。何回石鹼でこすっても彼の体からはロボットの臭いがしてくるようでした。

「アイゴーヤー、ボクちゃん、ボクちゃん、ネーが雨の日も風の日も小野田中リヤカーひいて歩いて、あんたら大学に行かせたのはなんのためかね。あんたらがトラック乗り回したり、ブルドーザーで山の中入ったり、あんな危ないえらい仕事させないためでね。いつまでこんな汚い仕事するんかね」

卜之は黙って、錆が付いた首をごしごしと洗っています。

ミネは翌日小野田へ戻るという夜、思い余ったように言いました。

「ボクちゃん、籍変えなさいや、仕事えらいわね」

英世を膝の上に坐らせて絵本を読んでいた卜之は、一瞬黙りました。私ははっとします。

「何を急に言い出すのかね。日本籍になってもすぐには就職はないよ」

卜之は取り合いません。

「そいでも孫らもかわいそうだ。英世ちゃん幼稚園に行くようになったら名前が違うわね。おとうちゃん、おかあちゃんそろうとるのにおかしいわね」

「おかあちゃんはいいんか。同胞からなんと言われるかわかるかね。仲人してくれた吉山さんが帰化した時だって、さんざん韓国人の誇りはどこへ行った、同胞を裏切ったとそしられて、奥さんしばらく暗かったじゃないか。俺たちは九州にいるから聞こえないけれど、言われるのはおかあちゃんなんだよ」

「そんなこと、友美さんもらう時にさんざん言われたで、おかあちゃんはええいね」

ボクちゃんはむっと黙ります。

「死んだおとうちゃんは、捨て石になろうとおかあちゃんに言うたんで」

「捨て石って?」

私は思わず尋ねました。

「ネーをもらいに釜山に来て、二人で日本に行く時いね、玄界灘を渡る船の上で言うそ。わしらは子供らのために捨て石になるんじゃ、子供らだけは立派に育てないかんのぉ」

ミネはそれ以上は言うことがない、とエプロンの紐を締め直します。

「おかあちゃんがそう言うのなら考えてみるさ」

しばらくしてト之は自分自身に言い聞かせるように呟きました。

「そうしなさいや、長崎のおとうさん、おかあさんも籍変えたら安心じゃね」

そう言いながらミネが見せた寂しげな表情を、私は見逃しませんでした。

帰化許可さる

ト之が帰化することを決心したのは昭和五十二年でした。

私は英世と俊就を近所の友人に預け、一人で福岡の法務局に帰化申請に必要な書類を取りに行きました。福岡城址がある舞鶴公園一帯に裁判所や法務局が並んでいます。私は初めて入る法務局のたたずまいに気後れしました。担当者は、書類は本人が取りに来た方がいい、と言いながら現住所や仕事、家族歴などを質問しました。小郡に住んでいるなら久留米の法務局が近い、と照会しました。この時私は、帰化の手続きは煩雑で簡単にはできないものだ、ということを知ったのです。書類を揃えて提出したとしても審査に一年はかかるというのです。

福岡の街は年に一度の誓文払《せいもんばら》いでどこも大賑わいでした。久しぶりに歩く博多の街。その雑踏に溶け込みたくても、私の頭の中は帰化のことでいっぱいです。

卜之は最近言葉少なになっています。ボクちゃんは本心では帰化することを了解していない……。

英世、でもね、おとうさんの意志をしっかりと確かめることもなく帰化への準備は始まりました。

「とうさん、簡単なものじゃないのよ」

三次に電話で伝えます。

「まだやってもみらんでわかるか」

三次の答えは厳しいのです。

韓国から卜之の戸籍謄本を取り寄せたり、最終学校の卒業証明書、勤務先の給与証明を揃えるなどの事務手続きは序の口で、現在の暮らしぶりの財産目録、家の中の写真、帰化申請の動機書は、いかにもこれから日本国民として貢献しますという美文にしつらえなければなりません。三次は動機書の例文をわざわざ書いてよこし、卜之に無理やり電話を代わらせ、

「仕事が忙しいのにすまんがよろしく頼みます」

と下手に出ています。残業で疲れて帰って来た卜之は、食事もそこそこに申請書類を書いています。気配がしないので見ると居眠りしています。

「ボクちゃん、寝たら」

声をかけると、はっと目を覚まし、

「すまん、すまん、もう少しだけどね」

答えてまた書類に向かうのです。

――卜之は同胞と結婚していたら帰化しないでよかっただろう。山本重機運送の次の社長にもなったかもしれない。おかあさんと離れて暮らすこともない。今だって帰化しないでも子供たちは日本籍なのだし、将来は実力で社会生活もできるかもしれない。父と母はここにこうしてちゃんといる。子供は理解してくれるだろう。三次はどうせ先にいなくなるのだ。

私はあれやこれやと考えます。私がふらつく時、

「一度こうと決めたのだから迷うことはないさ」

卜之は強く言い切ってくれました。

ようやく揃えて法務局に持って行っても、あれが足りない、これが不足だ、となかなか受理してはくれません。そのたびに卜之は工場を早退し、社長は嫌な顔もせず認めてくれました。

法務局でようやく申請書類が受理されたのは昭和五十三年の秋でした。あの日は平日で午前中勤めを休んで、親子四人で法務局に行きました。もっとも私のおなかには三カ月後に生まれてくる尚生《ひさお》がいましたけれど。

「書類は揃っていますので、一応受理します」

「一応」のところのイントネーションがやけに強く響きます。ひとまず受理するだけですよ、と言わんばかりです。

「それではこちらへ」

別の人が部屋の奥を指します。

「みなさんも、入りますか」

うさんくさそうに彼は言います。私は当然と頷きます。卜之は俊就を抱き、私は英世の手を引いています。だだっ広い部屋に大きな机があって、白い紙とねっとりとした謄写版のインクのようなものが置いてあります。別の男性が机の端に腕を組んで坐っています。部屋の異様な静けさが不安になったのか俊就が泣き出して、英世は私の手を痛いほど握り締めます。

「これから指紋をとります。ご主人だけで結構です」

私は俊就を抱き取るのも忘れてその情景に釘付けになります。見ておこう、しっかり見ておこう、私は息を呑んで見つめました。卜之の両手の人差し指にインクが塗りつけられました。

「右手の指からぐるりと回転させてください。次は左手」

抑揚のない声の係官。これが指紋押捺なのだろうか、私はじっとその光景を焼き付けました。法務局の門を出るまで誰も無言でした。俊就を背負って先を歩く卜之の大きな背。その背は夏越祭の夜に私を背負ってくれた同じ背中のはずです。その背がわずかに震えています。

「ごめんね」

私は小声で言いました。他にかける言葉がみつからなかったのです。

「いいさ。何でもやってやるよ」

卜之の歩調はふだんと変わりません。

申請書類と並行して卜之の素行調査もなされていました。私たちの近所、鋳物工場、もちろん小野田のミネや竜植のところにも。

「友美さん、今日、法務局の方がいらっしゃってね、おかあさんは息子さんが籍を変えるのに反対ではないのですか、とおっしゃったで」

帰化を希望する者の身内に、強硬な反対があれば問題ということらしいのです。

「息子がええ、と思ってすることになんでわたしが反対しますかいね、と答えたら頷いてらした。ええ人だったよ。お茶とまんじゅうをさし上げたけれど、お茶だけ飲んでねぇ」

「ありがとう、おかあさん」

あの夜、息子に帰化を勧めながら見せたミネの寂しそうな表情。

「あんたらも寒くなるで、かぜひいたらいかんでね」

この人には庇われている、私は改めて思いました。

竜植は、まさか自分の甥が、李家の総領が日本人になるなど考えてもいませんでした。けれど法務局の人には、

「ボクユキは何一つ、あなた方から調べられるようなことはないですいね。あんな人間ばかりいたらこの世の中、戦争などありませんいね」

と答えたそうです。

小郡市を管轄している北野の警察署からも呼び出されました。卜之と私は狭い取調室に連れて行かれましたけれど、話の内容はごく世間話程度でした。

「思想調査にしては簡単だったたな」

卜之は拍子抜けしたように言いました。

帰化をしようとする者は賞罰も影響します。人命救助などで表彰されていれば有利になり、たとえ赤十字から献血感謝の賞状でもプラスに働くのです。在日の友人は帰化をするために年に何度も献血に通い賞状を増やしたと言います。逆に違法駐車やスピード違反があれば許可は

延期。喧嘩して留置所に一晩拘留など論外です。

提出して三カ月目、卜之は沈痛な表情で帰宅しました。工場の製品の配達途中に人身事故を起こしたというのです。おばあちゃんと手をつないでいた女の子が、転がったまりを追いかけ、突然車の陰から飛び出し、卜之はその子をはねたのです。

「病院はどこですか、病院は」

彼は女の子を抱きかかえ、すぐさま近くの外科に駆け込みました。卜之がスピードを落としていたのと、その子の打ち所がよかったのが幸いで、女の子はかすり傷ですみました。

「帰化が延びてしまう」

卜之は気兼ねしたふうに言います。

「なに言ってるの。命のほうが大事よ。父だってわかってくれるよ」

本心からその子が無事だったことを感謝しました。

後日裁判所から呼び出され、卜之は免許停止も覚悟しました。ところがあのおばあちゃんが「自分の不注意が原因だった」と言い張ってくれ、裁判所では帰化申請中と知り、「事故後の処理が適切だった」と判断し、何の処分も下しませんでした。信じられない気持ちで私はその判決を受け止めました。

昭和五十四年二月八日に三男尚生が誕生。三カ月後、卜之は法務局から呼び出されます。帰宅した彼の表情はこれまで見たことのない険しさです。ものも言いません。

「何があったの?」

押し黙っています。

「何か言われたの?」

卜之はようやく口を開きます。

「名前をね」

「名前って?」

「卜之の卜が当用漢字にないから」

「当用漢字にない、それがどうかしたの」

「当用漢字じゃないと受け付けられないんだよ」

「受け付けられないと、どうなるの?」

「新しい戸籍に載せられないとさ」

「載せられないって」

意味がわからず聞き返します。

「新戸籍を作成できなければ帰化の許可が下りないってことだ」

帰化ができない、私は心臓が苦しくなりました。

「ここまでやっと辿り着いたのに」

思わず言いました。

「じゃ、何か、犬猫じゃあるまいし、卜之をひらがなかカタカナにされてはどうですか、なんて簡単に言うよな、はい、どうぞって返事できるか」

「それで法務局はなんだって」

「少し時間をあげますから新しい名前を決めてください、と平然と言いやがる」

卜之はタバコを取り出し火をつけようともしないで、くわえたまま俯《うつむ》きました。そして呻《うめ》くように、

「一体誰が許可するって言うんだ。人間が人間に許可を下せるのか。朝鮮人はどんな無理難題でも呑まなきゃならないのか」

そう言った卜之の表情は苦悩で歪んでいます。

卜之と一緒に国を法をなじることができたら、少しは彼の気持ちも楽になったかもしれません。けれど私は卜之の心を慮《おもんばか》ると同時に、もしここで帰化ができないとなったら、彼が怒りのままに取り下げたら、三次がどんなに落胆するか、親子関係まで悪くなる、そんな心配さえしていたのです。

卜之はそれ以上は何も言わず、夜遅くまでこれまでは観たこともない、たいして面白くもないテレビの娯楽番組に頓狂な笑い声を何度もあげていました。

英世、おとうさんと私は同じ空気を吸っている、目に入るものも、耳に聞こえるものも、同じのはず。いつもおとうさんは私のそばにいる。けれどこの時私には、おとうさんがずっとずっと遠くに在るように思えたのです。

「卜之も口惜しかろうが、名前は書類上の便宜と割り切ってはどうか。卜之だけのことではない、次の世代のことを考えてくれ。ペンネームを持っただけだと解釈してはくれぬか」

三次は諭しました。

改名するにしても之だけは残したほうがいい、「これから新たな人生を耕していく、耕之《こうじ》としては」と提案し、卜之は従うことになるのです。

英世の入園を半年後に控えた昭和五十四年九月、俊就と尚生を乗せた乳母車を押して家に帰ります。顔見知りの郵便屋さんが通ったのでポストを探りましたが、何もありません。台所に上がり肉を冷蔵庫に入れようとして、一枚の紙に気が付きました。その扉に無造作にガムテープで貼り付けられた広告紙の裏、そこに緑のマジックで

「帰化許可さる。二時電話あり」

と書き付けられていたのです。時計は三時を過ぎていました。卜之が工場から戻って書き置い

て行ったのでしょう。

「よかった、英世の入園に間に合った、これで肩身の狭い思いをしなくてすむ」

三次に早く知らせよう、どんなに安心するだろう。尚生を抱き上げて、やっとおとうさんの子供になれたんだよ、と頬ずりしながら、もう一度紙に目をやりました。

「帰化許可さる」

その字はふだん几帳面すぎるくらい丁寧な卜之の字とは思えない荒れたものでした。

「証第一〇六号　昭和五十四年十月十六日交付
帰化者の身分証明書
この身分証明書に記載された者は、昭和五十四年九月二十八日法務省告示第三百二十五号により日本国に帰化した者であることを証明する。

　昭和五十四年十月十二日」

「李卜之」は「山本耕之」、「中尾友美」は「山本友美」、息子三人は、山本耕之の戸籍に入籍され、続柄「子」は、それぞれ「長男、弐男、参男」となりました。山本卜之は書類上から消滅したのです。

三次は自分がつけた名前に愛着があるのか、すぐに卜之のことを「コウジ」と呼び、竜植は「ボクユキ」と呼び捨てにします。私はボクちゃんとも呼べず、「こうじさん」とも呼びづらく、おとうさん、になっていくのです。

KOUJI YAMAMOTO

帰化をして二年後でした。卜之の大学時代の恩師から電話がありました。その恩師は卜之が山口大学を受験した後の合格判定会議で

「外国籍の者を入学させても就職の保障ができない。入学を許可するのはどうか」

大半の意見が不合格に傾いた時、

「外国籍とはいえ一番という好成績の受験生を合格させないのは、国立大学としておかしい」

と発言しました。この一言がなかったら、もしかしたら卜之は不合格にされたかもしれません。

恩師は退官後、久留米市の私立の工業大学に就任していました。久留米市は小郡市のすぐ隣でしたので、一家で恩師を訪ねました。彼は十年ぶりの教え子の訪問を大変喜ばれました。

「君のことはよく憶えていますよ。学会に、確か阪急フェリーに乗って学生を連れて行ったことがある。君は船の中でおかあさんが作ってくれたという、たくさんのゆで卵をみんなに食べさせてくれた」

「僕にとっても大学時代、先生について学会に行ったことはすばらしい経験でした。母はとても喜んで卵をゆでてくれました」

恩師と卜之は懐かしそうに談笑します。

「可愛い坊ちゃんたちね、三人も、あなたお幸せ」

夫人は尚生がよちよち歩くのを微笑ましそうに見ながら、

「ポパイの赤ちゃんみたい」

声をあげて笑われます。恩師は卜之が鋳物工場で働いていると聞き、

「鋳物工場もいいが、ほかに君に向いている就職先がないものかな」

と気にかけられました。


それから私は卜之に黙って、季節のものを手土産に、何度か恩師の家を訪問し、結婚までの事情、帰化をする時のいきさつ、私自身は新しい就職を熱望していることを夫妻に訴えました。私のたびたびの訪問にも夫人は嫌な顔をすることなく、

「あなたの方がご熱心な理由がよくわかります」

と恩師に取り次いでくれました。

「僕が勤めている大学に講師として推薦してみるつもりだ」

電話口から恩師の声がしました。

「韓国籍だったらいくら優秀な人材でも大学の教師には無理だったろうが、日本籍になっているなら押し通せるかもしれない」

この正月、三次と喜美が小郡に遊びに来て、私がプランターに植えている水仙を見て、

「こんなにすくっと水仙が咲いて、今年はいいことがあるかもしれん」

三次が予言したいいことが恩師の提案だったのかもしれない、と私は思いました。

卜之は躊躇《ちゅうちょ》しました。

「大学を卒業して十年以上肉体労働をしてきた。ブランクがありすぎるよ。教師などとてもだめだ。恩師の期待を裏切ってしまう」

「努力したら勘は戻るよ。おかあさんのこと思ってよ。日本に来て読み書きもできないのに女ひとりで大学を卒業させたのよ。教師になると知ったらどんなに喜ぶか」

「恩師が僕を思っていてくれただけで充分だ」

「恩師はあなたの学生時代をよく憶えていらっしゃった。そして勧めてくださるのよ。あなたの同級生、一流企業に入ってるよ。日本人というだけじゃないの。ボクちゃん、これからじゃないの」

「背伸びしないで地道に頑張ればそのうち道は拓けるよ」

「でも恩師のお誘い、断っちゃ失礼よ」

「そうかなあ」

卜之は気が乗らないふうです。

私はこの就職こそ、大学で生産機械を専門に勉強した卜之に最も適した職だと思いました。

もちろん卜之はこれまでのどの仕事、運送会社の手伝い、運転手、鋳物工場で働く時も精一杯、いえ普通の人の何倍も努めました。けれど、ミネがボロ買いをして学費を稼ぎ出し、大学に行かせた、その思いは報われていない。亡くなったおとうさんだって勉強が好きな人だった、卜之が医者になればいい、と望んでいたのだもの。

私は祈る思いで恩師からの連絡を待ちます。

しばらくして恩師から、大学の理事会にかけることになった旨の知らせがありました。

「これまでに学会へ発表した論文を提出するように、って」

「所詮無理だよ。論文は何点もないよ」

「与えられたチャンスよ。私たちが結婚する時だって猛反対されたけど、突き進んだじゃないの。やればできるって」

私は意地になっていました。

最近ヘルニアの手術をして急に弱ってきた三次だって、卜之が大学の教師になったらどんなに安心するだろう。

この就職の話を伝え聞いた卜之の同期生で、東京の港湾会社の課長をしている友人が、

「いい話だ。ボクちゃんは昔から遅くまで実験して研究に励んでいたじゃないか。きっといい教師になる。論文は俺たちが共同で発表した分も加えればいい。すぐ手配しよう」

企業マンの彼の対応は早く、何報かの論文がすぐに追加されました。

「鋳物工場の社長や仲間は人手が足りなくなって困るだろうな」

心配していた卜之でしたが、

「こんな零細工場から大学の先生が出たら嬉しい」

と快く応援してくれました。長崎からは毎日のように経過を聞いてくるし、

「畑に行く途中にお地蔵さんがあるぞ。ボクちゃんが先生になれますように、嫁さんらが、孫らが元気でいますようにお守りくださいませ、と手を合わせよるけね」

ミネは弾んだ声で言います。


最初はしぶしぶ話の流れに乗っていた卜之も、ここまで具体化するとそれなりに覚悟を決め、図書館で機械工学の書籍を借りて、夜、目を通したりしています。

私は電話が鳴るたびに内定したのかと、どきりとしました。

事務局からの電話は、

「保証人の書類が出ていませんが」

という淡々としたものでした。

「この近郊の方でできるだけきちんとした職業の方を早急に、お身内は除いてください」

――そんなこと急に言われたって、どうしよう。私は困惑しました。

「まさか恩師にお願いするわけにはいかないし。かと言って鋳物工場の社長には言いづらい」

卜之は消極的になってしまいます。

「お堅い職業って、公務員ならいいのかしら」

誰か、誰かと思い巡らしながら、私は生活協同組合を通じての友人を思い浮かべました。

「毛利さんなら、ご主人は県職員だもの」

「しかしあまり面識ないしなあ」

確かに小郡に移って生協の商品を取るようになってからの付き合いなので長くはありません。

けれど、ほかに適当な人が浮かばずに思い切って電話を入れました。胸がドキドキします。

「嫌だったら遠慮なく言ってください」

そう前置きして毛利夫人に訳を話します。

「ちょっと待ってね」

ご主人に確かめる声がします。

「いいって。組合活動もやっているけど問題はなかろう、って」

私は心のうちで手を合わせました。


内定の知らせがあったのは、英世と俊就の運動会が間近な頃でした。

「内定ではひっくり返ることがある。ぬか喜びにならんように油断はするな」

三次は慎重に私を戒めます。

十月に入ってまもなく恩師から、

「私の考えすぎかもしれないが、山本君の戸籍謄本の件だがね」

何か問題があるのか、と私は緊張して受話器を握り締めます。

「父母の欄に韓国名が記入されているのが気にかかってね」

確かに山本耕之の父の欄は「亡　李龍伊」、母の欄は「韓順伊」と記入してあります。恩師は、卜之が帰化をしたことは極々一部にしか知らせていません。

「事務局は戸籍謄本を受領したという確認印を押して保管するはずだ。その時に目につくということも考えられる。山本君の陰口を言う者がいないとも限らない。名前を消すわけにもいかないし」

困惑した恩師の声が残ります。

山本卜之も消えた、今度は両親の名前を消す――。

卜之が今日あるのは、亡くなったおとうさんの強い意志と、ミネの努力のおかげなのです。その二人の存在が妨げになるなんて……。卜之が帰化をして改名を迫られた時は、子供たちのためなのだからと、日本の法のもとにぎりぎりの妥協をしました。けれど今度ばかりはあまりにも卜之に酷なのではないか。卜之もジレンマに陥りました。恩師にそこまで気遣いさせなければならない申し訳なさ、自分の生い立ちを隠さなければならない不条理。

「籍を変えたといっても所詮外国人だ」

ト之の声の調子はまるで自分を嘲《あざけ》っているかのようでした。

呆然と立つ私の目に六軒長屋の幼い子供たちが鬼ごっこに興じる様子が見えます。三歳の尚生を隣の小学六年の女の子がおぶって遊んでくれています。どこからか肉じゃがのおいしそうな匂い、夕飯どきにはおすそ分けがあるはずです。私に気づいた友人が手を振って、おなかすいたね、と合図してくれます。この豊かではないけれど、のびのびとした暮らし、これを変えるなと誰かが言っているのだろうか。ここまで一心に努力したんだもの、もうこれでいいのではなかろうか。

この話はここで打ち切ってもいいのでは……、私とト之はそんな気持ちで互いを見つめました。

けれど私は首を振って言いました。

「関所よ、ボクちゃん！　ここを通り越せばいいのよ。日本の社会で抜きん出て見返してやればいい。みんなが応援してくれた。今引いては何も残らない」

その夜私は、和文タイプを打つ友人に頼んで、戸籍謄本に表紙を付けて印鑑を押す欄を作ってもらいました。事務局がいちいち中を見ることのないように。

正式採用が決まったのは英世が小学校に入学する春でした。

「背広を着ていくんじゃね」

ミネに報告した時にまず彼女が発した言葉でした。大学の講師がどんなことをするのかよくわからないまでも、ミネにとっては、息子がもう大きなトラックに乗って危ない仕事をしなくてもいい、汗まみれで真っ黒になって身体を酷使しなくてもよくなった、というのが大きな喜びだったのです。

竜植からも「よかったのぉ」と勢い込んだ短い電話がありました。

英世、おとうさんは一日も早くこれまでのブランクを埋めて学生に講義ができるよう、毎夜毎夜遅くまで研究室に籠って勉強を続けました。学生の卒論に付き合って実験を重ね、「学生の世話が過ぎる、君の研究テーマはどうなっているのだ」

恩師から叱られ沈んでいた日もありました。講義の日は緊張するのか食事もしないで早々に出かけます。家族には何も愚痴をこぼしませんでしたが、一年が過ぎた頃胃潰瘍になり、それでも休むわけにはいかないと大量の薬を飲んでやり過ごしました。医者からは極度のストレスが原因と言われました。

おとうさんが卒業させた学生たちからぽつぽつと結婚式の招待状が届くようになりました。その通知をいつまでも眺めて、出席に濃い印を付けているおとうさんです。

英世、美術を専攻するあなたは、「いつかおとうさんの故郷の山河を描いてみたい」と言いましたね。そして、俊就は韓国周遊の旅に出たい、と。尚生は国際商学科のコリアコース受験を志しています。韓国コースがある大学は全国でも数えるほどです。四年生では釜山の東亜大学へ交換留学の制度があるとか。

おとうさんはどんな思いで、そんな息子たちの選択を受け止めたでしょう。

今、いろいろな人たちの助けをもらって、おとうさんは「KOUJI YAMAMOTO」の名前で、国際学会で発表するのです。私はそのスペリングにだぶって「李卜之」が見えるような気がします。

また「サランヘ」を歌おうね

同じ骨

「イゴ　オルマエヨ（これ、いくらですか）」

昭和六十三年八月四日、韓基鐘《ハンキジョン》はこの日本語だけを覚えて、韓国のソウル市から日本に住む叔母、友美の姑である山本ミネに会いに海を渡って来た。

下関港に釜関フェリーが接岸する。見上げると、甲板で大きく手を振る男性がいる。

「私のことかね」

ミネが指で自分の顔を指すと、男性は大きく頷く。ミネは写真で見た韓の三歳の顔しか知らない。

「兄さんの顔に似ているような、違うような。私の息子らとは全く顔つきが違ういね」

ああ、あれが自分の甥か——確信がもてないまま一心に見つめる。税関の審査が長引いたのか彼はなかなか出て来ない。ようやく大きな段ボールを幾つも引っ張ってやって来た。

「アイゴー　コモニ（叔母さん）ヤー　コモニ」

周りが振り返るほどの大声を発してミネに抱きついた。その感触に

「ああ、やっぱり同じ骨じゃあなぁ」

身体中が熱くなった、とミネは言う。

——おかあさん、やっと韓国にいる身内に会うことができたのね。

友美はミネが発病した七年前を思い出す。

明け方五時の電話に友美は起こされた。

「もしもし、あんただれかねぇ」

ミネの声だ。が、変に甲高い。

「おかあさん、友美よ。こんなに早くどうしたの」

「友美さんかぁ、ボクちゃんは元気かね、英世ちゃんは」

ミネは交互に子供たちの名前を呼んで、「はい、はい」と納得したように電話を切った。おかあさん、寝ぼけたのかな、くらいにその時は聞き流したが、すぐその後で利亜から電話がある。

「ここしばらくおかあさんがおかしい。夜はほとんど寝ないで、死にたいと口走るし、夜中に

ストッキングを摑んで外に飛び出したり、目が離せない。宗兄ちゃんは出張でいないし、どうすればいいかわからない。ボク兄ちゃんすぐ来て」

二月に尚生を出産した後、手伝いに来てくれた時は今まで通りの姑だった。が、そういえば、長崎から見舞いに来た喜美が、

「おかあさんは前から潔癖症だったかね。少しへこんだ鍋は汚いと捨ててしまう。靴下にしみがついていると風呂場で長いことゴシゴシこすっておられる。なんかこれまでと違う」

と顔を曇らせて話していた。あれが予兆だったのか。

すぐに耕之と小野田へ向かった。ミネは別人のように瘠せていた。ミネが作るふだんはおいしいカレーライスも、スープのように水っぽくて味もない。

「おかあちゃん、病院に行こう」

耕之が言うと、

「どこも悪くない。友美さん、ネーはどこも悪くないねぇ」

同意を求める。

「だけどおかあさん、夜ぐっすり眠れるように、診てもらおうよ」

骨ばったミネの手をさすりながら友美は言う。

「そうじゃねぇ」

不安そうにころりとその場に横になる。

今年の暮れには竜植と韓国を訪問する予定だった。ミネにとっては初めての里帰りだ。ミネの二人の兄と、弟の消息は未だ不明だ。耕之が中学に上がるまでは時々写真が届いていたらしい。その時は釜山まで行って役場で消息を聞いてみる、と心待ちにしていたミネだ。もしも入院ということもあるので、友美と利亜は着替えをボストンバッグに詰める。この真新しいバッグも初めての帰国のために用意していたものだった。

ミネはそううつ病と診断され、精神科にしばらく入院することになった。鍵を開けて病棟の中に入る時、

「友美さーん、いやでよー」

と暴れた。個室のベッドに坐ると、突然、

「ボクチャンハ　アメリカノ　ダイトーリョーダ、ダイトーリョー　バンザーイ」

と両手を挙げる。

おとうさんが生きていた頃、事業に失敗して作った借金に加え、息子や娘の結婚費用、学費など三百万円をミネは金融会社や友人から借りて、その利子も嵩《かさ》んでいた。なんとか工面しようとしたのか、友美が預けていたオパールの婚約指輪も質屋に入れていた。資金繰りの行き詰まりに加え、頼りにしていた長男は小郡市に移ってしまう。相談したり愚痴を言う相手もなく、孫が生まれても満足のいく買い物もしてやれない。同胞や親類からは、日本人と結婚させて、

李家の長男が帰化をするなんてどういう了見か、と非難もされたのであろう。

ミネはそのすべてを自分ひとりの胸の内に収め、

「おかあちゃんはお金がないけ、身体で手伝ってあげるけね」

と、友美の家に来ては一生懸命に掃除や料理をしてくれた。それを深い意味にもとらずミネに甘えていたのだ。

ミネはうつろな表情で「バンザーイ」を繰り返す。

借金は吉山さんが銀行から借り入れてくれ、兄弟全員で毎月一定の額を返済することにした。当座の守之の大学の費用は本人のアルバイトと、耕之のすぐ下の妹・仮名の夫が手助けすることになった。友美の指輪は耕之が質屋から七万円で取り戻してきた。


ミネの病は急性だったので、薬の効果で徐々に落ち着いているということだった。

「きれい好きだったおかあさんが、入院する前は二週間も風呂にも入らない、下着もそのまま、洗濯の仕方も忘れていたの。この前、外泊許可が出て一日戻って来た。私が買い物から帰ると、玄関の外には水が打ってあり、スリッパはきちんと揃えてあった、ああ、おかあさん、治っているんだ、と思ったよ」

利亜の声が明るくなったのは、入院して半年が過ぎた頃だった。

親子五人で見舞いに行く。ミネは病室の外で待っていた。

「知らせていなかったのに、よくわかったね、おかあさん」

「窓から外を見ていたら草原に子供らが見えた。一人は転びそうに駆けてくる。もう一人はその後をついて走る。三人目はおかあちゃんに手をひかれとる。あれ、うちの孫もあれくらいだが、どねいしちょるか。よーく見るとうちの孫らだわね。もう嬉しゅうて、嬉しゅうて」

友美はミネの顔の前で手をひらひらさせた。

「おかあさん、ボクちゃんが取り返してきたよ」

「すまんじゃったね、あんたの指輪まで」

「おかあさん、すごいよ。買った時と同じ金額を質屋さんから受け取っているんだもの、商売の才覚あるよ」

ミネと声を合わせて笑った。

それからまもなくミネは退院した。


あれは昭和六十二年の春だった。

「友美さん、見つかった」

ミネの電話の声は今にも飛びかかってくるようだ。何かあったのか、また病気がぶり返したのか、と一瞬不吉な想像をしてしまう。

「何が見つかったの、おかあさん」

「にいさんよ、にいさんと、おとうと」

そばで利亜の笑い声が聞こえ、気が緩む。

「電話があったのよ、兄さん、釜山で元気にしていたの」

利亜が笑いながら、たまりかねて電話を代わる。

ミネの町内の人が観光旅行で釜山に行った。釜山港で待っていた個人タクシーに乗った。運転手さんが、たどたどしい日本語で話しかけてきた。

「日本のどこから来ましたか」

「山口県ですいね」

答えると、

「終戦の前にすぐ下の弟は日本から韓国に戻りました。けれど病気で死にました」

「それはお気の毒でした」

町内会長が頭を下げる。

「一人だけいた妹は結婚して日本の山口という所に行きました。手紙が来なくなって二十年経ちます。生きているかどうだかわかりません」

一行は顔を曇らせて話を聞く。

「妹の名前は、韓順伊。日本の名前は確か、ヤマモト　ミネと言いました」

その名前を聞いた時のみんなの驚きは相当なものだった。

「ミネさんだわね、私らよく知っとるわね」

それから車の中は花火が爆発したような大騒ぎで、ミネや家族の消息を矢継ぎ早に質問されるは、下の弟に電話をするは、観光はそっちのけだった、と町内の人たちは笑う。

ミネの兄は何とかして妹の生死だけでも確かめたいと奔走したらしい。それでもわからずに、それならと運転手になって、日本人を乗せた時は片っ端から消息を尋ねていた。その夜、兄はミネに国際電話をした。

「にいさんが、旅費の心配いらん、すぐ船に乗っておいで、と言うぞ。旅費はありますいね。長男は先生、娘らは看護師さん、もう一人は会社の係長で、三番目は嫁さんもろうて家を新しくしてくれました。そしたらにいさんが喜んでね、泣くぞ」

「おかあさんこそ泣きながら、アイゴー、言うばかりで、韓国語と日本語をごちゃごちゃにして、きっと兄さんわかってないよ」

と、電話を代わって利亜が言う。

「よかったね、おかあさん」

十九歳で日本に来て以来、心身ともに一日として休む暇もなかっただろうミネに、神が大きなご褒美を授けたのだ、心底そう思えた。

ミネはその年の秋、四十数年ぶりに祖国へ帰り、兄や親族と再会する。その時に会えなかった甥の韓基鐘が、パルパルオリンピックの夏に来日するのである。

韓がミネの家に落ち着いてまず不思議だったのは、親類が誰も訪ねて来ないことだ。韓国なら、隣の村から身内が来てもその夜は酒宴だ。まして日本からとなると何日も歓迎の宴が続く。ここでは一向に集まる気配もない。ミネに聞いても、

「みんな遠い所に住んでいるけぇね」

と、別にあわてた様子もない。日本は変なところだなあと思った。韓の来日を知らされた頃、我が家は夏休み真っ最中。中学校一年の英世、小学六年の俊就、小学四年の尚生はボーイスカウトのキャンプや、教会、学校の行事が目白押し。韓の滞在は三カ月というので、涼しくなってから会いに行ってみるか、となった。耕之も従弟とはいえ、これまで見たこともないのだかから、あまり親しみも感じていないふうだ。

二カ月が過ぎ十月の連休に、せっかく韓国から来ているのだし放ってもおけないだろうと腰を上げた。久留米市から高速道路で二時間半、小野田市へ着いたのは夜九時だった。車の音でわかったのか、ミネの家の玄関が開き長身の男性が立っている。眉間から鼻はミネに似ている。彼が韓だった。

「アンニョンハシムニカ（こんばんは）」

と言いながらかなりオーバーに友美に握手を求め、肩を叩き、息子三人にも彼らが面食らうほどの喜びを表した。が、韓より二つ上の耕之には、年上の従兄に対する敬意を表し、頭を畳に

すりつけるような丁寧なお辞儀をするのみだ。生まれて初めて従兄弟同士は会った。

居間に珍しい花瓶がある。色は深い緑で翡翠《ひすい》を思わせ、表面には細かい無数のひびが入っている。茶室に飾るのか、ふっくらと丸みを帯びた円錐形で、高さ二〇センチ程の先が細く尖った花瓶の周囲には、凜とした空気が流れているようだ。

「ヒョンニム　ソンムルイムニダ（兄さんへのおみやげです）。高麗青磁という韓国伝統のやきもので、これは鶴首といいます」

青磁を愛しむように撫でながら言った。韓はソウルで陶磁器店を営んでいた。来日の目的は、叔母ミネや従兄弟たちに会うこと、日本語を習得して日本の都市に陶磁器の店を出したい、ということだった。


韓の両親は一九三〇年から十五年間、韓が生まれる三年前まで福井県に住んでいた。終戦後、韓の父は一家を連れて韓国に帰ることにした。彼は、これから先同じ苦労をするのなら自分の祖国でする、と考えた。故郷には土地や親類も残っていたので、まず住む場所があった。一方、耕之のおとうさんは、親の代で家や田畑を処分して、弟の竜植と一緒に日本に渡って来たので、帰りたくとも場所がなかった、日本に残って生きていくことしか選択できなかった。その時から耕之は日本で、韓は韓国で生きる運命になった。

韓は日本語がほとんど話せなかった。ミネは韓国語は覚えているものの山口弁丸出し。末妹の利亜は助産師で多忙な日々。彼は二カ月以上滞在しながら日本語を学ぶ機会がなかった。

「ヒョンニム　センギョ　チョンマルロ　ギップムニダ（兄さんができて嬉しいです）　マンナソ　パンガプスムニダ（会えて光栄です）」

と繰り返す。韓の感激ぶりに対し耕之は照れ笑いをしている。韓の上には姉が四人、五番目に生まれた一人息子だった。友美は彼より一つ年下だけれど、ヒョンニムの妻ということで、韓は友美をヒョンスーニム（お姉さん）と呼んだ。この「お姉さん」が彼がはっきりと覚えた最初の日本語だった。

「兄さん、姉さんにお会いできたことで、日本に来た最高の喜びがありました」

小野田に滞在中、叔父の竜植が時々トラックの助手席に乗せて山口近辺を案内する以外どこにも行かなかったらしい。

「私はもっといろんな話をして、日本の文化にも触れたかった。だから一日も早く会いたかった」

韓のその言葉を聞いて、友美はなぜか突然、久留米に伴いたくなった。従兄弟なのに耕之と韓はタイプが全く違う。顔も雰囲気もまるで違う。この違いはどこから来るのだろう。

「韓国語で『行きましょう』はなんと言うの？」

耕之は、どうして？という表情をしながら「カプシダ」と教える。友美は頷いて、

「クルメへ　カプシダ」

韓の腕を軽く引っ張って言った。彼は目的をほとんど果たすことなく韓国へ帰る。それではあまりにも気の毒だ。久留米なら私たちの交友関係も少しはある、いろんな世界を垣間見せることはできるかもしれない。

「カプシダ」

友美は何度も誘った。ミネは、言葉も通じないし、食事も合わないだろうと心配した。それに加え、何より狭い借家住まいの長男の生活を、韓国からやって来た甥に見せるのは恥ずかしい、という意識があった。

「僕は昼間いないし、友美も仕事で外出が多い。韓の世話はできないだろう」と消極的な耕之も、ミネの「あんな狭い家、見せるなや」の言葉に、「家の良し悪しは関係ない、日本はこういうところだということを知った方がいい」と韓を誘い始めた。

「チョッカー（甥のことを親しみを込めた韓国語）　オットケハルカ（どうする?·）」

行くのはやめなさい、というニュアンスのミネだ。韓は三人の顔を見回しながら「チャールプッタカムニダ（よろしくお願いします）」と白い歯を見せて笑った。

後に彼は「ヒョンスーのカプシダだけはわかったが、後は何を言っているか理解できず、とにかくヒョンニムについて行くのだから心配ないだろう」と思ったそうだ。

耕之、韓、友美は、日韓・韓日・和英辞典を片手に毎夜遅くまで熱心に話した。そして韓の友美に対する呼び方も「ヒョンスーニム（おねえさん）」から「ヒョンスー（ねえさん）」に変わった。耕之が出勤した後は、白紙に英単語や漢字を書き並べ、ジェスチャーで会話した。意味が通じないと頭を抱える友美を尻目に、息子たちは「おじちゃん、猫好き？」、「ラーメン食べる？」と気楽に話しかけ、彼も「イェー　イェー（はい、はい）」と屈託なく応じている。

友美は同人誌を編集したり、アルバイトで結婚式の司会、地方新聞の女性版の広告記事を書いたり、不規則に外出する。韓は友美が出かけるたびに嫌な顔をする。

「ウェー　イールルハセヨ？（どうして仕事しますか）　アイ　スルスレヨ（子供さみしいです）」

韓は、帰宅してテレビを観ている息子を指す。

「トンイ　オプソヨ（お金、ないですか）」

哀れむ目をして見る。

「私が働くのはお金のためだけではありません。私の好きなことを生かしたいのです。毎日が家事だけで終わり、夫、子供を待つ生活では生きていく喜びがありません」

友美は英単語を並べ日韓辞典を引いて言う。韓は大げさに首を振りながら、

「それはまちがいです。私の国では既婚女性に『あなたの職業はなんですか』と質問した時、大部分は『チュブイムニダ（主婦です）』と胸を張って答えます。夫、親、子供の健康を守るこ

とを偉大な〝農作業〟と考えているのです」

「あなたの奥様も店をしているのでしょう」

負けずに友美も言い返す。

「クロッチマン（けれども）妻は家族を犠牲にしません。夕食の時間を五分も遅らせたことはありません」

韓は、自分の考えは絶対正しいというように、一言一言の後に「うん」と頷きながら話す。

「家族はみんな理解しているわ」

韓は真剣な顔をして言う。

「ヒョンニム（お兄さん）はヒョンスー（姉さん）に対して寛容ではなく諦めているだけです」

腑に落ちない顔をしている友美を見て、

「兄さんは五人兄弟の長男という責任があります。もし少しでも家族の誰かが後ろ指をさされる行動をすると、あそこは朝鮮人だから、という目で見られる、それを警戒していました。だから人から何をされても言われても、じっと耐えることを強いられ、言いたいことも言わないという忍耐強い性格になったのです」

と、友美を自由にさせ、干渉しない父性的な部分、それは耕之の持ち前の性格ではなく在日として身に付いたものだと断言する。

「ヒョンニムは大きな声を出したこともないでしょう。ヒョンスーに怒ったことがありますか、いつも黙って笑っているでしょう」

「そんなことないわよ、耕之さん、理不尽に私を叱ったことがあったのよ」

友美は耕之が帰化をして、大学に勤め出したばかりの時を思い出した。耕之が英世に宿題を教えている。

「こんな問題もわからんか」

耕之の教え方はだんだん厳しくなる。

「学校でぼんやりしているのだろう、ちゃんとせんか」

英世は黙って下を向いている。友美は三次に叱られた記憶が蘇る。

「もう少しやさしく教えてやってよ」

横合いから口を挟んだ。

「俺には俺流のやり方がある。口出しするな」

「子供が萎縮するじゃないの。これもわからんか、わからんか、って大声で」

「俺は親父に頭から水をぶっかけられて教えられた」

「おとうさんもよくそんなこと平気でできるね。おかあさんもおかあさんよ、息子が水かけられても知らん顔してるなんて」

「おまえはいいさ、一人娘で大事にされたろうが、俺たちは、おふくろも死に物狂いで働いていたからな、子供をみる余裕なんてない」

「あなたたちはいつも自分たちだけが苦労をしょい込んだように言うのよ。あの頃は日本人だって苦労したわ」

瞬間、耕之の動作が停止した。

「なにを！　きさま」

耕之は友美の肩を蹴り飛ばした。

「俺は何か、おまえの言いなりになる牛か、馬車馬か、おまえに俺の苦労がわかるか」

友美は口も聞けずに棒立ちになった。英世は父親の怒りに驚き俯いたままで泣き出して、俊就はびっくりして外に飛び出し、尚生は友美の影に隠れる。どうしてこの人、こんなことするの。友美は耕之の暴力におびえ、投げられた言葉を消化することなどできなかった。「後はおかあさんに教えてもらえ」と息子に言うと、友美を一瞥して家を出て行った。

それから一週間、耕之は大学に泊り込み、家には着替えを取りに戻るだけだった。友美も耕之を黙殺した。どんなに耕之と争っても、長崎で渋い顔をしているだろう三次にだけは知られたくなかった。

「どんだけとうさんは反対したか。国が違うとぞ、となんじっぺん言うて聞かせたか」

必ずこのセリフが返ってくる。

たまたま出張で寄った義弟の宗之の顔を見て、友美は泣き出してしまう。

「兄貴はふだん何も言わないけれど、切れたら前後の見境なく怒るから。僕も中学の時に、親戚のおばちゃんから買ってもらった腕時計を学校にはめて行ったら、きさまぁ、校則違反をしやがって、と俺を殴る、腕時計は踏んで壊してしまう。僕がぐれたのはあれが原因かもしれん」

宗之が思い出すように言う。

「兄貴、いつも我慢しているから何かの拍子に爆発するのかなあ」

「そんな……裏切りよ。私はボクちゃんがあたたかい人だと思ったから、父のように厳しくないから、魅かれたのよ」

突然蹴られた屈辱はまだ忘れていない。

「姉さん、気にせんでいいよ。僕らは友美姉さんの味方だから」

「宗之さん、やさしいね、京子ちゃん幸せだわ」

「京子も結婚する時はかなり親に反対されたけどね。長女が生まれてからは、京子の両親はすっかり柔らかくなったよ」

「そうか、うちの父親は相変わらず心配症よ」

「兄貴も後悔してると思うよ。ただあやまるきっかけが摑めないだけだよ」

「ボクちゃんってクリスチャンよ、それなのにおかしいよね」

議論はクリスチャンの資質にまで発展し、友美は少しずつ気持ちが落ち着いてきた。

「ヒョンニムはよほどのことだったのですよ。怒ることがあると聞いて嬉しいよ。ヒョンニムも心ありますよ」

「変な人たち」

「また外出しますか」

「今夜は学校の役員会があるんです」

「アイゴー　タッタバラー（ああ、嘆かわしい、ばかだぁ）」

「そんなに山本家がイライラするなら、小野田へ帰ればいいでしょう。日本にはあと二週間の滞在なんでしょう。さよならね」

友美は韓の小言を背後に感じながら出て行く。

翌日、友美が子供たちを送り出してから取材の仕事に出かけ、夕方帰宅すると、部屋の中はきちんと片付けられ、植木鉢に遣り水までしてあった。

「まあ、大助かりだわ。韓国でもするの？」

「アニー（いいえ）、韓国では男が台所に立つのは恥ずかしいことです。私が掃除などしていたら、妻は体か頭に異変が起こったのかと心配します」

「では、なぜしてくれたの」

「ヒョンスーの仕事が減ったら、私に日本語を教えてくれる時間が増えます」

韓のその言葉を聞いてから、友美は真剣に日本語を教え始めた。夕食後は日本語のテキストをテープに吹き込んだ。韓は神妙な顔をして聴いている。だが、とても短時間ではこの作業は終わりそうにない。彼は小野田へは帰らず、帰国ぎりぎりまで久留米で過ごすことになった。

時折、韓は真剣な表情で言う。

「ヒョンスー（ねえさん）は子供たちにきちんと教えていますか、父親は韓国人だと」

「そんなこと自然とわかるでしょう。姑が韓国人ということは誰でも知ってるよ」

「アイゴー、なげかわしいね。なぜ民族の誇りをもっと教育しませんか」

「韓国から初めて日本に来て、すべてを理解したようなこと言わないで。毎日の生活で在日を意識し過ぎていたらやってられないわ。今暮らしている、この現在こそ大事なんじゃないの」

友美は反論する。二人が議論している時、耕之は口を挟まない。

韓と耕之は性格、考え方が全く違う。韓は自分は韓国人だという誇りを持ち謳歌《おうか》している。韓国人は何者にも劣らない、と開き直っている。韓を見ていると、これまで、夫は韓国人だけれど日本籍を取得しているの、と秘密事を抱えて暮らして来たことが些細にも思えてくる。

血のつながりというのは不思議なもので、息子たちは幼い時から可愛がられたように、韓になついた。そんなある日、尚生が言った。

「僕、おじちゃんを学校に連れて行きたいな」

「どうして？」

「この人、韓国から来たんだよ、韓国語を話せるんだよって、みんなに自慢するんだ」

この言葉は友美の胸を突いた。三人の息子の中で、一番活発で、社交家で、珍しがりやの尚生は何気なく言ったのかもしれない。が、耕之と結婚し、韓国人を理解しなければならないはずの友美の意識のどこかに、耕之が在日ということをできれば避けて通りたい、という部分があった。尚生の言葉を聞き、韓と接するうちに、友美の中で少しずつ何かが変わってきた。

韓を紹介する時、

「夫の従弟なの。韓国のソウルに住んでいるの」

すっと言えるようになっていた。紹介された方は不可思議な表情をする。その表情には、従弟ということはご主人は韓国人ということなの、という問いが込められている。

「そうよ、夫の従弟」

実に素直にその言葉が出る。

耕之も、これまでは韓国の肉親とは会うことはないだろう、と諦めて生きてきたのが、韓の出現で祖国が急接近した。今まで韓国に対する関心をあまり示さないように見えたけれど、韓国の書籍に興味を示し、ハングルの勉強もするようになった。片言の韓国語で自分から韓に話すようになった。韓国のニュースにも私たちは敏感になった。

帰国する日が迫った時、突然韓は言った。

「久留米で店をします。ヒョンスー（姉さん）も手伝ってください。そうすればあなたが外に出て働かなくてもいい。もっと家族と一緒にいる時間が増えます」

「えっ、私、今のままでいいよ」

「だめです。もっとヒョンニムや子供たちといっぱい話してください。店の名前も決めています。私のソウルの店と同じ、高麗陶窯《こうらいとうよう》です」

友美自身は仕事と家事の両立をさほど苦にしていなかった。だが彼が持参した青磁を見ていると心が休まる。こんな商品に囲まれて静かにギャラリーをしてもいいな、とも思えてくる。

韓は、帰国して準備を進めてきます、と友美が吹き込んだ日本語会話のカセットを持って帰って行った。

店の計画も耕之と友美、韓、三人で相談している時は安定した三角形でも、一人抜けると揺らいでくる。友人や耕之の弟妹たちも反対した。趣味の品がそんなに売れるわけがない、在庫を抱えすぎたら赤字じゃないの、と。

所用で久留米に来た三次は店の話を聞いて寝込んでしまった。韓国の品物をなぜ扱えるのかと誰かに思われて、耕之が韓国人だということがわかったらどうする、恩師にも迷惑をかける、せっかく得た大学の職にも傷がつく。確かに三次の心配も一理ある。極端から極端の話に友美は迷う。

もう一度韓と話し合いをしなければと、耕之と二人で韓国へ行ってみることにした。そしてできるならばこの話はキャンセルしたいと思っていた。

耕之と友美は翌年の一月三日、三日間の予定でソウルの韓を訪問する。

「テハンハンゴンへ　タプスンへジュショソ　テダニ　カムサハムニダ（大韓航空へご搭乗いただきましてありがとうございます）」

機内に正確な韓国語が流れる。

「父や母、叔父たちから故郷の話を聞いていた。いつか訪れる時もあるだろうとは思っていたが……」

旅立つ前にもらした耕之。

耕之は窓に顔をくっつけて眼下の景色を何十枚もカメラに収める。

「大学生の頃は日本人としてパスポートを取るなんて思ってもいなかったな」

「取らない方がよかった、なんて言わないよね」

「それはないよ。ただ人間の運命なんてどう変わるか個の力ではわからない、と実感しているんだ」

赤茶色のゴツゴツとした山々が連なっている。シャッターを押す手が止まる。

「釜山の上空だ」

「どうしたの」

「いや、親父もあの山を見て育ったんだろうか、と思って」

「おとうさん、元気なうちに里帰りしたかったでしょうね」

日本を祖国に持つ者にはわからない——耕之の感慨が伝わる。

一時間二十分で着いた所は、友美には初めての外国だった。耕之はロビーで立ち止まって何かを見つめている。極彩色のチマチョゴリを着た五歳くらいの女の子がいた。「かわいい」、思わず声にする。日本語はわからないだろうに、その子の母親が友美に笑顔を向ける。

「おかしいね」

耕之がふと言った。

「チマチョゴリが堂々と着られる国なんだ」

耕之はじっとその女の子から目を離さない。


空港には韓と妻の振姫《チンフィ》（愛称・ティーニー）が出迎えていた。友美とティーニーは出会った瞬間、自分たちの方が従姉妹同士のような感覚、旧知の友のような親しみを持った。韓はこんな愛らしい妻をおいて日本に来ないだろう、と思える。

夕食はティーニー手作りの、色とりどりの鮮やかな韓国の家庭料理だ。食後にとうもろこしを煎った香ばしいお茶を一口飲んで、

「店のことはどう思っていますか」

と韓が口火を切る。耕之は曖昧に笑っている。友美は仕方なく、久留米で店を出す決心がつかないと話す。韓は顔色を変えて、

「私は日本へ持って行く品物を用意して窯元に預けてあります。明日はそれらがヒョンスーの気に入るかどうか見に行こうと思っていました。だが乗り気でないのなら、この話はなかったことにしましょう。それに対して悪くは思わない。これからも親戚に変わりはありません。明日はソウルの見物でもしましょう」

「タンベ（たばこ）」

韓はむすっとしたまま隣室に行く。ティーニーは友美の手をさすりながら、

「ケンチャナヨ　ダイジョウブ」

覚えたての日本語を使う。

「ネイルン　パンムルガンへ　カルカヨ（明日は博物館に行きましょうか）」

韓がタバコに火をつけて言った。その時、友美に決断をさせたのが一体何だったのかわからない。あまのじゃくな友美の性格も影響したのだろうか。

「韓さん、一緒に店をやりましょう。やっぱり窯元に行くわ」

そう一気に口から出た。耕之は、えっ、話が違う、という顔をするし、韓はタバコを取り落とす。

「アラッスムニダ（わかりました）。ではすぐに具体的な準備にかかりましょう」

かくして久留米で韓国陶磁器の店をするという話はまとまってしまった。
後に韓も――実は私も妻や親類に、日本にまで行って商売をするなんて無茶だと反対されていました。ヒョンスーの方から中止しよう、と言ってくれればと内心思っていた。ところがヒョンスーは、やりましょう、と言った。私も迷いがとれました、と振り返る。

日本に戻る前夜、韓とティーニー、耕之と友美でソウルの大きなレストランに行った。突然クラッカーが鳴り照明が消え、ハッピー・バースデーの大合唱、今日誕生日を迎えた客にケーキとコーラスのサービスだ。曲が変わりみんなが歌い始めたのは「サランへ（愛しています）」だった。初めて聴くハングルの「サランへ」、結婚式の披露宴で耕之の弟妹が歌ってくれたことを友美は思い出す。

二時間存分にはしゃいで上機嫌で店を出て、十階からエレベーターに乗った。友美は韓に日本語で話しかけ、韓も片言の日本語で答えたその時、傍らの五十代の男性が口汚く韓に迫った。韓と男の間で激しい応酬がある。男は韓やティーニーを睨みつけてエレベーターを去った。

「どうしたの」

「なんでもないよ」

韓の表情は固い。

「ちゃんと教えてください」

韓は耕之をちらと見て、

「きさま、韓国人のくせに日本語を使うな、と言いました。私の兄が四十年ぶりに祖国に戻りました、と説明しました」

激怒して食ってかかった男より、表情をなくした耕之の姿が友美の心を重くした。ティーニーが友美の手に指をからめてくる。

ギャップ

元号が昭和から平成に変わる日、韓と陶磁器は博多港に到着した。だが店の場所は決まっていない。不動産屋では実際に店を経営するのが韓とわかると断られた。韓国の商品を扱う店も不安だし、朝鮮人は困る、というものだった。一度は友人のコネでＯＫが出て、店舗内に商品を搬入していながら貸主の家族からクレームがつき、引き上げたこともある。

「日本人は信用できません」

韓は激怒する。二週間程で韓の頬はこけ、体重も減った。

「韓国のエレベーターの中で経験したのと同じよ。日本人の中には韓国人に心を開いていない人もいるのよ」

友美の言葉も上っ調子に流れる。韓と友美の苛立ちにひきかえ耕之は落ち着いている。こんな経験は今に始まったことではないということらしい。

耕之は大学で帰りも遅い。昼間、店舗探しに奔走するのは、結局韓と友美である。韓は日本語もまだよく理解できない時期である。意志の疎通もはかれないことがままあった。

友美は運転免許を持っていないし、韓は韓国では左ハンドルなので日本の右ハンドルの車に乗りたがらない。私たちは歩いて店を探す。

「疲れました。タクシーに乗りましょう」

と韓が言う。

「もったいないよ。それに近い所は運転手さんが嫌がるわ」

「本当に日本の交通事情はメチャクチャです」

「私のせいではないわ」

「韓国なら私が行動する時は運転手を雇います」

「あなたが右ハンドルを練習して来ないからよ」

二人とも疲れて黙り込む。喫茶店に入って休む。韓は、コーヒーを持ってくるのが遅いと韓国語で罵る。「催促しなさい」と言う。友美は知らん顔をする。こんなに自分勝手なわがままな人と一緒に暮らして、店をやれるのだろうか。内心不安になる。久留米に来た最初の三週間程はまだおとなしい人だと思っていたのに。昼間喧嘩をしたせいか、夕食の時途中で急に食欲がなくなることもある。韓も同じなのか箸をポーンと投げたりする。

幸いミネが小野田から来てくれて、家事全般を引き受けてくれたのが唯一救いであった。ミネにしても血のつながった甥と、娘同然に思っている嫁のことである。間に入ってミネの気苦労も大変なものであったろう。

韓は食事もそこそこに寝てしまう。慣れぬ日本で、店舗探しという初歩の段階からの躓きである。それも韓国人に対する偏見からなのだ。どんなに口惜しいだろう、と冷静な時は思うが、友美も仕事を抱えながら動く毎日だったのでいらいらも募る。この間、ミネがいなければ、友美と韓はパニック状態に陥ってしまったかもしれない。

「今なら商品をそのまま韓国に送り返すこともできる。もし韓さんが迷っているなら、帰国した方がいい」

友美が言えば、

「一度決めて日本に来た以上、やります」

韓は日本語と韓国語を交えながらそんな意味を伝える。

我が家の大家さんが、家の裏に借家を新築していた。構えは住宅で繁華街からは離れた場所だが、ぜいたくは言えない。大家さんは久留米の地元の農家で四世代同居。実権は八十四歳のおじいちゃんにある。久留米に越して以来、十年間大家さんとは親しく付き合ってきたが、韓は日本人は信用できませんと心配顔だ。耕之と三人で相談に行く。

「おじいちゃん、新築中の家をお借りしたいの」

「あんたたちが入るんならよかよ」

「私たちではなくて店舗にするの。夫の従弟が寝泊りしながら」

「朝鮮から来とる人か」

やはりだめか、と友美は俯く。

「よかたい、どこの人でも。家賃さえちゃんと払うなら」

おじいちゃんは韓の顔をじっと見る。

「せっかく朝鮮から来とるとやけん、頑張って商売ばせんの」

話は決まった。

「おじいちゃんは昔から農業をして大地に接してきた人だ。考え方が広いんだ」

耕之は礼賛する。その夜は久しぶりにゆっくりと眠った。ミネもひと安心して小野田へ戻る。


家が完成するまで、韓はひとまず帰国することになった。その日は三学期の終業式で雨が降っていた。家族みんなで韓を下関の関釜フェリーの乗り場まで送って行く。耕之の車は鳥栖のインターチェンジから九州自動車道路に入った。英世の通知表はかんばしくなく、車の中で友美はヒステリックに叱った。

「こんな成績でどうするの、おかあさんはどの仕事も大切だから辞めないで来たけれど、こんな調子だと何かを整理しないとだめね。ああ、どうしよう」

「ヒョンスー　クマンドゥセヨ（ねえさん、やめなさい）、兄さん神経が上がるよ」

大声で韓が注意した時、右側から追い越して来た乗用車が中央分離帯に激突して、クルクルと回転した。テレビのロケなのか、と思った瞬間、私たちの車はそれに追突していた。救急車が来る、パトカーはサイレンを響かせる、警察官、高速機動隊が走って来る。

人ごとのような半日が過ぎて、幸い友美が右腕複雑骨折をしただけで、家族を含め回転した乗用車の人も無事という結末となり、否応なしに友美はすべての仕事を中断することになった。金属の棒を二本骨に入れる手術をしたので、全治に一年はかかるということだった。


平成元年五月三日、友美の右腕はギブスのまま、韓国陶磁器の店「高麗陶窯」は始まった。

韓に言わせると、韓国で陶磁器店の社長といえば、その道に精通した人以外はなれないらしい。彼は「南川」という雅号を有していて、名刺に印刷してある南川を見ただけで、彼が陶磁器に関して専門家であるとわかり尊敬されると言う。陶磁器店の経営は日本の感覚ではなく、「先生、ぜひこれをお譲りいただけませんか」と欲しい人が彼に頼み込むらしい。女子大生が「陶磁器の歴史について卒論を書くから教えてください」と来たり、学者が「これはいつの時代の作なのですか」と鑑定を依頼する。韓国では彼自身が商品を売るために頭を下げるなど皆無だった、と言う。

日本とは根本的に違う。オープン当初からしばらく、友美は日本での商売とはどんなものかを教えなければならなかった。韓は「いらっしゃいませ」や「ありがとうございました」をなぜ自分が言わなければならないのか、不思議でたまらなかった。高麗陶窯に客が来ても笑顔で迎えるでもない。友美はいつも「すみません、まだ日本語がわからなくて」と取り繕う。立ったまま対応するのは失礼、ポケットに手を入れたままなどもってのほか、笑顔で、笑顔で。一方韓は、友美が彼と言い争いをした直後でも人が来ると俄然愛想よくするので、「ヒョンスーは二重人格ですか」と怒る。

韓が日本での商売がわかってきて、笑顔を見せたりジョークを言うようになるまで半年以上を要した。

日々の暮らしにも我が出てくる。友美にしてみれば家族が一人増えた分だけ家事の手間も増える。「六人の世話は大変」とぽろりと言うと、「韓国では少し前まで大家族制だった」と反論してくる。耕之や息子たちが「おいしい」と言って食べるスープも、「味が全然ないね」と真っ赤になるほど唐辛子を入れる。市販のキムチは「これは韓国のキムチではありません。にせもの、にせもの」と口にしない。

女性に対する見方も違う。夕方まで客の応対に忙しく一緒にバタバタしていても、「おなかがすきました。早く夕食にしなさい」と怒鳴り、「韓国ではどんなに昼間忙しくても、夜家族が揃う時は部屋の中はきれいです」と発展すれば、「あなたは私をなんと思っているの」と言い争いになる。

時代を遡り、同じ民族がバラバラに生きなければならないようにしたのは日本だ、と韓は言い始める。

「日本が韓国を植民地にした三十八年間のために、我々がどんなみじめな思いをしたか、豊臣秀吉の時代から我々は日本に痛めつけられてきた。ヒョンスーはそのことをどう思うか」

と聞く。友美自身高校の歴史の時間に、一九一〇年日韓併合、と習った程度で、韓が来るまでは日本と韓国の歴史についてさほど深くは考えていなかった。そう答えると、

「本当に日本はいけないね。事実を隠していますよ。日本に歴史はあっても歴史家は一人もいないですよ」

「乱暴な言い方ね。植民地にしたのは日本が悪いことをしたと思うけれど、秀吉のことは昔のことだわ」

「昔ではない。昨日のことですよ」

安土桃山時代など友美には歴史の一頁の感覚である。ところが韓にとってはおじいちゃんが殺されたも同じなのである。韓国には、族譜（チョクポ、家系図）が厳然と存在し、秀吉の朝鮮出兵はつい去年の出来事のように思えるらしい。先祖を大切にする韓と、今、生きている者こそ大切、という感覚の友美とは平行線である。

日本の歴史の教科書には、韓国を植民地にした頃のことは詳しい本でも二十行足らずしか出ていない。だが韓国の教科書は数十頁に及んでその頃の事情を記述している。韓国人に反日感

情があるのはまた当然なのかもしれない。

「でも恨んでばかりいたら、いつまでも二つの国は仲良くなれないわ」

「ヒョンスーは韓国人のヒョンニムと結婚しています。そのヒョンスーが韓国を理解しないで誰が理解しますか」

ハンシムハダ（寒心ハダ、情けないねー）と韓は呟く。


韓が来日して一年も経たないうちに友美の体重は五キロ以上減った。


友人たちが遊びに来た時、日本が植民地化したことを韓は必ず話題にする。耕之の留守に同僚の堀氏が店に来た時もその話になる。

「日本がそんなことまでしたとは具体的に知らなかった、僕たちは日韓併合として教えられただけだった」

友美と同年代はみんな同じ考え方だ。

「あなたは教育する立場の人です。教育者がその事実を知らないで、どうしますか」

韓は食ってかかる。耕之にその話をすると、心配そうに、

「歴史の問題は一人ひとりを捕《とら》まえて責めるべきものではない。堀先生は気を悪くされたのではないか」

耕之の異常な心配の方が気になって、

「そんなふうでもなかったよ」

と弁明する。

「韓は言いたいことをなんでも言える立場だから幸せだ」

フーッと息をして、

「僕たちは、彼らのように直接的な反日の表現を避けて暮らしてきた。そうしないと日本人の中で暮らしていけなかった。どうも僕は韓国人にコンプレックスがあるね」

耕之は、自分たち在日韓国人は辺境の人間だ、と言う。日本人でも韓国人でもない特殊なカラーだと。

「しかし、これも自分に与えられた運命なのだろう。僕たちは日本と韓国の仲立ちになる役回りかもしれない」

耕之は独り言のように呟いた。

韓は、友美が同人たちと編集発行している『女たち』に、来日記を投稿することになった。

来日記　　ヒョンニム

今日もヒョンスーの口癖が出た。「韓国人の習慣ってこんなものなのかしら」。それを聞きながら朝ごはんを食べる苦労を支払っている。今朝のヒョンスーのブツブツは、ヒョンニムがタロー（最近もらった愛犬）を散歩する時間が長すぎる、ということです。夫婦の喧嘩の原因がどこにあっても、必ず喧嘩の火の粉が私に飛んで来て、避けることができない運命を持っている。

「やっぱり韓国人との結婚がまちがっていたわ」

手のひらを全部広げて手を振りながら悪い言葉を言う時のヒョンスーの姿ですけれど、私が見ても漫画によく出る女性の姿に見えるから、「やっぱり韓国人」という言葉があまり恨みがないかもしれないです。ヒョンスーは台所に入って行き、ブツブツ独り言、ヒョンニムと私が声を出さずに笑うだけの、返事もない一日の始まり。

ヒョンニムの出身が山口ですから、山口人がどうなったこうなった、と前は言いましたけれど、突然韓国人の言葉に変わったことが最近のことでした。私が来てからの流行の言葉です。私はどこに在っても韓国人だけでいいですけれど、ヒョンニムがかわいそうな時もあります。韓国人になったり、山口人になったり。それで見れば出身が不確実な人に見えますけれど、故郷が二つあるために幸せな人のようにも見えます。それなのに、いつどこで見てもヒョンニムのただ押し黙る表情が、あまり幸せな表情とは見えずに、何か不足な気がします。

私だったら日本の友達とは口喧嘩がある時でも、お酒を飲む時でも、どこでも韓国式の冗談、会話、韓国的な雰囲気から離れることができないですけれど、ヒョンニムになったら日本で生まれて、大学まで日本の教育をもらった人です。逆に言えば、韓国に戻っても言葉も通じないし、仕事もない、本当に普通の日本人より日本を好きかもしれないです。

私だったら、帰ることができる人、戻ることができる人ですけれど、ヒョンニムは戻ることができない人ですから、どうして妻であるヒョンスーがいまだそこまで理解できないのかどうかわかりませんが「韓国人が」と言うかが残念です。

すべてそれがまちがった歴史の間の犠牲であり、韓国人の痛みを見るような気がします。お互いに悪い癖も悪い習慣もありますけれど、その表現をヒョンニムがどのくらい言いながら今まで生きているものか、いつかものすごく聞きたいですけれどまだ聞く時間がありません。

明日にでもヒョンニムを誘って二人で紅葉でも見に行こうか。　（『女たち』第十八号）

三次と喜美が韓と会ったのはその年の冬。高速道路の追突事故や店を開いたというのは二人には知らせないままだった。

体格もよく超然とした八十二歳の三次の後ろに、七十五歳の小柄な喜美が寄り添っている。喜美は争い事は大嫌い、激しい口調などもってのほかという性格だ。久留米駅に着いた二人は、迎えに出た友美の腕の包帯を見てまずギクッと肝をつぶした。あわてて友美は事故の顛末をか

いつまんで説明し、胸をなでおろした両親に、

「それで実は韓と一緒に例の店を開いてしまったの、大家さんが家を貸してくれたの」

と矢継ぎ早に打ち明けた。韓国の陶磁器を並べることを危惧していた三次だったが、高速道路の大事故で娘が腕の骨折ですんだことに気をとられて、ほかのことは二の次になった。

両親にとっても韓と面談するのは初めてだし、純然たる韓国人と会うのも初めてだ。友美は、韓の、感情をそのまま顔に出し思ったことをズバズバ言う、慎ましさに欠けるという性格を喜美が受け止められるだろうか、と心配だった。案の定食事の時、ミネが送ってくれたキムチを韓が額に汗をたらしながら生き返ったように皿一杯食べる時、喜美は露骨に嫌な顔をする。くちゃくちゃと舌なめずりせんばかりにスープを大匙でかきこむ。喜美は、こんな無作法な人と一緒に食事はできないとさっさと台所に引っ込む。韓は喜美が梅干と漬物で御飯茶碗半分をよそうよう食べ終わるのを見て、よくあんな粗末な食生活で今まで生きてこれた、と嘆息する。喜美の自慢の煮豆を、甘すぎる、これはおかずなどではない、菓子だ、とバカにする。二人ともさすがに面と向かっては言わず、固い顔の作り笑いでごまかすが、

「すかんねぇ、おとうちゃんの従弟さんなんて思われん」

喜美は告げ口し、韓はぶちまけるのだから、友美はたまらない。食事の習慣の違いに始まって、韓が半分冗談に、

「姉さんは家事は下手で、アイロンもかけたことがありません」

と言うと、喜美は途端にふくれっ面になって、

「大切に育てた友美ちゃんの悪口を言いなった」

と三次に言いつけている。結局、二人はできるだけ顔を合わせないようにして敬遠し合った。三次は元来好奇心旺盛な人だから、韓とお酒を酌み交わして意気投合することもあった。韓の日本人観に
「いや、そういう考えもある」

同調する場面もあった。

両親は十日間の滞在予定を半分に切り上げ長崎に帰ることにした。喜美は友美にまでむっつりとしている。このままでは母娘の間も不穏になる、と駅へ送る車中で言った。

「耕之さんが心配しているよ。おかあさんは韓を気に入らないようだけど、自分の従弟だからおかあさんにも可愛がってもらいたかった、って」

それを聞いて今まで口をつぐんでいた喜美は、

「えっ、おとうちゃん、そうやったと。私は従弟さんと友美ちゃんがいつもポンポン言い合ってなんか親しくしているし、喧嘩しているかと思えば、ヒョンスー、ハンさんと呼び合ったりしているけん、おとうちゃんに悪くて気の毒で」

とあわてて言う。耕之が
「韓国では兄弟、従弟の関係で兄嫁にだけは、甘えやわがままを出しても許される慣習なんで

すよ。あれが弟嫁だったら遠慮して何も話さないのですが。だから彼の場合も友美にあんな態度でも不思議はないのです。最初におかあさんに言っておけばよかったのですが」

耕之の説明に喜美はほっとした顔で、

「それはわたしの誤解やったね、すみませんでした」

と素直にあやまる。さっきまでつんつんしていたのに、

「友美ちゃんごめんね、従弟さんにもよろしく言うとって」

猫なで声で言い出すので、友美は返す言葉がない。三次は苦笑いしている。喜美は本当に安心したという顔で手を振りながら列車に乗って帰って行く。

友美でさえ、韓を家族の一員とみて過ごしていても、食べ物、言葉遣い、習慣、埋められないものばかりだ。喜美にギャップがあったのは当然だろう。


だが想像もしていなかったことがあった。

高麗陶窯の前にガソリンスタンドがあり、身体に障害のある五十代の小柄な男性が働いていた。スタンドに隣接した社員アパートの前の清掃作業が彼の仕事だ。彼は足を引きずりながら松葉箒で塵を掃いているか、黙々と草むしりをしていた。紺色の作業着の上下に雨の日は雨合羽を来て、晴れた日は麦藁帽子をかぶっていた。友美が久留米に越してくる前から働いていたらしいが、顔を合わせても頭を下げるくらいで言葉を交わしたことは一度もなかった。こちら

から「こんにちは」と言っても彼の返答はない。言語の障害もありほとんど話をしないと聞いていた。

その彼が交通事故で突然亡くなった。韓が韓国に帰宅している時だ。韓が戻って来たのは亡くなって一週間後だった。彼が他界したことを告げた時の韓の驚きは想像以上だった。

「なぜ死にましたか。そんなばかな、生きてますよ。韓国から種を持って来たのに。一緒に蒔こうと約束しましたよ」

韓は、彼の長男が今年高校を出て就職したことや、娘の結婚が決まりそうだったのに、という話をしながら、

「かわいそうに、今から楽しみができると喜んでいたのに」

と嘆く。

「どうしてそんなに詳しく知っているの、あの人と話ができたの?」

「そうです、彼はいい友人でした」

「友人……」

「あなたと店をするために日本に来たばかりの時、私は日常の挨拶もうまくできなかった。日本人と話をするのも恥ずかしかった。その時、毎日顔を会わせる彼に大声で、おはよう、こんにちは、と声をかけましたよ。私の日本語のアクセントがおかしくても、彼はきちんと答えてくれました。一緒に身振り手振りで話したよ。彼には飾らずに地のまま接することができた

よ」

そういえば韓はよく彼に手を振って合図をし、彼も笑って頷いていた。

「ほら、これですよ」

韓はびっしりと実がついた一五センチほどの枯れたとうきびを取り出した。

「もちきびといって、もちのように柔らかくて甘いよ。スタンドの周りに植えようと二人で」

日本語がわからず言葉を使えない外国人と、障害を持つ彼が壁を乗り越えて心が通じ合った事実、友美には及びもつかない二人の交流だった。

情《チョン》

午後十一時、韓国に商品を仕入れに戻っている韓に追加注文の電話をする。誰も出ない。明日でもかけ直そうかと切ろうとすると、「ネー（はい）」、不機嫌な女性の声がする。眠りを妨げたようだ。「ティーニー？」、遠慮がちに名前を言う。「イェ（はい）　トモミサン？」、「イェ　友美エヨ」、「アイゴー　トモミ　アンニョン」。急に声が明るくなる。はしゃいだティーニーの声。「アンニョン　ティーニー」。友美も急に元気になり、一オクターブも高音になる。前に韓が、たとえばティーニーと自分が口論した後や、彼女が子供を叱って不機嫌な時でも、ヒョンスーからの電話だと途端に彼女は陽気になり表情が輝く、二人とも言葉もできないのに、と不思議がったことがある。

友美とティーニーの間には特殊な親愛の情が流れている。彼女の存在があったからこそ、友美は韓と一緒に高麗陶窯をやって来れた、そんな気がしている。


来日した秋に韓が三週間我が家に滞在した時には、韓自身日本語も話せず、耕之と友美を頼りにしてどこへ行くにもおとなしく従った。日本のすべてが珍しく、発見や感動も多々あった。友美も初めて会う耕之の従弟という親近感もあり、耕之と全く異なる韓の性格、考えが面白かった。すこぶる仲良く過ごした時期だ。

二度目に高麗陶窯を開くために来日した一九八九年二月には、ミネが助っ人で滞在し、韓と友美は店舗探しに奔走し、開店準備に夢中だった。少し韓の性格が見えて、全く妥協しないことで友美と衝突もあったけれど、韓なりに日本に馴染もうと努めていた。

一年が過ぎて、韓は日本の生活に慣れ、自分の考えを表現することができるようになった。慣れとともに韓の中には不満が鬱積していた。

韓は二言目には友美に向かって、

「あなたには子供たちがいる、ヒョンニムがいる。友人もたくさんいる。それにここはヒョンスーの国だ。何もストレスはたまりませんよ。だが私には何がありますか。家族もいない、自分の国でもない、自由に表現することも、身体を動かすこともできない。一日ずっと店番していつもヒョンニムとヒョンスーに気を遣っている。ストレスたまりますよ」

忌々しそうに言う。――それはわがままというの。単身赴任者は誰だってそう、家族を残して頑張っているの。日本に来て店をするのも、自分の選択でやったんじゃないの、責任転嫁してどうするの。言い返したいが、韓の苛立ちに水を注ぐので黙っている。

朝食時もスカラ（匙）をぐずぐず動かして不機嫌極まりない。

「どうしたの？」

「スル（酒）少し飲む」

「朝から飲んでどうするの、ヒョンニムに知れたら大目玉よ」

「チェサ（法事）ですよ」

韓がぼそりと言う。

「え？」

「今日は私のおとうさんのチェサですよ」

韓国では年に何回も法事をする。自分の両親、祖父母、曾祖父母、一族の家長が儀式を執り行い、女性は法事の席には入れられず裏方だ。三十分で儀式を終えると、一同で宴会だ。韓は長男だから礼装して厳かに一族の頭となるのだ。

耕之も山本家の長男だが、今はミネに任せている。先祖より生きている者が大切、と最小限のお供えで済ませている。友美には特別な意識はない。が、韓にしてみれば、きっと今頃は家長然として座の中心になり、皆と杯を交わしているのだ。韓の淋しい目はソウルの自分を見ていたのかもしれない。

来日記　イルボンサラムガッタ

日本に来て一年が経ちました。ある夜電話がかかってきました。「もしもし高麗陶窯です」。私はちょっと自信がある声で言いました。「オマ（あら）」。電話はソウルの振姫（私の妻）でした。「ウムスンイ　クノアッパタルマンネヨ（声が大きいお父さん・ヒョンニムに似ていましたね）」。振姫が言いました。「あ、そう」。別に気にもとめないように言いましたけれど、内心嬉しさと恥ずかしさが一緒でした。クノアッパ（ヒョンニム）にイントネーションも声もよく似ていると聞いて、ふと自分の存在がなくなった感覚にびっくりしました。

自分が失くなったという経験をした人がどれくらいいるかわかりませんが、私が韓国語をしゃべっても、日本語、英語をしゃべっても、いつも自分を中心にして私が存在すると思っていましたけれど、私の声が私ではなく、日本語を習ってきた人の声によく似てきた、ということとは第二の私が生まれたと思うと、それは喜びより驚愕でした。

以前、韓国に帰国した時、久しぶりに会った韓国人の友達が「イルボンサラムガッタ（日本人のようだ）」と言いました。「そんなに短い期間に日本人の姿になれますか、私は変わらないよ」と答えましたけれど、私自身わからないうちに姿が変わってきたのかもしれません。そのニュアンスが私の外見を見て自然に出てきた言葉か、何とはなしに恨みをこめたブラックジョークか、どちらにも取れました。

私自身も日本に来るまでは良い感情ばかりではありませんでしたから。

イルボンサラムガッタ

クノアッパタルマンネーヨ

その言葉に寂しさを覚える反面、今、日本の人に愛を持っていなかったら、私がこれほどまでに日本語を習得しようとは思わなかったかもしれません。言葉も食べ物も日本人の習慣に合わせてきましたので、自分でも気がつかないうちに日本人のようになって、第二の私が作られているのでしょうか。友人からの久留米弁そのままの「今夜、一杯飲もうや」の電話を待ちながら、今日も久留米で生活しています。

（『女たち』第十七号）

韓が久留米へ来てから在日韓国人や韓国人の友人ができた。韓に通訳をしてほしいと尚生の小学校時代の担任から連絡があってやって来たのは金一家だ。金氏はソウルから久留米大学の歯学部に研修医として赴任した。真美《チンミ》夫人は三十一歳、小学三年生と一年生の二人の息子がいる。金氏が研究している歯の噛み合せの強度と、耕之が専門とする光弾性の実験がどこかでつながり、二人はとても親しく研究をすることになった。

金氏も真美さんも熱心なクリスチャンだ。友美は洗礼こそ受けているが、耕之のように毎週まじめに礼拝には行かない。韓国は人口の約三分の一がキリスト教徒で、教会の十字架はネオンサインになっていてとても目立つ。真美さんと親しくなっていくうちに、神の偉大さがよく話題に上る。友美が浮かない顔をしていると、「トモミさん、スマイル、スマイル。そんな顔をしていては悪魔が来ます」と突然言ったりする。

ある土曜日、金夫妻は、耕之と韓、友美を食事に招待した。金夫妻を訪れる前に韓と友美は諍《いさか》いをしていた。商売の仕方についての意見の相違だ。少しでも黒字になった月は貯蓄した方がいい、と言う友美に対し、韓は、商品が財産です、と一円残さず仕入れる。空港には耕之がライトバンで出迎え、後部の窓も見えないくらいいっぱいの段ボールを積んで戻る。毎月友美は溜め息混じりに梱包を解きながら、今月の家賃はどうするのか、と頭を悩ます。二人の主張は平行線だ。結局最後には友美が黙る。

韓と友美が言い争いになっても、耕之はどちらの味方もしないで知らん顔をしている。耕之なりの考えがあるのだろうが、それも友美にはやりきれない。

真美さんは韓国料理を二つのテーブルに山盛りにして待っていた。友美は彼女の手伝いをしようと台所に立つ。

「トモミさん、ケンチャヤナ、食べましょう」、「イェ」と返事はしたものの、先程のやりきれなさを思い出し涙が出てきた。

「ドウシマシタカ」

「私、あとで食べます」

「アイゴー、ちょっと待って」

真美さんは男性たちに食事を勧め、居間と台所のドアを閉めた。

「すわってください」

真美さんは友美を坐らせ、自分も片方立膝で坐り、さて、という表情で
「何がありましたか」

「喧嘩しました」

「ハズバンドですか」

「アニー、韓さんです」

「ムオヨ（どうして）」

「考え方が違います」

そう答えながら大人気もなく涙が出てくる。

「アイゴー　ごめんなさい。韓国の男性はストロング。クレド（だけど）心は静かです」

友美は首を横に振りながら、半信半疑で聞く。

「ハンさんもきっとそう、ストロングだけど心はいい」

仕方なしに頷く。

「だけどね、ごめんなさい。わたし、トモミさんにすみません」

彼女は友美の手をとって真剣にあやまる。

「真美さんのせいではありません」

「アニー、わたしの国の人がトモミさんを泣かせました。わたし、心からごめんなさい」

真美さんと話しているうちに友美も少しずつ落ち着いてきた。しかし、もし自分が外国に住んでこんなに日本人のことを庇《かば》えるだろうか。同じ国の人があなたを泣かせてごめんなさい、と素直に言えるだろうか。日本人もいろいろな人がいます、と自分の正当性を主張するかもしれない。

「ケンカの時はね、悪魔がその人に住みます。祈ることによって神様が悪魔を追い出します」

友美は笑ってしまう。

「そう、トモミさん、スマイル、スマイル、さあ食べましょう」

「ヒョンスーはどこに行きましたか。彼女はいつも味の薄いものばかり作りますから、栄養がたくさんの食べるがいいよ」

と言う韓の声が聞こえ、なんだか一人相撲のようで怒っているのがばからしくなってきた。真美さんが一晩コトコト炊いて作った牛の膝の骨のスープは栄養満点で、ひと匙飲むごとに元気が湧いてくるようだ。

「トモミさん、おいしいですか」

「イェ　チョンマルロ　マシッソヨ（ええ、本当においしい）」

真美さんと友美は互いに相手の国の言葉を使って、二人で発音がおかしいと笑う。韓はものも言わずに馳走を平らげ、金氏と耕之は熱心に研究の続きを話している。

真美さんと姉妹のように付き合い始めて半年経った頃、金氏の両親が来日した。四日間の滞在だ。金夫妻が両親と一緒に高麗陶窯に来た。

「アンニョンハセヨ　パンガプスムニダ（こんにちは、お会いできて嬉しい）」

挨拶はこの韓国語しかわからない友美だ。

「息子や真美、孫たちがいつもありがとうございます」

お母さんの流暢な日本語。

「真美を妹のように可愛がってもらって嬉しいです。日本で何もわからなくて苦労しているだろうと心配でしたが、山本さん夫妻のことを聞いて安心しました」

「どうしてそんなに日本語がお上手なんですか」

友美は質問して、あっと思った。今、六十代の両親は、日本が韓国を併合した時代を生きた方たちだった。日本の教育を受け、韓国語で話していると、「日本語を使え！」と強要された時代を生き抜いたのだ。黙り込んだ友美を見て、

「日本人が悪いのではない、戦争が、政治家が悪かったのですよ」

お父さんは温厚な表情で言い、友美を柔らかな眼差しで見る。

「私は平壌で生まれ、朝鮮戦争の時、京城に逃れました。そして今、日本に遊びに来ます。たくさん経験したからそれでよかったのですよ」

「平壌では医者をしていました。ロシア兵も診ました。ロシア語がわからないから、寒い、寒いとゼスチャーすると、ロシア兵は天幕を切ってマントを作ってくれました。戦争が激しくなってから、ここにいては危ない、と南に逃げる方法を教えてくれたり。いい人間もいました」

「生まれ故郷に帰りたいと思われたことはありませんか」

「いやいや、故郷は胸の中にあります。父、母のね、居る所が故郷ですよ。今はみんなソウルのお墓にいます」

故郷は胸の中にある、友美は複雑な思いでその言葉を聞く。三十八年間、日本が韓国を植民地化した時代。だが友美の世代は学校でその歴史の事実さえ詳しくは学ばなかった。友美自身ほとんど無知だった。韓と出会って朝鮮半島の歴史を聞いて、改めて当時の状況を認識した。

「日本が韓国を併合した時代のことはね、大きな風呂敷にしまってありますよ。平和になった今、やっとね、風呂敷を開いて少しずつ出しています」

「ぜひソウルに遊びにいらっしゃい。子供や孫がお世話になりました。大歓迎しますからね」

両親は何度も耕之と友美に言った。

来日記　悲しい挨拶

ふつう日本人が韓国の言葉を一言くらいしゃべることができる人が多い。それがアンニョンハシムニカ。世界のほとんどの人が、サヨナラは日本の言葉と知っているような、哀絶（哀しみが絶えない）の挨拶のことで、日本のサヨナラという言葉だったら、情緒がありますけれど、韓国のアンニョンハシムニカは少し違う。これは一二〇〇年頃のモンゴル軍の侵略から、豊臣秀吉時代まで夜中殺される人が多かったから、朝起きて「安寧でお過ごしでしたか」という挨拶をし始めた。今はテレビとラジオでただ「アンニョンハシムニカ」だけですけれど、僕が小さい頃は必ず「パンセ（晩間）アンニョンハシムニカ」と習った。極端に言うと「まだ生きていますか」ということです。

そういう挨拶から波及したのが、韓国の代表的な食べ物、クッパやビビンバ、キムチです。クッパはご飯に汁をかけて食べるやり方だし、ビビンバはご飯にいろいろな野菜をかけて混ぜた食べ物、キムチは冬でも閉じこもったままで栄養が取れるように、魚や果物をたくさん入れている。それは中国からも日本からも攻めて来る人が多かったから、食事の時、早目に、混ぜて、入れて、食べて、逃げるつもりだったと思う。韓国人から見たら、先祖がものすごく知恵がある食べ物、と言いますけれど、日本人から見る時、やはりネコマンマのような食べ方ですけれど、これは哀しい歴史が作った食べ物です。

ふつう日本人が韓国と朝鮮が別れた事実だけを知っているけれど、その原因は習っていない。ドイツが別れた原因は、ドイツ民族があの時、力が強かったから別れたけれど、韓国は貧乏だったから別れたと思う。

三十八年間の日本の植民地時代という長い歴史が終わって、日本が戦争に負けて日本人が戻って行った時、韓国では解放ですけれど、解放になっても経済がゼロだった。いや、〇・〇一だった。それで政治家もいないし、無政府時代だったことが、韓国、北朝鮮が別れる原因でした。

突然、どうして挨拶から食べ物、政治のことまで言うかというと、友達でも私の店のお客さんでも、同じ民族が二つに別れたことの原因を尋ねられるけれど、私はうまく説明ができなかった。それが本当に残念な歴史の産物だからです。

この頃、日本にあちらこちら花火祭りがすごいですけれど、韓国ではあまり花火祭りがない。しかし必ず一年に一回、八月十五日、日本の終戦記念日に大きな祭りがあります。その日が、韓国が日本から解放された日なのです。

（『女たち』第二十号）

ある時、午後六時頃韓は外出の支度をしている。

「どこに行くの？」

黙っている。

「もうすぐ夕飯よ」

韓は返事もしないで出て行った。午後十一時が過ぎて、店から我が家に通じるチャイムが鳴る。あわてて行ってみると、酔った韓が友美を睨みつける。いきなりテーブルの上の物を払い落とす。

「どうしたの？」

「全部割ってしまう！」

韓はいきなり立ち、椅子に手をかける。

「私は何ですか、ヒョンスーの奴隷ですか、どうしていつも見張っていますか」

確かにふだん韓が外出する時も「どこに行くの？　誰と？　何時に帰るの？」。深い意味もなく言葉にしている。耕之も息子たちも半ば適当に応えてくれるので、この会話は日常茶飯事となっている。それが韓の神経にひどく触るらしい。「韓国では自分が何をしようと一切干渉されない。自由だ。なぜ日本に来てヒョンスーから見張られなければいけないか」

大声をあげる。韓は、ティーニーの大切なご主人だ。彼女は「ヒョンニムとヒョンスーに任せます」と言ったのだ。山本一家があるから安心して異国へ単身赴任させたのだと思っている。

「そうね、悪かったわ。でも何か事故でもあったらティーニーに申し訳ないから」

内心煮えくり返るが大切な陶磁器に傷がついたら大変、とおとなしく言う。

「私は子供ではない、刑務所だ、もう二度とヒョンスーの顔を見ない」

「イェ　ミアナムニダ（そうね、ごめんなさいね）」

まだ受験勉強をしている息子たちに韓の罵声が届かないように、「ミアナムニダ」と繰り返す。

「ヒョンニムは？」

酔ってはいても耕之のことは気になるらしい。

「まだ大学よ。今夜は実験で遅くなっているの」

韓は友美の手を振り解いて水道の蛇口から水を飲み、「ヌグチベカグラ！（おまえの家に帰れ）」と言って自室に入り、バタンとドアを閉める。友美は韓が荒々しく置いた椅子に坐り込む。なんでこんな人が耕之の従兄弟なのだろう。「ヌグチベカグラ」。友美の方こそ韓に叫び出したい気持ちになる。


ティーニーが来日した。彼女と会うのも一年ぶりだ。前に来た時は店を始めてしばらくしてからで、その時は娘も一緒だった。ティーニーは福岡空港に出迎えた友美を見て心配そうな顔をした。ティーニーは両手いっぱいに韓国の食材を抱えてきた。久留米に着いてすぐに仕事着に着替えて、山本家の掃除、食事の支度を始める。

「ティーニー、ゆっくりしてよ」

と言っても、

「ケンチャナヨ　ケンチャナヨ（大丈夫、大丈夫）」

友美を相手にしないで立ち働く。

「せっかく日本に来たのだからみんなでどこかに行きましょう」

韓に言っても、

「彼女は外の国にいるということだけで満足しています」

と平気だ。十日の間、市内に食事の材料を買出しに行く程度で、ほとんど家の中でティーニーは働いた。

友美はティーニーをどこにも連れて行かなかったお詫びに洋服をプレゼントしたかった。彼女に似合いそうな花柄のワンピースをブティックで見つけていた。

「試着に行きましょう」

「いいよ、だめですよ」

「どうして？　絶対に気に入ってくれるわ」

再三勧めてようやくティーニーは「夫に相談してみます」と小声で答える。自分のものを買う時はブラウス一枚でも韓の許可を得ていたことがわかった。

そんなティーニーが韓と友美が些細なことから口論になった時、激しい口調で韓に詰め寄った。ティーニーのそんな激しさを見たのは初めてだった。その勢いに圧されたのか、韓は押し黙る。

「ティーニーはなんと言ったの？」

韓に尋ねた。しぶしぶ彼は
「姉さんに対してなぜそんな物の言い方をするのですか、姉さんにあやまってください、と言いましたよ」

「いいのよ、ティーニー、いつものことなんだから」

宥《なだ》めようとすると
「アンデヨ（だめです）」

彼女は大きな目をますます見開いて顔を紅潮させながら、韓が友美に「悪かった」と言うまでついに引き下がらなかった。

翌日は韓国に帰るという日の昼下がり。友美は自宅のテーブルで、ティーニーをどこにも連れて行かなかったことを思いながらぼんやり外を見ていた。そこへティーニーが本を開いたまま口の中で何か言いながら歩いてくる。

「ティーニー、どうしたの」

友美は手招く。

「何を読んでいるの?」

ティーニーが大切そうに持っていたのは韓日辞典だ。彼女は頁を繰り一カ所を指す。「世話をする」という単語を指す。友美は、

「え、なに?」

とティーニーを見る。次に指したのは「苦労、苦生」、最後に指したのは「心苦しい」という単語だ。

「マイハズバンド」

言いながら真剣な表情でティーニーは友美に頭を下げた。そして友美の頬をさすりながら
「トモミサン　ミアナムニダ　ミアナムニダ（ごめんなさい、ごめんなさい）」

目にいっぱい涙をためて言う。

「ケンチャナヨ　ティーニー」

応えながらふっと気持ちが緩んでしゃくりあげてしまう。ティーニーはそんな友美の肩をさする。十日間どこへも行かず、一生懸命友美を手伝ったティーニー、韓に食ってかかったティーニー。彼女だけは理解してくれる。

空港で別れる時、あのワンピースを着て「カンサハンムニダ　ヒョンスーニム」と叫んだティーニーの声がいつまでも耳に残った。


一九九二年一月の末、韓がソウルへ商品の仕入れに帰国する前夜、午後十一時近くなって、

「アイゴー、眠れない、スル　スル」

パジャマの上に皮のジャンパーをかけてやって来る。

「元気出してよ、明日帰れるのよ」

それには答えず、

「九十日が早いね、帰るのが面倒ですよ」

韓のビザは就業ビザではないので、三カ月の短期の観光ビザで入国している。確かに帰国してすぐに日本領事館にビザの申請を出し、許可が下りるまでの煩雑な手続き、短期間に商品を仕入れる慌しさ、落ち着かないだろう、と友美も想像できる。

「ティーニーや娘たちが待っているわ」

「待っていても、ティーニーもかわいそう。あなたもです」

日本にビジネスに来た以上は帰る時はまとまった資金を持っていたかろう、家族にも渡したいし、たくさんの仕入れもしたい。だが小さな店の経営はいい時ばかりではない。韓も私も無給で働く月が多い。このまま続けて行けるのか、その焦りは二人とも共通だ。注いでやったお酒をほとんど口にせずコップを持ったまま、

「あなたはいいよ。今、私が韓国に帰ってしまっても商品が残る。私は三年間何をしたのだろう。日本語を覚えた、日本の友人ができた。それでもいいよ」

自嘲気味に言う。

「韓国でこの調子なら商売すぐにやめていますよ」

「日本と韓国とは違う、結果がすぐには出ないわ。ようやく三年が過ぎた。これからじゃないの」

韓は、ヒョンスーには商品が残ると言うが、品物は人の手に触れ、愛でられてこそ生きたものとなる。買う人がいなければただの物に過ぎないだろう。今、ここで投げ出してしまえばそれこその三年間は無駄になってしまう。

「きっと今からよくなるから」

「あなたの言うのもわかるけれど、行ったり来たりに飽きました」

「世界一のバイヤーだって豪語していたでしょう。弱気になっては、アンデョー」

友美の発音がおかしかったのか、「そうですね」と言いながら韓は少し笑う。

「あなたのコモニは自分の国ではないところで四十五年も苦労して、やっと身内に会えたの。ヒョンニムだって十年前までは真っ黒になって鋳物工場で働いていたのよ。私たちまだ始めたばかりですよ」

友美の言い方もつい説教じみてくる。韓の頭にはGNP世界上位の日本で商売したら必ず大成功するだろう、というもくろみがあったのかもしれない。

「もう少しの辛抱よ」

「イエー」

ビジネス・パートナーの二人は黙ってスルを飲む。

枯れ木になっていた高麗陶窯の前の梅の木が、あれよあれよと思う間に新しい枝をスッスッと伸ばし、可憐な白梅が咲き続ける。

韓が帰国した時は、二輪だけ開いていた梅が、満開を過ぎて散って若葉をつけ始めた。

帰国する朝、

「ヒョンスー、私が戻って来たらみんなで梅見物しましょう」

と言っていた韓だったが、四十日が過ぎ三月に入っても、来日するという連絡はない。しばらく前の電話では、三年間日本と韓国を行き来したために日本領事館でクレームがついて、ビザ申請が十五日間しか認められないと言った。その後は、友人が会社を設立するので手伝ってくれと話があった、と早口の電話だった。ビザのことは国と国との取り決めで個人の力ではどうしようもないし、友人の話に心が動いているのもわかる。

一人で高麗陶窯を掃除する。冷蔵庫にビタミン剤、風邪薬、漢方薬などがあり、流しの下には空になった一升瓶が転がっている。三カ月前には瓶の口までいっぱいだったビタミン剤は三粒残っていて、ほかは空になっている。最近心身の不調を訴えていたが、本当に疲れていてなんとか治そうと薬やアルコールに頼っていたのだろうか、と辛くなってくる。今度戻って来たら気候もよくなるし、おかあさんも一緒に旅行でもしようと耕之と計画していた矢先だ。が、韓のためには自分の国で暮らす方がいいのではないか、と思えてくる。

いつもは二週間で必ず戻って来るので、友美もそのサイクルが身に付いているが、予定が立たないとなると店をやっていく意欲が廃《すた》れてくる。草取りを怠っているので、店の前の草が雨が降るごとに成長して、なんとはなしに高麗陶窯全体が荒《すさ》んで見えてしまう。

小野田のミネや長崎の三次、喜美とは一週間に一度は電話をし合う。ミネも喜美も孫のことや耕之、友美の健康を気遣う。彼女たちには心配をかけまいと「元気よ、大丈夫」と応対するが、三次にはつい本音が出る。

「韓が戻って来ないの。日本でこのまま店を続けるかどうか迷っているみたい」

「それは困ったなあ」

「うん」

「だがあまり心配するな。おまえが身体を壊してはどうにもならん。耕之は大学に勤めよるけん、そいでよか」

結構割り切った答えが返ってくる。


金家族が尚生の誕生日に遊びに来る。小学校四年の時、「ぼく、韓おじちゃんを学校に連れて行きたい、ぼくのおじちゃんだよ、韓国から来たんだよ、って自慢するんだ」と言った尚生も、もう中学二年生だ。

ケーキで祝った後、「サランへ」を歌おうということになった。「サランへ」を初めて聴いたのは耕之と友美の結婚披露宴だ。二度目に聞いたのはソウルのディスコホール。耕之が初めて祖国に降り立ち、友美とティーニーが出会い、韓と高麗陶窯を始めようと決断した時だった。

「サランヘ　タンシヌル　チョンマルロ　サランヘ（愛しています、あなたを、本当に心から）」

耕之、韓、ティーニー、そして家族……サランはそれぞれの人たちへの愛に通じていた。

韓は店の中でよく「サランヘ」を韓国語で歌っていたが、友美が一緒に歌えるのは「エイエイエー」というくだりだけだ。

あれから二年が過ぎた。

韓に会わなければ、友美も毎日を気忙しく過ごし、耕之の心を見る時間もなかっただろう。在日韓国人のことを真剣に考えることも、韓国を見ていくこともなかっただろう。韓を通じティーニーにも会えた。韓国の友人もできた。韓は何者にも換えられない充分過ぎるサランを残してくれた。韓もきっと母国で新しい世界を見つけるに違いない。何より日本で暮らしたということは彼の中で必ずプラスになっているはずだ。

二人は今まで頑張った。だからこれからは一人で高麗陶窯をやってみよう。

福岡市の中心部でギャラリーを持っている友人から「五月の中旬に高麗陶窯の展示会をしてみない？」と誘いがある。福岡なら友人も多い、きっと協力してくれるだろう。もし韓が戻らなくても一人でステップを踏んでみよう。少しずつ意欲が湧いてくる。

桜前線北上のニュースが流れた夜、電話のベルが鳴る。

「ヨボセヨ（もしもし）　ヒョンスー」

低音の韓の声がする。

「あさって戻ります。新しい商品もたくさん仕入れたよ。荷物いっぱいですよ。ヒョンニムの車で空港に迎え、お願いします」

「……」

「夜八時到着、大韓航空、ヒョンスー　聞こえますか」

韓の声に友美の心は軽く躍る。韓と耕之と友美、そして繋がっていくたくさんの者たち——。

友美はこれからもっと大きく扉を開けるのだ。

「タシ　サランへ　ノレルプロヨ（またサランへを歌おうね）」

小声で言うと、

「ヒョンスーのハングルまったくわかりません」

日本語で応じる韓の声がする。

Ⅱ 母の島

セコイアのある家

長崎大水害

「平屋の一軒屋で部屋数は最低五つ、軒はあった方がよい。家賃は五万円まで。医院やスーパーに近ければなおよし」

平成五年の正月に届いた「山本友美様宛」と毛筆で書かれた封書、その裏書は中尾三次、中にはやはりしっかりとした毛筆で便箋一枚に二行だけ。三次が家探しの条件として、友美に書き送ってきたものだ。

三次と喜美は長崎の籠町《かごまち》で一生を終えるのだろうと思い込んでいた。小さな食堂「大黒《だいこく》」を四十年近く細々と切り盛りしていた両親が、よもや他所の土地に移るなどと友美は考えもしなかった。

けれど前ぶれは確かにあった。昭和五十七年の長崎大水害の時だ。

昭和五十七年七月二十二日の夜のことを喜美は記している。

――午後七時頃晩ご飯を食べようとしていると、急に石油の臭いが鼻をついた。変だなぁと思って店を覗くと、足元まで水が来ている。その時、けたたましくサイレンが鳴る。水嵩がみるみる増して来る。「絶対に戸を開けるな。金庫を二階に上げろ!」。様子を見に出ていた主人が裏口から駆け込み大声を上げる。「母と妹たちに電話して、どうもなかか、聞け! 浦上は崖崩れぞ」。落ち着け、落ち着け、と言い聞かせながら受話器を取る。母の家は無事という。妹の家は近所が土砂崩れをおこしているので公民館に避難するところだ。「喜美姉ちゃんがたこそ用心せんね。中島川の眼鏡橋は決壊しよるらしかよ」。妹が早口で言う。中島川があふれたらそれこそ市街地すべて水浸しだ。ここ本籠町は古い家ばかり。一軒でも流されたら将棋倒しだろう。床上にひたひたと水が上がってくる。「おまえは二階から動くな!」。主人は胸まで浸かりながらベニヤ板で入ってくる水を上半身裸で圧《お》し戻している。

夜明け近く、ようやく水が引き始めた。あわてて友美に電話をした。

七月二十三日午前六時、友人から電話があるまで、友美は長崎の豪雨のことを知らなかった。その前の週まで、耕之と友美は息子の教育のことで喧嘩をしたままでお互い口数も少ない日々が続いていた。だがそんなことは一瞬にして友美の頭から吹き飛んだ。

「おとうさん、テレビつけて、早く。長崎、水浸しだって」

耕之があわててスイッチを入れた。長崎の市街地が昨夜から五〇〇ミリの大雨で冠水した様子が映る。市の中心部を流れる中島川が氾濫し、友美の家の横を流れる支流の銅座川《どうざがわ》も氾濫、満潮時と重なったため中心街の浜の町、築町《つきまち》、新地、すべてが水に浸かっている。死者、行方不明者二九〇人を超えている。友美は鳥肌が立ち、歯の根が合わなくなった。

「どうしよう」

異変に気づいて起きてきた息子三人を抱き寄せる。電話のベル、あわてて取ると早口の喜美の声。

「友美ちゃん、とうさんもおばあちゃんたちも無事やけんね。心配せんでよかよ」

ぷっつりと切れた。その後いくらダイヤルを回しても不通だ。テレビは長崎市内の被害の大きさを次々と報じている。道路は寸断され、土砂崩れが頻発している。

「大学に今日の講義の日程変更を頼んでくる。行ける所まで行ってみよう」

いいの？　目で聞く友美に耕之は頷いて、すぐさま出勤の準備をした。友美は英世を学校に送り出し、俊就を幼稚園へやる準備をする。急いで喜美の好物のおはぎを作ろうとお米を研いで、近所の八百屋さんへ電話してスイカを注文する。昼過ぎに耕之が帰って来た。作業着に着替えて長靴を車に積む。友美はおはぎとスイカ二つを託す。

「危ないことしないでよ」

「何年トラックの運転手していたね」

運転席に坐るとまるで人間が変わったようにスピードを出し、マナーの悪いドライバーには「免許証返せ！　ばかったれ」、「車に乗る資格なんかない！」、「チンタラチンタラ行くな！」、ふだんは考えられないような暴言を吐く。友美の一番嫌いな耕之の一面だが、こんな時は頼もしい。

国道や県道は救援物資を運ぶ車両以外通行禁止だった。耕之はそのたびに山道に迂回し夜通し走り続けた。一晩かかって長崎に到着した。

「仏様の来てやんなったとよ。大きなスイカば抱えてさ」

喜美は耕之が現れた時のことをいつまでも、仏様のごたった、と表現する。

「来たとか」

三次もこの時ばかりは驚いた、と述懐する。

耕之は二日泊まって泥まみれの畳をはぎ、流れて来た木切れや廃棄物の整理にあたった。喜美が大切に飼っていた、たくさんの鈴虫は瓶もろとも流され、丹精していた何十個もの植木鉢は跡形もない。外の自動販売機は倒れ、中身はすべて流出していた。「大黒」の店内の紅葉だけは折れなかったのが不思議だ。

「大黒」は以来閉店した。三次は七十三歳になっていた。この食堂「大黒」から細々と稼ぎ出していたお金が、友美の学費になり、結婚資金、三次と喜美の老後の蓄えにもなっていた。

あの時からもしかして三次は、長崎からいずれ離れなければいけないと思っていたのかもしれない。

三次と喜美は、年末から一週間は友美の家で過ごすのが年中行事となっている。平成も四年が過ぎた師走、例年のようにやって来た。夕食もそこそこに三次は

「これに同意のハンをついてくれ」

二枚の書類を取り出した。それは長崎大学余光会への入会申込書だった。同意書は、自身の遺体を正常解剖用として寄贈することに私共は心から同意し、かつその意思を実行することを確約いたします——とある。

「これって?」

「読んでわからんか。献体の同意書だ。きみことそうすることに決めた。主治医の落先生に

も話してある」

よく理解できないままに耕之とその書類を見る。

「実は僕も今、工学と医学の連繋ができないか模索していて」

「そりゃおもしろか」

「膝関節の曲がり具合を計測する時に、亡くなった人の膝を使ったりします」

「おとうちゃんが使いなるならよかね」

どうやら喜美もよく献体を把握していないようだ。

突然言われても、少し考えさせてよと渋る友美に、

「こういうことは思い立った時にきちんとしとかんば」

と三次は同意書の親族欄に書き込みを促す。三次はもうすぐ八十歳を超えるが、かくしゃくたるもので、

「主治医の落先生から、あなたの心臓は五十代と太鼓判を押された」

と威張っている。喜美は食が細いわりには、

「最近強くなったとよ。風邪もひかんごとなった」

と元気そうだ。この二人があの世に行くなんてまだまだ考えられない。

「じいちゃんより先に私が逝っちゃうかも」

息子に言いながら、耕之と友美は印鑑を押す。

「もし俺が先に死んでも、喜美のことは妹夫婦に頼んどる。動けんようになったら、二人で長崎のどこか老人ホームに入ってもよか。いずれにしてもおまえたちに面倒はかけん」

三次は断言する。

「とうさん、そんな寂しいこと言わないでも、久留米に来ればいいじゃないの」

友美は心にもないことを言う。もし本当に三次と一緒に暮らすなどとなったら、どんなにか緊張するだろうと気が気ではない。喜美が気になることをもらした。

「大家さんがさ、本籠町一帯に駐車場が広がるけん、家を立ち退いてどこかに引越してもらわんば、って言いなったとよ」

「なに、それ」

思わず聞き返す。三次が友美を一瞥して、

「久留米には引越すつもりはなか。立ち退き料を出してもらって長崎でどこか探す」

「おとうさん、そろそろこちらに来ることを考えませんか。二所帯住める家を探してもいいですよ」

見かねた耕之が口を挟む。

「いや、よか」

三次はすぐに否定したが、喜美は
「あんたたちの近くで過ごせたら嬉しかねえ」

ほほほと笑う。

そんな一週間の後に二人は鳥栖駅から長崎へ帰る。

「普通電車でよか。ゆっくり帰る」

五時間はゆうにかかるが、急行料金を節約しているのだろう。

「英世たちは学校の成績がもう少しは上がらんば、どうもおまえの家族は遅く寝て遅く起きる。生活習慣がなっとらん」

叱っていても、帰る間際には「みんな元気にしとかんば」、三次の口からその一言が出る。二人が列車に乗り込む姿は、三次がよろけたりして、もういい年の老夫婦だ。誰かが座席を替わってくれるのが窓越しに見える。

「こんな年寄りだけを列車に乗せるなんて、親不孝だな、と人に思われているみたいね」

手を振りながら友美は耕之に言う。


平成四年の夏。

「駐車場の工事が始まった。立ち退きが決まった」

三次から電話があった時、嫌な予感がした。

「まさかこの近くに来るのではないよね、長崎でどこかに移ってくれるよね」

絶対に三次にそばに来てもらいたくない、と本気で言う友美に、

「子供は友美だけだし、年寄りを放っておけないよ」

と耕之は悠長に答える。

「私、いやよ。あんな口うるさい父が近くに来てごらん。息が詰まるよ。ねえ」

友美は三人の息子たちに同意を求める。

「おかあさん、気にし過ぎ」

大学二年の英世。

「なんで恐がると？」

大学一年の俊就。尚生は素知らぬ顔だ。

長崎の家には風呂がない。三次と喜美は近くの銭湯に行く。喜美の電話は三次の留守を狙ってあった。

「今、おとうちゃんお風呂に行きなった。家のことはなるべくあんたたちに世話ばかけんごと、長崎で探しよるとよ。近所に見つからんけん、大浦やら紹介してもらったけど、坂ば上る途中で二人とも息切れしてさ、気分の悪うなってやめたとよ。もう少し見て回るけん、心配せんでよかよ」

ころころと可愛い声の喜美だが、あと三年で八十歳になる。二人が腰を屈《かが》めて庇《かば》い合いながら、長崎の坂道をよろよろと歩く様が浮かぶ。

友美は無言で三次の短い手紙を読み返す。前後して従姉の美弥子からも連絡がある。

「おじさん、おばさんにみんなして勧めたとよ。年をとってよそに移ったら、病気になったりぼけたりする人が多かけん、長崎で親類の近くに家を探さんね、協力するけん、って。そしたらおじさんが、やはり喜美の身内に世話かけるのも心苦しか、友美の近くに移ろうと思っている、って。あの言い方はもう気持ちば固めとんなったね」


「どこかないかしら、長崎の両親が久留米に引越してくるのだけれど、夫婦が住む家」

「ご夫婦だけなら狭くてもいいのね」

「それが荷物が多くてね、要るものだけ持ってくれば、と父に電話で言ったら」

――おまえは簡単に言うが、まぐろの選別のごと、これは要る、これは要らんとぽんぽんできるか。三次に一喝された話をする。

「気が強いったらありゃしない」

「お元気な証拠よ。でも困ったわね、老夫婦に貸してくれるところあるかしらね」

不動産屋では、高齢者は火の始末を忘れてぼやを出したり、家賃がきちんと支払われなかったりする例が多いと嫌がられ、どこでも最初から断られてしまう。日曜日の礼拝の後に教会の友人に相談したり、友美が手伝う地方選挙の仲間たちや、隣組の人たち、誰かれが手分けして探してくれた。

二カ月程過ぎた後に、友美の家から歩いて十五分の場所になんとか見つかった。二階屋で昭和四十年頃に建った古家だが、三次は「まあ、しかたんなか」と了解した。

両親が五十年余住んでいた家の引越しはとても短期間で終わりそうもない。業者に任せるとすごい金額になりそうだ。耕之は二カ月がかりで土曜、日曜と二トン・トラックを借りて、英世と二人で荷物を運びに往復する。引越してくる久留米の家には、友美と、俊就、尚生が待機して運んで来た荷物を入れ込む。

「今夜は外食しようね。あなたたちの好きな食事にしよう」

息子たちの機嫌をとりながら、運んでも運んでも埒が明かない段ボールの山に溜め息をつく。

引越し当日、昭和五十七年の集中豪雨以来開けられることもなかった二階の雨戸をこじ開け、空気を入れ換える。出発時間になっても、喜美は残していく流し台やガスレンジまでたわしで磨いている。

「このかまども壊されるのかね」

手を合わせる。

「きみこ、はようせんか。みんな待っとるとぞ」

しびれを切らした三次が大声を出す。友美は食堂に今も生きている紅葉の木を撫でた。喜美はいつまでも家の中から出て来ない。

書かんがよか

平成六年の師走、三次と喜美は久留米に落ち着いた。二人の家財道具は六部屋の家を埋め尽くし、ふだんの暮らしは台所に続きの四畳半一間となった。

近くに三次がいたらどうなることかと友美はびくびくしていたが、三次にしても離れて娘一家を案ずるより、間近で接するほうが安心したのか、ずいぶん穏やかになった。

夕方、自転車をこいで両親の家へ行く。

「あーら、友美ちゃん、来てくれたと」

喜美の毎日の挨拶だ。三次はおもむろに俳句の本を読んでいる。十年前から俳句に凝っている三次は、久留米に来て半年過ぎてから、一カ月に一度、公民館の俳句講座に通う。その前日は必ず髭を剃っている。

「俳句の先生が女の人やけん、おしゃれしよんなるとよ。ネクタイはどれがよかろうかやら私に聞くとよ」

喜美は少々棘のある声を出す。三次が日頃聞きなれない改まった声で

「明日は耕之君に頼んどってくれ」

土曜日の午後の送り迎えは耕之の役目だ。「君」までつけている。喜美と「ねー」と顔を見合

わせる。長崎から運んできた沈丁花が蕾をつけた、と喜美が見せる。

喜美の耳が幾分遠くなり、孫三人につられて三次のことを「おじいちゃん」と呼ぶようになったのが目立った変化で、二人は新しい環境に慣れていった。

訪問した美弥子も、

「おじさんの口から、すまんなあ、いやありがとう、が聞けるやら思いもせんやった。あんなに穏やかになって顔までやさしくなんなったよ。友美ちゃんのそばに来て安心しなったとね」

と耳打ちする。


「元気かのう、長崎のおとうさんは」

耕之の叔父の竜植がひょっこりやって来た。どういう風の吹き回しかと思ったが、竜植も七十歳近くなって昔の精悍《せいかん》さは影をひそめ、白髪頭を振っている。友美の結婚以来、三次と竜植は電話だけは時々交わしていたようで、

「あにさんみたいに思うとります」

竜植が三次に言えば、

「いや、なかなかあんたは話がわかっとる」

三次も応じ、どことなく似通っているようにも見えてくる。竜植は耕之に、

「まだ博士様にはなっとらんのか、李家から博士が出たらいいんじゃがな」

と言い置いてすぐに小野田に舞い戻って行く。

家族の誰かが一日に一度は二人のご機嫌伺いに行く。息子たちの顔を見るのが三次と喜美の何よりの楽しみになっている。

時には二人で頭を突き合わせてアルバムを覗き込んでいる。

「あら、龍《じゃ》踊り、おくんちなの？」

「この写真は昭和三十年頃か、陛下が長崎を訪問された時に記念行事で呼ばれた」

三次は裾の長い黒の中国服、上質の白いチョッキを着て、お下げが一本ついた中国の帽子をちょんとかぶり、世話役然と写っている。

「もうこんな時間ね」

喜美が時計を見てあわてる。

「友美ちゃん、帰らんばやろ。夕ご飯が遅うなるよ。そうそう今日、長崎の落先生からよかもんば送ってもろうたとよ。持っていかんね」

落先生は長崎名物の豚の角煮を、年に二回は両親に贈ってくれる。父と母にとって長崎は永遠に忘れられない。

進路に迷っていた高校三年の尚生が北九州の大学のコリアコースを選んだ。友美は三次の思惑が気になる。

「四年生では一年間、日本と韓国で交換留学するらしいよ」

「これからは二カ国語、三カ国語を話せる国際人にならんといかん」

「それじゃ賛成してくれるのね」

「本人が決めたことは尊重せんば」

友美はほっと肩をおろす。三次が韓国に違和感を持っているのでは、と気持ちのどこかで思っている。

三次は時に真剣な顔をして友美に言う。

「英世は年頃になってきよる。もし結婚の話が出た時、相手の両親から、父親が韓国人と知って反対されるかもしれん。そこはよう英世に言うとかんば」

「今は時代が変わったけん、友美ちゃんの時のごとなかですよ」

喜美は横合いから言う。

「時代が変わっても気持ちは変わらん」

それはとうさんの気持ちじゃないの、と聞きたいけれど口に出せない。

三次とは相変わらずきちんと向き合えないものがまだ友美の中にある。

ミネが小野田市から電車に乗って野菜を抱えて来る。喜美はミネのことを常々
「おかあさんは偉かねー、五人も育てて、畑までして」

と褒めてくれるが、三次は

「おかあさんは発音が違う。おはようございます、ではなくごじぇいます、と言う。朝鮮人とすぐにわかる。あまり近所の人と話をさせんほうがよかろう」

悪口かと思うことも平気で言うので、友美はあまりミネと三次を会わせたくない。

「友美さん、長崎のおとうさん、おかあさんにも野菜を持っていくけぇねー」

と言ってくれるミネに仕方なく、挨拶だけで帰ろうね、と言い含める。ミネは膝を痛めて足を引きずりながら部屋に上がる。

「行儀が悪いでねー、曲げれんのです」

ミネは椅子に坐る。すると三次が

「おかあさん、どのあたりですか」

ミネの膝にスッと手を伸ばした。

「ええですよ、おとうさん」

「いや、膝に水がたまっとるかもしれん」

三次は構わずミネの膝小僧をさすりながら

「このサポーターは余分にあるからはめてごらん」

膝用のサポーターを取り出した。

「おかあさん、せっかくだからはめてみたら」

友美は遠慮するミネを促す。三次は要領がわからないミネを指導しながら膝に当ててやる。友美は三次の横顔を見つめる。

耕之が講師から助教授（現・准教授）になった。三次はあれだけ頑張るのだから昇格して当然、という顔をしている。

二年に一度は国際学会に参加する。演題のあとに「KOUJI YAMAMOTO」と印刷されているプログラムを三次に見せる。

「K・O・U・J・I」

三次が呟く。

――そうね、ボクユキが耕之になったんだよね。口に出せない思いを友美は呑み込む。

「イタリアのミラノであるのよ」

「学問は一生続けんば」

と言いながら三次は「一路平安・父母より」と筆で書いた金一封を友美に渡す。

「おとうちゃんが撮ってくる写真が楽しみかー。一緒に世界旅行しよるごとして」

喜美は一度も日本から出たことがない。

友美は高校時代から文芸部に入っていた。創作することはライフワークとなり、毎月一度は文学の勉強会に出席して仲間と同人誌を作っていた。ここ数年は自分史に没頭し、「在日韓国人と結婚した日本人の私」というテーマで書き続けていた。時には文学賞に応募して最終選考まで残ったりした。

「友美は幼稚園の卒園式で大きくなったら本書きになりたいと言った、その夢に近づいている。一つのことを続けていれば必ず花開く」

そのたびに三次は激励した。娘がいつかは文学で大きな賞を取って認められ、自信をつけてほしいというのが三次の願いでもあった。

最近も「本籠町五十八番地」と題して、耕之が帰化をする時に改名を強いられたいきさつを書いて応募していた。応募する前には友人たちにも読んでもらい、両親に誤字などを見つけてもらった。自信作だったが結果は落選だった。三次に報告しなければならない。重い気持ちで両親の家の玄関を開ける。

「友美ちゃん、がっかりせんとよ」

喜美はいつもと変わらない笑顔を向ける。三次は座椅子に坐っていかめしい顔をしている。

「とうさん、ごめん、落ちた」

「よかさ、ようがんばったね」

喜美の慰めに、こらえていた涙がこぼれてしまう。

「実はとうちゃんはずっと考えとることがある。おまえはどう解釈するかしらんが」

「こんな時に言いならんでも。一番くやしかとは友美ですよ」

三次は喜美を制して首を振る。友美は何を言い出すのか、と三次を凝視する。

「もう今の内容で書いてくれるな。作品が世に出ておまえが有名になりきるならよか。だが一作だけで花火のごと消えてしまうかもしれん。まだおまえにはそのチャンスも来ていない。耕之はまだまだ大学に勤めんばいかん。子供たちも独り立ちはしとらん。なまじっか家の恥をさらさんがよか。耕之が韓国人ということを、もう書いてくれるな」

三次はしばらく黙って、

「おまえが、落ちた、と泣くのも見るにしのびん。もう書かんがよか」

娘一家のことを思い、世間に波風立てずにやってくれというのか、それよりも以前にやはり三次には耕之が韓国人というそのことが突き刺さっているのではないのか。

友美はいつまでも俯いていた。三次はそれ以上は一言も語らず、テレビのスイッチをわざとらしく入れた。

二人が久留米に越して来て五年が過ぎた頃、喜美が転んで右手首を骨折した。

「おかず、毎日運ぶから」

「おまえも忙しかろう。ご飯と味噌汁くらいは、自分で作りきる」

三次は言い放つ。

確かに友美のスケジュールは詰まっている。日曜日は終日教会、火曜日はホームレス支援で夕方から三時間は六十人分の炊き出しを手伝ったり、一カ月に何日かは読書会にも参加している。三次に「書かんがよか」と言われてからもそれは続けている。時には選挙の応援や広報誌作りに時間を費やす。三次は娘家族の近くに来てからそんな友美の忙しさを見ている。

ホームレス支援に出かける夕暮れ、両親の様子をばたばたと見に行く。玄関から中に入っていくと、喜美はギブスをはめたままこたつで居眠りをしている。三次は、台所の流しに寄りかかって両足を踏ん張って米を研いでいる。友美がいるのにも気がつかない。水加減がうまくいかないのか、手を出したり入れたり首をひねったりしている。そっとおかずだけをこたつの上に置いて戻る。帰り道、二人だけにしておくのも限界かなあ、とつい考えてしまう。

たまたま市内から三十分の八女市の近郊に二所帯が住める大きな家が見つかった。友美はそろそろ同居しなければという覚悟ができていた。

「おまえたちはよかとか」

「おとうちゃんはなんて言いなったと」

私より耕之さんの方が同居を勧めてくれるのよ、と友美は言いかけて、

「子供たちはかあさんが作る煮豆や海苔巻き大好きだし。耕之さんもかあさんのチラシ寿司は最高だって」

「わあ、うれしか。元気にしとかんばですね、おじいちゃん」

三次がそばにいるのは気詰まりだけれど、喜美の喜ぶ様を見ると友美も気が晴れる。

三次は夫婦の年金から、十万円の家賃の半分と光熱費は負担し、食費と諸々の費用は相応に出すことを決めた。新しい家への引越しは平成十二年五月の連休と決定した。

その年の正月から、三次は一日中布団の中で過ごすことが多くなった。春になると食欲も落ちた。

広島から耕之の妹・仮名が見舞ってくれる。看護師の勘で目ざとく三次の背中やお尻の周辺のただれを発見した。

「おとうさん、少し手当てしましょうね、痛かったでしょう」

膿をもって赤く腫れている傷を手際よく消毒する。

「こんなことまでしてもろうて、汚なかとに」

「仮名さん、すまんですなあ」

恐縮する二人に、

「おとうさん見てると、私が中学三年の時に亡くなった父、思い出すんですよ」

仮名は親しみを込めた目で手当てを続ける。帰り道、

「友美姉ちゃん、おとうさん、床ずれできてる。しばらく入院させて治した方がいい。寂しいだろうけれど、自宅では無理と思う」

絶対にそうしてね、と念を押す。三月も終わろうとしている時だった。

「おとうさん、一度大きな病院で診てもらいましょう。このままでは治りませんよ」

一日中起きようとはしない三次に、耕之は言う。

「心配せんでも家移りの時は起きる、五月まではひと月ある」

と言い張る。言い出したら自説を変えない。もともと病院が大好きな人で、病は軽いうちに治すに限ると、しもやけでも病院通い、息子が猫にひっかかれても、「こりゃおおごと、はよう医者に行け」と診察を勧める。友美は三次の様子が不安になった。喜美も看病に疲れ寝込んでしまった。

枕元に隠すように小水で濡れた布があった。友美は三次がおむつをあてていたことに気がつかなかった。

「決して友美に言うな」

三次は喜美に口止めしていた。自分の両手だけを使って始末していたのだろうか。部屋には小水の匂いがしていた。

耕之は八女市にある新築されたばかりのリハビリ病院を、知人に紹介された。同居する家からも近い。三次は相変わらず寝たきり同様の生活をしていた。

「今のうちだったらリハビリして動けるようになりますよ。体が自由になれば食欲も出てきます。おかあさんも栄養をつけないと」

耕之は勧める。

「もう少しこのまま寝とこう」

やつれても気持ちはしっかりしている。

「とうさん、かあさんの世話が嫌で、入院させようと思っているんじゃないよ。少しでも元気になってもらいたいから」

三次が誤解しているのでは、と友美は涙声になってしまう。

「おまえたちの気持ちはようわかっとる。しかし病院に行ってしまえばこの齢だ。もう帰れんかもしれん」

三次がぼそりと答える。耳の遠い喜美に三次の寂しい口ぶりが聞こえていないのが幸いだ。これほどまでに三次は気弱になっているのか、友美は胸がつまってしまう。理学療法士を目指して勉強中の俊就が説得に通う。

「じいちゃん、リハビリしたらトイレだって自分で行ける。百歳の人でもしゃんと歩いているよ。僕が手伝うから頑張って」

孫の真剣さに動かされたのか、三次は診察に行くことを了解した。決断すると早い人だ。翌日には病院に行く予約を耕之は入れる。

その朝、耕之と友美が迎えに行くと、喜美は着替えを済ませていたが、三次はまだ布団の中だ。心変わりしたのかとひやりとしたが、自分で起き上がる力が出なかったのだ。三次の半身を起こしてシャツを着せ、ズボンは足を投げ出したままでなんとかはかせる。さて行こうか、と三次は立ち上がろうとするが、足首も膝も曲がらない。寝たきりの状態が続いたので筋肉が硬直していたのだ。横倒しになりそうなのを耕之があわてて支える。

「おとうさん、僕の首に腕を回してください。そのまま背負いますからね」

こんなに悪くなっていたのか、友美と喜美は言葉も出ない。一番ショックだったのは耕之の首にぶら下がる三次だったろう。力自慢で体格のいい耕之も、額に汗を滲ませて三次を落とさないように必死だ。やっと玄関を出たところで隣人が出て来た。死体でも運んでいるんじゃないか、と不審な表情だ。かろうじて車の後部座席に坐らせる。

「とうさん、気分は悪くない?」

「ああ、どうもなか」

喜美はしきりに家を振り返る。

「金魚にえさ、やってね。植木に水、かけてね」

長崎から越して五年、馴染んで暮らした家だった。桜が散っている。この家の二階から見える桜の樹。

「洗濯物を干す時ね、家の中から毎日お花見しよるとよ、うれしかあ」

はしゃいでいた喜美だった。けれどももうこの桜を見ることはできないのかもしれない。友美はその考えを打ち消しながらじっと窓の外を見ていた。

半ば強制的な入院が成功して、三次と喜美は少しずつ元気になっていく。

「じいちゃんの部屋ね、お昼前になるとほかのおじいちゃんたち、スプーンを食器にガチャガチャ鳴らして催促している。じいちゃんだけが知らん顔してこんな飯ば食えるか、という顔で寝てるよ」

と、俊就が吹き出しながら友美に言う。

元気になっているのはまちがいない。見舞いに行くと三次がぶすりとして友美を見る。

「ここの病院は礼儀がなっとらん」

「どうかしたの」

「看護師が俺を三次さんだからさんちゃんね、と呼ぶ。返事もせんやったが」

詰め所に、きちんと名前を呼んでほしいそうです、とお願いする。ここまで我が出てきたのは治ってきた証拠だ。機能回復訓練のためリハビリ室で三次が手すりに掴まっている。

「おじいちゃんがね、平行な棒を両手で掴んどると、どうするやろかーってそっと見とったら、よちよちと歩き出しなったとよ、ひよこのごと、よちよち、友美ちゃんも見とってごらん」

喜美は涙をいっぱいためて友美の手を引っ張る。

同居

同居する家は昭和五十年代に建って、しばらく民宿を兼ねていた、東西にだだっ広い家だ。裏には鯉の釣堀があり、常連の釣り客が糸を垂れている。玄関の前は車七台がゆうに止めることができる広さで、曙杉が植えてある。高さは七メートルを超え、直径は大人の両腕で囲むくらいだ。この杉が家の目印になる。

両親が入院している間に二軒の引越しを済ませた。二人が退院したのは六月の初めだった。三次と喜美の部屋は東側の離れで、縁側、洗面所、トイレが付いた和室六畳二間と、四畳半の洋室がある。その洋室にひとまず家具を詰め込んだ。台所と風呂は共有で、ここを境にして友美家族と分かれている。

九十二歳の三次、八十五歳の喜美、二十五歳の英世は中学校の美術の教員、二十四歳の俊就はリハビリ病院に理学療法士として勤め、大学四年生の尚生は韓国へ留学中だ。

介護保険で、三次は要介護3、喜美は要介護2と認定され、訪問看護、訪問入浴、リハビリとプランが立てられ、一日置きに看護師、理学療法士が訪れる。二人にとっては夫婦のペースで静かに暮らしていた生活が一変した。友美も同居にとまどった。

三次の存在は岩のようで、友美の一部始終を観察しているのでは、と神経過敏になった。二人は部屋の戸を半開きにしている。話し声が聞こえると、三次が家族の誰かの態度が気に入らないと愚痴っているのでは、喜美が宥《なだ》めているのでは、と食器を洗いながら神経を尖らせる。

三次の顔色を窺う友美の習慣はまだ続く。

耕之は三次とテレビのニュースや新聞の一面を話題にして、政治家の批判をしては意気投合している。手先の器用な英世は「じいちゃん、床屋さんをしよう」と、三次の白髪を揃えたり、髭剃りを手伝う。耕之や息子が潤滑油だ。

耕之の弟・守之が博多へ出張途中に立ち寄ってくれた。料理長をしている彼は新鮮な魚を仕入れ、刺身を作り、三次に食べさせる。

「長崎の魚よりうまかですな。よか腕ば持っとる」

「僕が佐世保の大学に行ってた頃、時々長崎にお邪魔して泊まりました。おかあさんからうどんを作ってもらった。夜は近所のチャンポンを食べさせてもらって。貧乏学生だったから」

「小野田のおかあさんが苦労してみんな大学出しなったとよ。守之さんもアルバイトしてきつかったねえ」

「あの頃はあんた、口髭をはやしとった」

三次が守之の顔を親しげに眺めながら言う。

耕之と結婚した頃、三次が
「守之の髭はおかしか。朝鮮人がよくはやしとる」

なじって友美を傷つけたことを三次は憶えているだろうか。守之の刺身を肴に日本酒を飲んで、三次は目を細めている。

親戚の中でも長老の三次だが、頑固な性格は故郷大分の親戚からも敬遠され、三次を慕って来る者は少ない。養鶏場を営む甥の啓十郎だけは「伯父さま、伯父さま」と三次を気遣い、久留米に二人が越してからも年に一度は訪ねてくれた。もうすぐ七十代の後半になる啓十郎は、生みたての卵を土産にやって来た。

「長崎は遠かったけんど、ここまでなら車で二時間じゃら」

「そうか、そうか」

三次は故郷の言葉を懐かしそうに、啓十郎を母屋側の二十畳の座敷に案内する。

「ここがこの家では一番よかとぞ。リハビリもきみことここでしてもらう」

座敷には長崎くんちの龍踊りの写真、長崎から運び込んだひびの入った支那壺、火鉢、高麗陶窯の時の青磁の花瓶などが整然と置いてある。友美はお茶を運ぼうとして足が止まる。

「この歳になって、友美や孫たちと一緒に暮らせるとは思うとらんやった」

三次の声に続いて

「夢のごたるですね、と話すとよ」

喜美の声が続く。努めて三次と会話をしよう、友美はその時思い始める。

「とうさん、あの木ね、太古の木なんだって。メタセコイアというらしいよ」

庭師の友人に教えられて三次に話すと、三次はさっそく時代物の百科事典を喜美に持って来させ、ルーペで確認している。三次と喜美の引越しの挨拶状に「目印は太古の木」と印刷させる。セコイアは三次と友美の共通の話題になった。

喜美は自宅養生ということでまだ家事はできなかった。そのせいか、友美が作るどんなおかずにも

「おいしかですねえ。友美ちゃんには料理は何も教えてなかとに、どれもよか味の出とります。ね、おじいちゃん」

その問いかけは、仏頂面の三次が「ああ、おいしか」と答えるまで繰り返される。食事がすんでも自分たちの部屋には戻ろうとしない。

「私はあんたを一人育てるのが精一杯やったとに、よう男の子三人も大きくさせたものね。ねえ、おじいちゃん」

「あの頃は貧しい時代やった。みんながそうやった」

それから戦前・戦後の話になる。

「原爆の落ちた後、大分に逃げたですね」

「大分って啓十郎おじさんの？」

友美が聞き返す。原爆前後のことはあまり両親から聞いたことがない。

「啓十郎さんのおかあさんに助けてもらったとよ」

原爆の後、八月十五日を過ぎた頃から、米軍が長崎を占領する、赤痢が蔓延すると噂され、発熱や身体に斑点が出る人が続出する。三次は、喜美と母のキヨ、喜美の妹たちとその子供たち、八名で大分に疎開する。みんな着の身着のままで列車に詰め込まれ、一日がかりで姉のマキエの家に辿り着いた。が、マキエは嫁に気兼ねして、

「三次と喜美さんだけならいいけんど、こんな大人数は世話できん」

米だけを三次に持たせ玄関払いした。三次は五歳の美弥子を自転車の後ろに乗せて米をリュックに入れて押して歩く。三次の叔母の家に着いたのは夜も更けてから。叔母が啓十郎の母にあたるのだ。ここで断られたら行くあてがない、と喜美は三次の足に巻かれたゲートルばかりを見る。

「よう、生きちょった。長崎に大型爆弾が落ちて全滅じゃら言うて、どんなに案じちょったかね。はいあがっちょくれ、あがっちょくれ」

叔母は自分も泣き出しながら喜美の手を取り、涙と鼻水で汚れた赤子を抱き上げた。真っ白いご飯がしょうけに山盛り出てきた。遠慮するということも忘れてみんなかぶりついた。

「啓十郎さんが持って来てくれるお米をいただく時、あの時のことを思い出して」

喜美は涙声になりながら、

「心配したですねえ、私が原爆に遭《お》うたけん、友美ちゃんになんも出らんやろか、って。三代まで放射線の影響するやら言われて」

友美は、英世が生まれた時に三次がなめ回すように赤子を観察したのを思い出した。あの時、結婚に猛反対していた三次が、韓国人の血が混じった孫を受け入れるという覚悟のなせる所作かと思ったものだが、三次は原爆の後遺症も気にしていたのだろうか。


メタセコイアは落葉が始まり、同居もようやく慣れてきた十一月半ば、三次が食事中に食べ物を気管支に詰めてしまい、咳が止まらず、急遽入院した。その三日後に喜美も急性腸炎で入院、リハビリ病院で隣同士の病室となった。

早朝に電話が鳴ったのは、二人ともあと数日で揃って退院という日だった。

「八女リハビリ病院です」

何かあったなと瞬間思ったが、悪い予感を打ち消した。

「喜美さんの担当医です。喜美さんが夜中にベッドから転倒されました。これから大学病院に転送します。すぐお出でください」

「どうした?」

「かあさんが転倒してこれから大学病院だって。俊就と行くから」

耕之に努めてさりげなく知らせた。ここで自分があわてると大事故になっていくような気がした。

「そうか、俊就がいるならいいいか」

耕之は出勤した。午後からの勤務のためまだ眠っている俊就を起こし、病院へ急いだ。途中、三次のことが急に気になってきた。偏屈で明治気質の三次だ。入院中の転倒事故は病院の責任だと怒り狂っていやしないか。それともまだ知らされていないのか。

正面玄関はざわざわして、看護師たちが何人も集まっている。喜美は酸素マスクをつけられ腕に点滴をされたまま担架に横たわっている。入れ歯をはずした喜美は痩せさらばえた老女だ。転倒した後、自力でベッドまで這い上がったらしい。明け方になり左半身が麻痺し、ろれつが廻らなくなり、大騒動になった。

「すぐ手術をしないと危険な状態です。救急車を手配しているところです」

女医は口早に言った。

「父にはなんと」

「まだお話ししていないのです。ショックを受けられるといけないと思って」

このまま三次に会わずにすませたいけれど、月曜日の午後は入浴日なので、午前中に着替えを持って行く約束になっている。友美と俊就は四階にある三次の病室へ通じる階段を駆け上がった。俊就は喜美の日用品を入れた段ボールを抱えている。

「じいちゃんになんて言う？」

「検査、とだけ言っておこうよ」

言葉少なに打ち合わせた。

六人部屋の一番手前のベッドに三次はいる。入り口の方に頭を回していたのか、友美と俊就を認めて上半身を起こそうとした。

「かあさん、レントゲン撮りに行くって。骨の詳しいレントゲン、だからとうさんの着替えを早めに持って来て」

自然体でと思うのに、早口になってしまう。三次は不審気に俊就の段ボールを見た。

「いつも朝ご飯の前に喜美子がここに入ってくるのに、今朝はいっこうに姿を見せん。何かあったかと心配しよった」

「骨のレントゲン、ここには設備がないから。前から撮るって言ってた、あれよ」

友美は執拗に繰り返す。

「それならよかった」

「これ、お風呂の用意」

「今日は気分がすぐれんけん、風呂はやめてもろうた」

ちらと俊就と視線を交わした。胸騒ぎというものが三次にはあったのかもしれない。

「なまえはなんですか」

救急隊員が喜美の耳元で尋ねる。目を閉じたままの喜美の口がわずかに動く。隊員が耳を近づける。

「な・か・お・き・み・こ」

息だけで応えている。

「中尾喜美さんではないのですか」

隊員が女医を見る。

「父が、きみこ、きみこ、と呼んでいましたから」

友美は隊員に答えながら涙が溢れそうになる。

「かあさん、とうさんのためにも生きて。神さま、母の命だけはありますように」

三時間余の手術の結果、喜美は命を授かった。チューブを何本も通され、集中治療室で喘いでいるが、救われた。

夜も更けて、友美と耕之は三次のところへ行った。三次は目をつむっていた。が、眠っていないことは溜め息と眉間に寄せる皺でわかった。気配を感じたのか薄目を開けた。

「かあさん、大丈夫だったよ」

友美は小声で言った。友美の声を聞いて、三次はあわててタオルで顔を押さえる。

「おとうさん、もう心配ないですよ」

耕之の声に安心したのか、頷きながらタオルを離さない。三次が泣いている。友美は父の涙を初めて見た。

「今朝友美と俊就が来た時、大きな段ボールを抱えとった。きみこに何かあったな、とは思ったが、おまえたちも看護師さんも何も言わん。さっき女医さんが説明してくれた。ま、無事でよかった」

喜美は、後遺症で認知症が出てくるかもしれないとか、脳挫傷があるからしばらく安静にして様子を見なければとか、執刀医の懸念は今はどうでもよいことだった。とにかく喜美は生きたのだ。三次はすりおろしたりんごを湯呑み茶碗に半分食べた。今日初めての食事だった。

二週間後、喜美は救急病院から八女リハビリ病院へ戻ることになった。脳に障害が残ってはいたが、言葉は出る。顔見知りの看護師が一緒に迎えに行ってくれた。

「喜美さん、帰ろうね」

「はーい」

素直に応じている。担架ごと病院の車に移され、友美が付き添う。

「友美ちゃゃーん」

「なあに」

「もう帰らんばやろ」

喜美はいつも時間を気にしている。

先に退院した三次は心痛で、家に戻ってからは布団に入ってばかりいる。

「とうさん、かあさんのお見舞いに行ってくるね」

「ああ、頼む」

その時だけ三次は布団から半身を起こして友美に頷く。

喜美の状態は徘徊と空腹、妄想だった。隣のベッドの人を「おっかさん、おっかさん」と呼ぶ。友美を見ては
「長崎のおっかさんがそこにおるとよ」

顔をくしゅくしゅにして教える。口をすぼめて目尻に皺を寄せるのは嬉しい時だ。十三回忌をすませた祖母は空で苦笑しているだろう。

食べ物と思って石鹸まで口に入れようとする喜美は、車椅子のまま看護師詰め所で見守られている時もある。

「だれかわかる?」

看護師が友美を指して喜美に問うと、モンチッチのような表情で、

「うちの宝」

と答える。

「ご家族のことはきちんと理解していらっしゃるよ。時々、じいちゃーんと呼ぶのよ」

看護師はあたたかい視線を喜美に送る。

「おねえちゃんがぐるぐる巻きにしとると。ほどいて逃げ出すのにおうじょうした」

喜美は友美に手首を見せて口を尖らせて訴える。夜間徘徊を防ぐために安全ベルトで固定されていたのだ。

「かあさん、逃げ出したらだめよ」

手先が器用な喜美は、元気な時には友美のネックレスのほつれを解いてくれたものだ。

車椅子の喜美をロビーに連れて行く。ガラス越しに八女の街が見える。喜美は顔をガラスにくっつけるようにして、

「軍艦島から煙の上がりよる」

手をパチパチと叩く。喜美が十二歳まで住んでいた長崎から船で半時間の高島、その向こうに端島《はしま》（通称・軍艦島）がある。喜美の生家があった島の中腹から眼下に軍艦島が見えたのだろう。喜美は自分が生まれた島に帰りたいのだろうか。

「家に帰ろうね。じいちゃんが待ってるよ。セコイアのあるかあさんの家に帰ろう」

喜美は少し考えて、

「帰らんばね」

と手を叩く。

食堂　大黒

平成十三年二月、喜美にひとまず退院許可が出された。

「前のかあさんとは少し違うから驚かないでね」

友美は三次に予め念を押す。三次は「這ってても黒豆」のごとく自分の意見を絶対に曲げない、亭主関白の典型だ。認知症になってとんちんかんなことを言い、お菓子ばかり欲しがり徘徊する喜美を見たら、情ながって口をきかなくなるのではないか、ますます頑固になってしまうのではと、友美は三次の態度が不安だった。

「ばあちゃん、家のこと覚えているかなあ」

「セコイア見たら思い出すでしょう。木陰が涼しいって、あの下に椅子持ち出して坐ってたじゃないの」

俊就と言葉を交わしながら喜美を車椅子から立ち上がらせる。

「かあさん、ほらセコイアよ、帰って来たのよ」

促しても喜美の表情は変わらない。確かに曙杉は葉が落ちて枝ばかりだ。

玄関を開けると、

「きみこか」

待っていたように奥の部屋から三次のかすれた声がした。

その途端、

「じいちゃーん」

と呼びながら喜美は這って部屋に行く。喜美がそんな動作をするなんて友美は思ってもいなかった。

「じいちゃーん、寝とったと、熱のあると？」

三次の額に自分の額をくっつけて顔を歪める。

「どうもなかったか、はよう布団に入れ。風邪ひくぞ」

三次は掛け布団を持ち上げて喜美を促す。三次のあんなにやさしい声。思わず俊就と顔を見合わせる。

「感激の対面だね」

息子が感心したように囁く。

喜美の脈絡のないしゃべりにも、三次は相槌を打ちながら聞いている。喜美は三次のもとにいるのが嬉しくてたまらないという声音だ。手術をする前までは、「じいちゃんは口やかましか」と三次を敬遠していたのに、とおかしくもなる。

夜中には布団から這い出して箪笥の引出しの開け閉めを繰り返している。三次は叱ろうともせず、

「もう寝らんば」

と呼び寄せる。髪を振り乱して箪笥と格闘する喜美は友美から見ると不気味で、狂女に見えるのに。


「このパジャマ、かあさんに注文してもいい？」

少し高いかな、三次は年金から出してくれるかな、パンフレットを見せようとすると、
即座に答える。

「ああ、買ってくれ」

即座に答える。あの漢方薬、このサプリメント、喜美のためになりそうな物はすぐにオーケーした。ティッシュペーパー一枚でも無駄に使わなかった三次が、喜美のためには出費を惜しまない。


「食事の時間はできるだけ病院と同じようにしてやらんば」

三次に注意されているので、友美は朝食が終わったらすぐ昼食の用意、そして午後六時までには夕食開始と、一日中台所にいる。自分の時間がなくなってしまう。食事の一時間も前から、喜美は自分の部屋から四つん這いで出てくる。

「かあさん、手すりにつかまって立ってごらん」

友美が言っても無視して這って来る。後ろから、

「危なかけん這ってよかぞ」

と三次の声がする。

「とうさん、立って歩く訓練をしないとかあさんは立てなくなるよ。リハビリの先生からも言われたでしょう」

「また転んでみろ。おおごとするとぞ」

三次は喜美を立たせようとはしない。そう言いながらも、自分はあぐらのまま両手を滑らせて手すりまで移動し、しがみついて立ち上がり一歩ずつ歩こうとする。

「この手すりはよか。さすが業者が付けたものはしっかりしとる」

「耕之さんが夜遅くまでかかって取り付けたのよ」

何回友美が言っても三次は認めない。

食卓の椅子に坐ると、三次は喜美の箸を取ってやり、湯呑みを持たせている。

「こぼすなよ」

「お茶が熱かぞ。あわてて飲むな」

まさに、喜美の父親だ。喜美がバナナを見つけて「食べてよかね」とにっと笑うので、持た

せてやると、

「友美、皮をむいてやれ」

と三次が言う。皮くらい自分でむかせなさいよ、赤ちゃんね、と言い返したい気持ちを抑えて聞こえないふりをする。横目で喜美を見ると、器用に皮をむいて、

「おいしかあ」

ぱくついている。

――ほら、むけたじゃないの、とうさんの甘やかせすぎよ。

心で三次をなじりながら、友美は身体が弱くてしょっちゅう熱を出しては休んでいた幼稚園の頃を思い出す。三次は失業中だった。バナナは高級品だったが毎日一本だけ買ってきた。喜美がすりつぶして砂糖をまぶして友美に食べさせる。毎回、バナナはいやだと思いながら無理して食べた記憶が甦る。父と母に見守られて育った自分が、今、惚けた母を看ている。喜美は友美の顔を窺いながら二本目に手を伸ばす。

三次が昼寝をしている時も喜美はごそごそと這って、ちっともじっとしていない。

「かあさん、なぜ動き回るの、とうさんと休んだら」

「チロが呼びに来る。さみしかろうと思って、いっしょに歩く」

チロは友美が小学一年の時に飼っていた猫だ。しとやかだった喜美が男言葉を遣う。

理学療法士の訪問リハビリは週に一度だ。

「喜美さん、膝を伸ばして。はい、今度はゆっくり曲げますよ」

その時、喜美が「痛い」と言おうものなら、そばで三次が、

「無理してせんでもよかですよ」

と口を挟み、俊就と同年代の彼女を困らせる。しかしリハビリの最中、

「喜美さんは一生懸命なんでしょうね、ふくらはぎがパンパンに張っていますよ」

喜美の足をさすりながら、彼女が誰にともなく言った時は、喜美が哀れでならなかった。娘からは「立って、立って」と叱られ、三次からは「這って、這って」と促され、喜美なりに気を遣って、立ったり這ったりしていたのだろう。


こんなに葉が落ちて枯れてしまうのではないか、と危ぶむほどに太古の木は枝ばかりになった。玄関先に松葉のような焦げ茶色の落葉が積もる。三次が家の外には一歩も出ないのを幸いに、セコイアの話題を避ける。

晩ご飯の時に三次は一合の日本酒を嗜む。若い時は相当の酒豪で通っていたが、最近はコップ七分目でやめている。

三次と友美はしばらく「大黒」の頃を思い出す。

「『大黒』の時は私も覚えているよ。小学校から帰ってから、出前箱にパンを入れてとうさん

と観光タクシーに売りに行ったね。私が一緒だと運転手さんが、嬢ちゃんが来たけんと、たくさん買ってくれて」

「そんなこともあったなあ」

三次と目を見合わせてこっくりする。

その当時はご飯だけを頼む客もいた。おかずまで注文するお金がないのだ。

「おかずを出さんと儲けが出らん」

三次はいい顔をしなかったが、喜美は
「よかですよ」

三次の目を盗んでご飯を多目につぎ、福神漬けを大きなスプーンでつけてやる。「おなかの空きなっとさ」。喜美は三次に見えないように前掛けで隠しながら店に運ぶ。

食堂「大黒」に来る客は誰もが、

「おばちゃん、めしばくれんね」

「おばちゃん、おるね、はらんすいたぁ」

と入って来る。「おじちゃん」と呼ぶものは誰もいなかった。

喜美はしばしば「たまごうどん、たまごうどん」とねだる。

「大黒」を始めた時のメニューは、ぜんざいとうどんだった。喜美の作るうどんのだしがおいしいと客は増えた。かけうどんは一杯三十円だが、玉子うどんは五十円。儲けも多かったのだろう。玉子うどんの注文の時、喜美はきっと嬉しかったのだ。それが記憶の中に強く残っているのかもしれない。

昼食に玉子うどんを作る。

「おいしいね?」

尋ねると、

「地球を飲み込んだごとおいしか」

喜美が即座に答えるので、友美と三次は顔を見合わせ吹き出してしまう。ベッドから転落することさえなければ、ウイットにとんだ会話がいつまでもできただろうに、無心にうどんをすする喜美を、友美は娘らしい感情で見つめる。

「火事だー、火事だー、起きろ、起きろ」

真夜中ガンガンと何かを叩く音で目を覚ます。喜美の声だ。飛び起きて行くと、電気を消した部屋の中で、布団から這い出した喜美が針金のハンガーを、ひっくり返したアルミの洗面器に打ち付けている。三次はいびきをかいて眠り込んでいる。あわてて部屋を明るくする。喜美はどうして逃げようか、という顔で、

「火事、火事、はようじいちゃんば起こさんば」

耕之も火事の声にパジャマで走って来る。喜美がきょとんとした顔で耕之を見る。

「おかあさん、もう消えましたよ。安心して寝てください」

「ほんとにもう、人騒がせなんだから。とうさんもよく寝ていられるもんだわ」

「どうかしたとか」

三次が気配で目を覚ます。耕之にあとを頼んで喜美のために温かいお茶を取りに行く。

耕之が困ったような怒ったような顔をして両親の部屋から出て来る。

「とうさんが何か言ったの?」

「いや、言わない」

「あなた、変な顔しているよ」

友美は耕之の日頃見せない複雑な表情が気になる。

「父が何か言ったんでしょう」

しつっこく聞くと、耕之は逡巡して、

「目がね」

「目って、なに?」

「僕を見たおとうさんの目が、おまえ一体何者だと言わんばかりの、よそ者を、赤の他人を見る目だった」

「思い過ごしよ。ふだんは私より仲良くしゃべっているじゃないの」

「娘にはわからないよ」

耕之はそれっきり黙り込む。

「とうさん、耕之さんと何かあったの？」

三次は聞こえないふりをする。仕方なく喜美に茶を飲ませながら、

「かあさん、夜中に起こさないでね。火事なんて縁起でもない」

「おまえたちにはわからん。きみこは火が恐かと」

三次がぼそっと言う。

――なによ、誰も彼もわからん、わからんなんて。私、どうしたらいいのよ。腹立ちまぎれに手荒く戸を閉めてしまう。

喜美はその後も、台所で、友美が料理しようとガスコンロに点火するのを見ると、

「友美ちゃん、あぶなか、あぶなか」

顔をひきつらせて後ずさりする。かまわずに続けていると、

「はよう、消せー、じいちゃーん」

三次のもとへ這っていく。ストーブの火にはますます怯えて両耳をおさえてしゃがみ込む。

ある日、友人が遊びに来て帰った後に三次が呼ぶ。

「おまえの友達にきみこの服をやったのか？」

詰問だ。喜美はふくれっ面をして口を尖らせ三次を見ている。

「なんにもあげてないよ。お土産までもらったのよ。どうして?」

むっとして三次に聞くと、喜美は、

「ぜんぶ持っていった。じいちゃんのインバネスの外套、ヘレンちゃんの洋服」

ヘレンちゃんは友美が幼い時に遊んだカール人形だ。

「たいていにしてよ。嘘ばっかり言って」

喜美を非難すると、三次は
「よかよかきみこ、持って行っとらんげな」

子供を宥《なだ》めるように喜美に声をかける。

——何がインバネスよ、あなたたちのがらくた荷物、泥棒だって遠慮するわよ。長崎から越して来る時に耕之さんや息子たちがどれだけ大変な労働をしたか、いまだに段ボールの山で足の踏み場もないくせに。聞こえないように悪態をつく。引越しの疲れまでぶり返し、友美は台所で缶ビールをむりやり流し込む。

——とうさんも、とうさんよ。火事の次は泥棒騒動。それも私の友人を泥棒呼ばわりしているのに知らん顔して。

感情がエスカレートしてくる。こんな日は家族が帰って来ても、とげとげした気持ちは続いてしまう。

二人の就寝は午後九時頃だ。喜美には軽い睡眠剤を飲ませる。三時間は眠る。その間に台所の片付けや洗濯を済ませる。息子たちの帰宅は午後十時、耕之はその後だ。全員の食事がすんで、さてテレビでも、とひと息ついていると、目を覚ました喜美が「友美ー、友美ー」と呼び出す。最初は小さい声も、友美がすぐに行かないとエスカレートしてくる。布団から這い出して扉に体当たりしている様子が気配でわかる。そのうちブザーが鳴る。行ってみると、

「きみこがおしっこげな。おまるに坐らせてやれ」

三次が命令する。その時、不機嫌な声で返事しようものなら、

「二人で出て行く」

とどやされそうなので、努めて淡々と喜美を坐らせる。「二人で出て行く」というのは三次の脅し文句だ。喜美が用もないのに友美の名前を呼び続けるので

「もう、いい加減にしてよ」

ヒステリックに言ったことがある。すると三次が

「きみこの言うようにしてやれ。今日出て行くぞ。二人で入れる病院ばすぐに探してくれ」

一喝した。その時、三次に言い返したのが生まれて初めてかもしれない。

「かあさんは前のかあさんじゃない、認知症なの。どうしてとうさんにはそれが解らないの」

「わかっとる。とにかく出て行く」

三次はもう話はないと言わんばかりに横を向く。これまで三次の愛情は存分に一人娘に注がれていた。厳格なのも愛情の裏返しだったろう。それが喜美が痴呆になってからは娘の疲れなどに無頓着で、喜美のことしか目に入らない。三次にはぐらかされた思いだった。それでも衝突するのが嫌で歯軋りしながら我慢した。友美は朝からビールを飲むようになった。

訪問看護に来てくれる看護師が友美の状態を心配し、二人が揃って入れる、リハビリ病院に併設の老健施設に申し込んでくれた。すぐには部屋の空きがなかったが、入所させられるというのが救いになった。以来、三次と喜美の世話を表面は取り繕いながらやった。

耕之や息子も両親の身の回りの世話をしてくれるが、三次としては友美にしてもらいたいと顔に出ている。

喜美をおまるに坐らせていると、連鎖反応か三次も「おまえがいるうちに用を足そう」と言い出す。二人がそれぞれのおまるに坐る様には悲哀の感が漂う。喜美は惚けが幸いして恥ずかしいという心が失せたようだし、三次はそれなりに割り切っているのだろう。二人を寝かしつけると、とうに午前三時になっている。「おやすみ」と声をかけながら、今夜も着の身着のままで寝なければならないのかと溜め息が出る。

両親の部屋と私たちの部屋をつなぐインターホンは呼び鈴の役目をするだけでなく、雑音もすべて感知するようになっている。だから話し声も聞こえてくる。声が聞こえるというのは、親子でも盗聴しているような罪悪感があるので、設置してしばらくはベルの機能だけにしていた。けれど二人の会話が聞き取れれば、いよいよ切迫した時、これ以上放っておくと喜美がおもらしをする、三次が怒り出す、その寸前に行けばいい、という利点がある。それまでは少しでも身体を休ませておくことができる。

三次には内緒で、友美はベルの音を上げるふりをして、すべての音声を感知する装置のボタンを接続しておいた。介護疲れでストレスを溜め込んでいる友美は、喜美を庇ってばかりいる三次が憎かった。もしアル中になったら、とうさんのせいだからね、と悪態をつきながらビールを飲んで眠る習慣ができた。

そんなある夜、うつらうつらしかけた友美はインターホンの声で目覚めた。

「友美もきつかけん、少し辛抱せんば。友美が倒れたらどうしますか」

それは友美の名前を連呼する母を諭す、父の低い声だった。流れるような父の声だった。

もうすぐ八十歳になる啓十郎が見舞いに来た。

三次も喜美も以前は彼の来訪をとても喜んでいた。いつか久留米の家にお米を持って来たことがあった。その翌日、喜美が台所で鼻をタオルでおさえながら何かを探し回っている。「どうしたの？」と聞くと、

「なんか変な臭いのするとよ。鼻の曲がるごたる臭い、どこからやろかと思って」

なるほど動物の糞のような悪臭がする。

「あ、これこれ」

喜美は何重にもなっている茶色の紙袋を取り出した。

「昨日啓十郎さんがこれに入れてお米を持ってきてやんなった。中味を米櫃《こめびつ》に移してくれて、紙袋だけ置きなったとよ」

それは鶏の飼料が入っていた袋だった。飼料や鶏糞の臭いがついていたのだ。

「啓十郎さんかわいそうに、毎日こんな臭いの中で仕事ばしよんなっとね。新鮮な卵を鶏に産ませよんなるとよ」

喜美はおしいだくように、丁寧に紙袋を扱っていた。

そんな喜美がさぞ彼の訪問を喜ぶだろう、少しは認知症も治るかもしれない、と友美は期待する。「伯父さま、伯母さま」と啓十郎は、にこにこしながら話しかけている。

「よう、来てくれたのう」

三次は相好を崩しているが、喜美は
「へぇー」

ひとこと言って、素知らぬ顔をする。

「かあさん、叔父さんが野菜や卵をいっぱい持って来てくれているのよ」

友美はあわてててとりなす。喜美は口も聞かずに這って部屋を出て行く。

「あんなになってしもうた」

三次が彼にすまなそうに言う。

「伯父さまも難儀じゃら」

三次は故郷の話や親類の消息などを嬉しそうに尋ね、話が弾む。昼過ぎから夕方近くまで語り合っている。友美も久し振りの三次の屈託のない笑顔が嬉しく、会話に加わる。その時、喜美が鬼のような顔で入ってきた。

「あんた、親しき仲にもなんとかて言いますやろ。何時間おんなっとですか」

友美は一瞬耳を疑う。いかに惚けているとはいえ、喜美の口から出た言葉とは思えない。

――きさま、なんと失礼なことを。三次が怒って喜美を殴るのではないか、とさえ思った。

すると三次は、

「そうか、おまえば放っといたけん、悪かったな」

と答えたのだ。友美と啓十郎は目配せして部屋を出た。「ごめんなさい」と啓十郎に詫びながらも、三次と喜美の態度がどうしても許せない。

「なんも。伯母さまは頭の打ち処が悪かったとさ。気にせんでよか。友美ちゃんも世話やなあ。それにしてんが伯父様は仏さんのごとなんなった」

「母はじいちゃん、じいちゃんってべったりよ」

「新婚さんじゃら」

啓十郎と少し笑った。

あの日は目が醒めたら午前八時を過ぎていた。六時にかけていた目覚し時計を無意識に止めて眠り込んでいた。あわてて両親の部屋に走って行く。

「なんばしよったか」

三次が険しい声で叱責する。喜美はテレビの前で変な横坐りをしている。粗相をしたらしく畳が濡れている。「ごめん」とあやまる友美を三次は眼鏡の奥で睨みつけたまま、

「来られん理由があるとか、あるなら言うてみろ」

冷たい声で言い放つ。その瞬間、友美の中で我慢の糸が切れた。

「なんでそんな言い方するの。眠り込んで目覚まし時計に気がつかなかっただけでしょう。私も精一杯しているのよ。わざと来なかったとでも思っているの」

三次に反発し、怒鳴り、叩きつけ、声をあげて泣き出した。喜美は怯えた顔で友美を見る。三次に叱られた時いつも友美を庇ってくれた喜美が、今は異星人を見るような目で眺める。もう嫌だ、何でこんな情ない思いをしなければいけないの。友美はしゃくりあげて泣く。

「何回ベルを押しても誰も来てくれん。きみこはおしっこ、おしっこ言うばってん、自分は支えることもできん。きみこに、おしめをはめてもらっとるけんそのまましてよかぞ、といくら諭しても、おしっこ、おしっこ、言うて」

三次もかすれ声になる。

「施設ば探してくれ。今日でもよか。出て行く。きみこと二人で入れる所ば探してくれ。頼むけん」

「どうして二言目には出て行く、出て行く、言うのよ。私も息子たちも、耕之さんもやさしくしているじゃないの」

泣きながら突っかかる。

「おまえたちの苦労も見たくなか」

三次は布団をかぶってしまった。

「おしっこよー」

喜美は思い出したように小声で言う。喜美を着替えさせ、汚れ物を風呂場に投げ込んで、しゃくりあげながらお粥を作る。盆にのせて持って行くと、喜美は奪うように食べ始める。あんなに礼儀正しかった母が——その変貌振りも耐えられず、胃まで痛み出す。耕之と英世はこの騒ぎを知らず、とうに出勤していた。座敷で声をあげて泣いた。泣き止もうと思っても止まらない。韓国の留学から戻ったばかりの尚生が二階からあわてて降りてくる。

「どうしたと」

驚いて聞く。

「じいちゃんが」

と言って悔しくて言葉にならない。

「じいちゃんがどうかしたと、まさか」

尚生の顔色が変わる。友美は「違う、違う」と否定しながらしゃくりあげる。尚生は階段を駆け上がり、夜勤明けで寝ている俊就を揺り起こす。ドタドタと兄弟は下りてくる。この二人は最近どことなくよそよそしかったのだが、友美の泣き方があまりにも激しいので、兄弟喧嘩していることなど吹き飛んだらしい。交互に友美を慰めてくれる。

「私が眠ってて行かなかったから、怒って」

彼らは事情を察し、喜美をトイレに連れて行き、食事はいらんという三次にお茶を飲ませ、洗濯機を回してくれる。友美は、布団をかぶった三次を哀れにも思い、激しい語気に悔しくもなり、喜美がうらめしくもなり、涙は一向にとまらない。

午後は訪問看護で、看護師が来た。「こんにちは」、いつも明るく弾んだ声で玄関が開く。彼女の顔を見てまた泣いてしまう。今朝のトラブルを彼女に告げる。

「ふつう高齢の夫婦では、奥さんが認知症になるとご主人がうろたえて、冷たくしたりする例があるけどね、ひどい時はいじめて事件に発展したりね」

そう言って友美を見る。

「この家は事件を起こすなら娘の私です」

冗談ではなくそうするかもしれない。喜美が眠っても、三次は心配そうにずっと喜美を見守っている。自分が妻を庇護しなければという意志からか、夜中もあまり眠っていない。喜美が布団から這い出したりすると、友美を呼ぶ。三次の方が睡眠不足でまいってしまうのではないかという心配と、夜中に起こされる煩わしさで、夕食後の三次の薬に睡眠剤を混ぜたこともある。三次は薬が効いたのか、大いびきをかいて喜美のことはお構いなしに熟睡している。友美はあかんべーをする。このまま目を覚まさないでいいよーだ、と小声で言ったりする。友美の機嫌をそこねたら誰に世話をしてもらうつもりよ、と大きい顔をする。毎晩睡眠剤を混ぜてやれ、と恐ろしいことを考える。

看護師はそんな友美の気持ちを見抜いていたのかもしれない。その日、喜美の血液検査をするからと血液を採取して戻った。二時間後に、「白血球の数値が高くなっているの。肺炎の可能性があるからしばらく入院させましょう」と連絡して来たのだった。

結局、喜美は再検査のために一週間ほど入院になった。喜美が入院した後、三次が

「考えよったが、俺も入院しとこうか」

突然言い出す。

「どうかあるの。体調がおかしいの」

「いや、それはなか」

「じゃ、かあさんがいない間、とうさんもゆっくり眠ったら。あまり寝ていないでしょう。耕之さんも心配しているよ」

毎晩、夜中に這い出す喜美を三次は諫めて睡眠不足で目が赤い。

「おまえたちがそう言うてくれるなら、ここにいよう」

「じゃ、おやすみなさい」

「ああ、友美もゆっくり休め」

久方ぶりに父と娘に静かな夜が戻ってくる。

三次と喜美の入所の知らせが届き、五月の連休明けからになった。

明日から老健施設「希望が丘」へ入所という前夜、いつものように三次は就寝前の薬を飲んで布団に入る。

「とうさん、おしめ、換えておこうね」

「ああ」

三次の声はふだんのままだ。

「もし、入所して気に入らない時はすぐ迎えに行くから」

「気に入らんということはなか」

ごめんね、私が面倒見てやれなくて、言葉に出したいけれど素直に言えない。今夜の喜美も珍しくおっとりしている。俊就が戻って来た。彼は年寄りの介助が友美より数段うまい。喜美を安楽椅子に腰掛けさせる。一週間前にはずみで鎖骨を痛めた喜美は、肩をベルトで固定しているので身のこなしが不自由だ。

「ばあちゃん、風邪ひかんように毛布をかけようね」

「はーい」

喜美が顔をくしゅくしゅにして間延びした声を出す。俊就は器用に喜美を毛布でくるむ。

「ありがとーう」

いちだんと大きな声を出し上品に微笑む喜美は、認知症になる以前の喜美だ。それを見た俊就は声をつまらせ、

「おかあさん、入所させせんでショートステイではいかんとね」

友美を見ないで言う。

「嫌ならすぐ戻って来ればいいでしょう」

ぶすっと返事する。友美も内心、二人を預けてしまうのは不憫《ふびん》だとは思っている。

「電気、消しとってよかぞ」

三次の口調はいつもと同じだ。喜美は俊就にバイバイと手を振る。彼を促して居間に行く。

「おかあさんの大変さもわかるけれど」

恨みがましい声を出す。一日中世話しているのは私なのよ。あなたたちは夜遅く帰って来てほとんど手伝いにならないじゃないの——友美と俊就は黙ったままコーヒーを飲む。喜美の「ありがとう」が息子に突き刺さったのだ。

父の旅立ち

翌朝「希望が丘」のワゴン車が迎えに来た。三次は尚生に付き添われて杖をついて出て来る。立ち止まってセコイアを見上げる。冬には針金が刺さったような木だったが、四月になってから新芽が吹き出し、わくわくと呼吸しているようだ。三次は満足そうに見上げた。喜美は手提げ袋の飴を確認しながら、

「じいちゃーん、どこ行くと」

「病院に検査ですよ」

「行きとうなか」

「きみこひとりじゃなか、じいちゃんも一緒に行くとぞ」

刑務所にでも行くような決意だ。

「毎日、おやつ持っていくから。アンパンにしようか」

友美が喜美にやさしく言うと、口をすぼめ、

「五円でよかよ」

と両手で輪を作る。大きいアンパンが五円で買えると信じ込んでいるのだ。

二人がワゴン車に乗り込み、耕之と友美は後をついて行く。

「おとうさんとおかあさん、三日で帰ってくるんじゃないか」

耕之が笑いをこらえながら友美に耳打ちする。

「冗談じゃないわ。せっかく自由になれるのに。口笛吹きたいくらいよ」

ショートステイならせいぜい三日間だけど、今度はしばらくのびのびとできるのだ。今夜からパジャマに着替えて眠れるのだ。

「希望が丘」の見慣れた職員が部屋に誘導する。三次と喜美は二人部屋だ。

「よろしくお願いします」

丁寧にお辞儀をする友美に、

「今度はショートではないのですね」

と友美が持参した着替えを備え付けの箪笥に手早くしまいながら、念を押す。その口振りは冷たく事務的で、一瞬友美は両親を姥捨て山に置き去りにしているような気になった。昼食までには一時間もあるのに、食堂に車椅子ごと打ち置かれ、所在なげに俯いている三次と、「友美ちゃーん、おしっこよー」と叫び出した喜美に気づかれないように、友美は長い階段を駆け下りた。


入所して二週間目、三次は気持ちが緩んだのか、これまでの疲れが一気に出たかのように体力が落ちて食事も受けつけない。血液検査は肝機能、腎機能、すべてが夥しく低下している。

三次は喜美から離されて併設の病院に入院し点滴を受けている。

友美を見て口をぱくぱく動かし、喉をさするような仕草をする。

「喉が痛いの?」

違う、と首を振り何かを伝えようとする。耳を寄せてみると、

「お・さ・け、お・さ・け」

唇を震わす。

晩酌を欠かさなかった三次。喜美は「お酒がおいしかとは元気な証拠」と、どんなに貧しい時も一合の日本酒は用意していた。お酒を飲めば元気になれる、と三次は思いたかったのだろう。寛大な医師も、アルコールはむせて呼吸困難になる、と許可しなかったけれど、英世は脱脂綿に湿した日本酒を三次の唇にあてた。

その夜から三次は高熱を出した。譫言《うわごと》で
「きみこー、ともみー、えいせい、しゅんしゅう、ひさおー」

何度も繰り返す。耕之の名前は出てこない。

「とうさん、耕之さんがいるよ、耕之さん」

と言うと「ああ」と頷き、また名前を連呼する。やっぱり耕之が抜けている。耕之がどんなに尽くしていても、夢うつつの三次の中には血のつながりのある者しか浮かばないのか、その声は自分の大切なものを再確認しているようだった。ひとしきり名前を呼ぶと、少しとろとろと

眠り、今度は、

「夜があけるー、夜があけるとたのしい、たのしいから夜《よ》があける」

と繰り返す。同居を始めた頃、二人は毎朝ベッドに腰掛けて、朝日の昇る方向を向いて手を合わせ祈っていた。友美は廊下からそんな姿を認め、声をかけるのがためらわれたものだ。二人は太陽に今朝目覚めたことを感謝し、今日一日を無事に生きられますように、と念じていたのか。三次の譫言には「すっとーん、すっとーん、ジャーバー」と混じる。龍踊りの囃子なのだろう。夢の中で龍が華麗に舞っているのかもしれない。三次は呟きながらにっと笑う。その笑顔は不自然で狂った人のようだ。容態が持ち直さなかったらどうしようと心配したが、熱が下がるにつれ、元のかくしゃくとした三次に戻った。だが受け答えはずいぶん減った。


喜美を車椅子に乗せて三次の病室へ連れて行く。

「おじいちゃん、おひさしぶり」

喜美は大声を出す。三次が起き上がれないと知ると、

「もう帰ろう」

用が済んでしまったようなけろりとした声で友美に言う。

「今、来たばかりよ。部屋でじいちゃん、じいちゃん、叫んでいたじゃないの」

ああ、そうやったかね、と言いたげに目をくるくるさせて、

「じいちゃーん、起きんねー。起きなさーい」

離れた看護師詰め所にも聞こえるような声を出す。何事かと走ってきた看護師が、三次のベッドを起こしながら、

「三次さん、喜美さんに会えてよかったねえ」

「もう、元気の出らん」

三次は、か細い声で言う。

喜美はそれ以来、病室に行くのを嫌がった。

「じいちゃんの所に行こうよ」

誘っても、しばらく目をきょろきょろさせて、

「じいちゃんとは別れた」

真剣な表情で言う。冗談を言っているのかと
「別れたらいけないでしょう」

たしなめても、

「よか、別れた」

と言い張る。三次のことに触れなくなってしまった。

土曜日の昼下がり、耕之と俊就も一緒に三次を見舞う。

「尚生は?」

顔を見せない尚生のことを聞く。

友美は一瞬、返答につまる。尚生は先週から韓国の釜山に一人で行った。彼は、祖父、祖母が生まれた処を訪ねてみたい、と学生時代から希んでいた。三人の息子の中で彼が一番、耕之が韓国人ということを意識している。そしてそんな父親のルーツを知る必要があると考えている。そんな息子の生き方を応援したいと思っている友美なのに、こんな場にありながらまだ三次の思惑を気にしている自身が腹ただしくなる。

「韓国に行ったの。すぐに帰ってくるから」

三次は弱々しく頷く。口を湿らせてくれという動作をするので、吸い口から湯冷ましを飲ませる。唇から水が垂れる。

「きみこは」

「ずいぶんいいよ。あとで連れて来るね」

「頼む」

「え?」

「ボクちゃんに」

三次が耕之の愛称を呼んだ。

「おとうさん、ここにいますよ」

耕之が三次の傍らに立つ。三次は薄く目を開いて、

「すまんがきみこば頼みます」

三次は何を言っているのか、あのかくしゃくたる頑固な人が、これまで一度だって耕之に自分の弱い面をさらそうともしなかった三次が。一瞬、耕之と友美は目を合わせ沈黙する。

「まかせて、じいちゃん」

俊就が三次の痩せ細った手を握って言ってくれなかったら、友美は寂しさで声が出なかったかもしれない。

耕之は三次に被さるようにして大きく頷く。三次は友美に向かって首を縦に振る。

「まちがいなか」

「とうさん、何?」

よく聞こえなくて三次の口元に耳を寄せる。

「ボクユキは、まちがいなか」

三次は友美に言い聞かせるように一言一言そう言って目を閉じた。

二度目の電話は午後九時だった。英世と病室に駆けつけると、三次は眠っていた。

「落ち着かれたようです。何かありましたらまた連絡します」

と看護師は言った。

「きっと明日になったら持ち直しているよ」

「そうね」

慰め合いながらひとまず帰宅した。

「かあさん、月、見て」

セコイアの突端に突き刺さるように、赤色に近いオレンジ色のまあるい月がぽっかり浮かんでいた。

「あんな色、初めて見たね」

「お月様、どうかあなたの色が不吉な色ではありませんように」

と祈った。

再び電話が鳴ったのは午前一時を回った頃だ。

「三次さんの血圧が上がりません。お出でいただけますか」

息子三人を起こした。寝入りばななので誰か文句を言うかと思ったが、三人ともすぐに起き出して来た。「そうか、父が危篤なんだ」。友美の中では寝坊の息子を起こすという平常の感覚があった。耕之は車のエンジンをかけている。乗り込むとすぐに発進した。

「大丈夫よ、とうさん、曾孫《ひいまご》の顔を見るまで死なれん、って口癖だったもの」

耕之が無言で頷く。ね、ね、そう思うでしょう。息子たちは黙っている。友美のしゃべりだけが響く。三次の死が間近だということを打ち消したかった。

一年前の春にこのリハビリ病院に二人で入院した。その後、退院して同居、半年後にまた入院。その間この山道を何度通ったことだろう。今は特別なのだ、だからこそ冷静でいよう。自分に言い聞かせる。

駐車場に車を停め外へ出た。見上げると、先程の月がすました顔でまだそこにあった。

「三次さんの血圧が四〇から上がりません」

医師に報告している看護師の切迫した声。三次はこれまでのようにぜいぜいと息苦しそうではない。あふう、あふうと口と胸で呼吸をしている。

「じいちゃん、がんばらんば」

英世は小さく声をかけ、俊就は耳元で、

「じいちゃん、三途の川はまだ渡られんよ」

とささやく。一昨日韓国から帰宅した尚生は黙って土産の焼酎を見せる。心拍計のグラフが弱々しい線を描いている。三次はまだ呼吸している、まだ友美の側にいてくれる。友美は一言も言葉が出ずにグラフを見つめる、血圧が二〇に下がる。血圧計を見ながら

「おとうさん、おとうさん」

耕之は大声をあげながら三次の足をさする。逞しかった三次のふくらはぎの筋肉は、げっそりと削げて痩せ細っている。

「おとうさん、おとうさん」

痛いくらいにさすっている。きゅっ、きゅっと音がするほどにさすっている。

――もうやめて、もういいよ。とうさん、痛がっている。

心で叫びながら、

「ボクユキはまちがいなか」

と言い残した三次の声を反芻する。

酸素マスクの中で三次が「あふう」と呼吸したように見えた。

「吸ってよ、酸素を吸ってよ」

呼びかける声がかすれる。機械の音がピピピピと小刻みに、そしてだんだん消えていく。

どんなに差し引いてみても、三次の顔は嬉しそうに微笑んでいた。肌につやもあり、九十二年の生涯を終えたとは信じられなかった。

午前二時、葬儀社の車で三次を家に連れて帰る。月光で家は明るく包まれている。メタセコイアは亡骸を覆い尽くすように枝を広げている。広間に寝かせた。三次はずっと笑っている。訪問リハビリの時にこの場所で、三次と喜美が足を曲げたり伸ばしたりしていた姿が浮かんできた。「とうさん」と呼ぶと「おお」と返答しそうに、顔色はつやつやしている。平常心で、平常心で過ごそう。物事に動じなかった三次の娘だもの、そう自分に言い聞かせる。

三次と喜美は長崎に住んでいた時から、大学に献体の登録をしていた。久留米に来てからは地元の久留米大学りんどう会に移している。

「おまえたちには迷惑はかけん。もしものことがあっても、葬式やらせんでよか。電話一本で大学から病院に引き取りに来てくれる」

実際そうなのかと思っていたけれど、献体登録をした人が亡くなった場合は遺族の意思が尊重され、そのまま大学へ運ぶ場合、通夜だけをすませる、通夜と葬式をすませてから献体する、いろいろな例がある。中には故人は献体を希望していても遺族の反対で中止されることもある。

通夜、葬送式は教会で行うと耕之と友美は決めていた。


喜美に三次の死を告げなければ、と思うと友美の心は萎えた。もう二度と会うことはできないのだから、喜美をせめて葬送式には伴わなければなるまい。だが喜美は、

――じいちゃーん、起きんねー、起きなさい。

と揺さぶるかもしれない。三次は喜美が気掛かりで天国に行けないかもしれない。小野田からミネを連れて駆けつけた利亜と二人、迷いながら喜美が入所している施設へ向かう。

「友美姉ちゃん、やっぱりおかあさんを車椅子に乗せて教会へ連れて行こうよ。会わせてあげないと友美ねえちゃんが後悔するよ」

利亜が確認するように言う。

「そうね」

彼女の言う方が正しいかもしれない。

エレベーターの扉が開いた途端、「友美ちゃーん」と呼ぶ声がする。車椅子に坐ったまま足踏みし、手を打ってはしゃぐ喜美の姿。

「喜美さんは今朝からずっとエレベーターの前から動かないで、降りて来る人を見ていたんですよ」

看護師は友美を見て目を潤ませ、三次の悔やみを言いながら、

「まだ喜美さんには三次さんのことは知らせていません。けれど昨夜は夜中に目を覚まして、じいちゃーん、と呼んでいましたよ。お二人はいつもご一緒でしたものね」

喜美は友美の顔を見て、嬉しくてたまらないふうに友美のスカートを引っ張る。

「待ってたのね、ごめんね」

喜美はうん、うんと何回もこっくりする。友美は泣くまいとして、歪んだ顔になってしまう。

喜美は痛いほどに友美の手を握る。

「じいちゃんのところに行こうね。じいちゃん、よく寝ているよ。起こしたらだめよ」

「おかあさん、行きましょうね」

利亜は喜美の手を軽く包んでそっとさすりながら言う。喜美は瞬きをして、二人の顔を見比

べ、もう一度友美をじっと見る。そして何度か唇を震わせた。

「よかよ、寝せとかんね」

「え？」

意味がわからず友美は聞き返す。

「行かんでよか。じいちゃん寝せとかんね」

喜美の目には涙が光っている。母のきらきらと光る黒い目を美しい、と改めて思った。友美は喜美の小さくなった肩を抱きしめた。


聖歌が流れる中、白菊を遺影に手向ける。二人が久留米で暮らしていた時、同居した時、何度も三次と歓談したり、お酒を酌み交わしてくれた友人たち、三次が尊敬していた俳句の女性教師も列席している。三次を知る人たちに見守られて旅立っていく。

「お花でいっぱいにしてあげたかったのに、ごめんなさい」

牧師夫人が亡骸に語りかける。棺の中には何も入れないでください、と大学の事務から聞かされていた。遺骨が返されるのは何年か経過してからになる。

「おとうさん、いけんですいねー」

泣き崩れるミネの肩に友美は手を添える。

静かに棺に蓋がかぶせられる。婿と孫の手で棺が運ばれる。礼拝堂の外に、大学のライトバンが待っている。棺を入れる。これから三次の亡骸は大学の霊安室に向かう。もう家族はついて行けないのだ。霊柩車なら別れの時いかにももの悲しく長い長いクラクションを鳴らし、参列者はまた涙を流す。だが大学のライトバンはそんな配慮はしない。

「教会の鐘を鳴らしたい。合図をしないと、とうさん、いつ私たちにさよならしていいのかわからないじゃないの」

支離滅裂に耕之に訴える。

「もういいよ。葬送式では鐘は鳴らさないよ」

確かに、礼拝の開始の時、結婚式で新郎・新婦が出発する時、鐘を鳴らす、これまではそうだった。わかってはいても耕之の言い方が淋しい。

その時、牧師が黙って鐘の綱を引き始めた。「ガロン　ガロン」。一定のリズムで鐘の音が響く。啓十郎が腰を曲げたまま、ライトバンに合掌している。その後ろ姿を見た時に突き上げるような寂しさに襲われ、友美は声をあげて泣いた。

ライトバンは気遣うようにゆるゆると出発した。

精霊の鉦

喜美はそれから一年半後の、二〇〇二年十二月十六日に肺炎をこじらせて亡くなった。八十八歳だった。生前、三次のことには一言も触れなかった。友美にはそれが喜美の娘への愛情だったように思えてならない。三次がもういないということを誰よりも実感していたのは喜美だったろう。

三次の遺骨は一年半後に戻ったが、喜美の遺骨が戻ったのは献体をして三年二カ月が経ってからだった。久留米大学医学部の学部長室で、解剖学の教授の手により友美に戻された。気になっていることを少しだけ尋ねた。教授は短く答えた。

「ご遺体はホルマリン処理をして、冷蔵しておりました。学生の解剖実習に役立たせていただきました」

喜美が火葬されたのは二〇〇五年十二月二十五日と死体埋火葬許可証に記されてあった。クリスマスの朝、空に昇ったことが友美の心を救った。


二〇〇七年夏。

三次と喜美の精霊船を出す前に落医師を訪ねた。

「寂しくなられましたなあ」

「先生には、どんなによくしていただいたか、両親がことあるたびに先生のお名前を」

「いやいや、私もご両親のことは自分の身内のように思えてならんのです」

「先生が毎年送ってくださるおいしい角煮、母は惚けてからもそれだけは覚えていて、友美ちゃん、味のよーか豚さんのあったろう、長崎のお医者さまからもろうたろう、なんて」

笑い泣きになりつつ友美は続ける。

「ようやく遺骨が戻りましたので、納骨を済ませました。戸町の墓地です」

「長崎港が見える所ですね」

「二人一緒に精霊船に乗せてあげようと」

「それはお二人とも喜ばれていますよ。あれは長崎を引越される前でしたなあ、お二人で挨拶にいらして」

落医師はその時のことを思い出すように頷きながら、

「婿が自分たちを近くに呼び寄せてくれたと嬉しそうに」

「娘ではなくて婿と、父がですか」

「そうです。良か婿だといつも自慢しておられた」

「先生」

友美はどうしても知りたかった。

「両親はなぜ献体しようと?」

医師は自分もはっきりとはわからない、と前置きしながら、

「私も家内も原爆の時に命拾いした。せめて死んだ後に何かの役に立つなら、と言っておられました。友美の婿は、本当は医者になりたかったようだが、学費が高くて工学部に進んだ、

そんなことも言われたような」

「そうですか……」

落医師に見送られて外に出る。

耕之は父が亡くなって半年後に学位をもらうことができた。

博士（工学）の学位を授与する――と記された学位記を、きっと三次も傍らから覗いていたのだろうと友美は想う。

「とうさんの口癖は、一生勉強、だったね。耕之さんや息子たちにもよく言ってたよね。でも私には、書かんがよか、と」

運賃百円均一の市内電車が通る。街は精霊流しを前に浮き足立っている。気の早い精霊船の鉦《かね》が遠くからかすかに響いてくる。

「もう、書いてくれるな」

三次に言われてから、友美は文章を書けない状態が続いていた。けれどこれからは少しずつ書く意欲も湧いてくるかもしれない。長崎に在るとそんな前向きの気持ちになれる。

――長崎に帰ろう。いつか必ず。そしてかあさんの島に行ってみよう。

精霊船は従姉の美弥子やその夫たちがひと月前から少しずつ作ってくれた。みよし（舳先）から後尾まで五メートル。船の周囲には龍踊りが描かれて、龍の顔は目がらんらんとして、いかにも三次を連想させる。帆には地蔵が描かれ、そのやさしいたたずまいは喜美だ。軽トラックに積んでオランダ坂の下にある長崎聖三一教会に運び、ここから出発だ。顔見知りの教会の信徒たちが数人、船を送りに来ている。

「キリスト教会から精霊船を出発させるなんて、さすが長崎だね」

耕之の弟の宗之が感心する。

「道順はオランダ坂の下からみなと公園の横を通って裏道に入ります。そして『大黒』の前に行き、そこの公園でみんなと落ち合います」

友美が説明する。午後六時少し前。大浦方面からは鉦の音が響いて幾艘もの船が連なってくるのが見える。

「では行ってきます」

牧師と信徒に見送られ出発する。両側の店の前には見物人が立っている。最初の爆竹を尚生が投げる。

「あ、おかあさん、二階の窓から手を振ってる人たちが」

中学の同級生が喫茶店をしている店だ。

「ありがとう、行ってくるね」

何か声をかけてくれているが、前列、後列の精霊船の爆竹と鉦の音で聞こえない。本籠町の裏通りに入った。普通は船は入れないが、中尾家の船は小船と見なされるので狭い道でも融通が利く。小船なのに付き従う人数は多い。

「ここがもとの町内会長さん、今は奥さんが一人残ってる。とうさんとは飲み友達だった。二人で酔っ払ってかあさんから叱られて。今頃空で酒盛りしてるよ。この製麺所で『大黒』のうどん玉を買っていたの。この溝、こんなに浅かったのね。ここに私が四歳の時落ちてね、前をとうさんが歩いていて振り返ったら、私の長靴の黄色い先がちらと見えて、あわてて飛んで来て助けてくれた、ここが『喜楽』の裏口、ちゃんぽん頼む時、裏口からお願いに行ってた」

「そして『大黒』の跡です」

精霊船を止めて遺影をかざす。モルタル作りの食堂「大黒」、屋根を突き破って育っていた紅葉、一列になって並ぶ鳩は公園で喜美がまくパン屑を待っていたものだ。

市の駐車場として整備が始まった公園に町内の人がいてくれる。

「友美、おじちゃん、おばちゃんにお供えばあげてね」

高校の同級生が果物を手にして待っている。中尾家の提灯をともす。

「姉さん、爆竹はこれくらいでいいかね」

火薬係は宗之夫婦が務め、手押し車に爆竹を入れる。利亜が提げたクールボックスには道中の飲み物が入っている。ミネは初めての精霊流しに緊張気味だ。八十歳を過ぎている喜美の三人の妹たちは「暑か、暑か」としきりに黒紋付の裾をはたいている。

「あねさん、耳に綿を詰めたかね」

小野田から先程車で到着した竜植の声は誰よりも大きい。

「守之兄ちゃんや仮名姉ちゃんたち、もうすぐ長崎市内に入るって」

携帯電話に利亜が応じる。今は代替わりした龍踊りの使い手の青年たちが見送る。

「コンコンコンコンコン」

精霊船出発の合図の鉦を英世が勢いよく鳴らした。昨年結婚した英世はもうすぐパパになる。

「どーい、どーい」

俊就と尚生の囃子に一同は呼応する。慣れない手つきで爆竹を投げる。

「もっと景気よく投げんば」

公園の見物人が笑う。

「よおーっ」

耕之を中心に船の引き手は声を揃える。白い半袖のシャツに短パン。白足袋に白い鼻緒の草鞋。紺地に龍踊りを染め抜いたねじり鉢巻きだけが色を添える。三次と喜美の魂を乗せて船が動き始めた。先頭を行く提灯が揺れる。友美は両親が並んで写った写真を胸に抱く。


その時、様々な情景が蘇った。

橋のたもとでラムネを売る。友美のポケットに入った爆竹を素早く揉み消す三次の姿。

「やけどせんやったか」

友美から目を離さない三次。

「博多でなんばしよったか！　朝鮮人と遊びよったか」

「帰化もせんような男と一緒になるなら出て行け」

鬼のような三次。

「家の恥を書いてくれるな」

ようよう言った三次。

三次の姿を追う友美の耳に、確信に満ちた三次の言葉が響く。

「ボクユキはまちがいなか」

「そうよ、一人っ子の友美にこんなにたくさんの家族ができたよ。とうさん、かあさんの精霊船をボクちゃんの家族みんなが担いでくれる」

「そいでよか」

全く、負けん気が強いんだから、友美は笑い出す。

「それでね、俊就が秋に結婚するのよ。披露パーティは手作りなの。会場は友人のぶどう園。音響や司会、設営は教会の仲間や友人たち、みんなに手伝ってもらうのよ」

「友美もよか友達に恵まれとる。一人っ子で育てたけん心配したが」

「友美っていう名前のおかげかも」

三次が目を細める。

「お色直しでね、俊就のお嫁さんがチマチョゴリを着てくれるのよ。私がボクちゃんと結婚する時に着たでしょう。私と体型が同じなの」

「日本人か。嫁さんの親の反対はなかったか」

「私たちの世代は国よりも人なんだと思う。だから大丈夫。それでチマチョゴリはね、ボクちゃんやおかあさんには内緒なの。私からのサプライズ。俊就はとうさんの中国服着るのよ。昔くんちの龍踊りの時着ていたでしょう。ずっと保管していたの。入場は爆竹を鳴らそうかしら」

「そりゃ、めでたか。なあ、きみこ」

「もう帰らんばでしょう」

喜美の声。友美は立ち止まって辺りを見回す。前にも後ろにも精霊船の行列、爆竹の破裂音、黄色い煙。人いきれ。

「大黒」の玄関に、割烹着姿で微笑む喜美が確かに見えたような気がした。

「友美、遅れるぞ。早くおいで」

耕之が汗だくで振り返る。その笑顔は出会った日、友美を背負ったあの時のボクちゃんの表情と同じだ。


「チャンコン　チャンコン」

精霊の鉦が響く。
長崎の精霊流しは今、始まったばかりだ。

母の島

「嬉しい時は口と頬をすぼめて顔をくしゅくしゅにして笑う、モンチッチのように愛らしい喜美さんでした。両手をいつもパチパチと鳴らして、その音が喜美さんの健康のバロメーターで」

「父が元気な時にいつも母に教えていました。手を叩くのは血行がよくなるからやってごらん、と。たぶん痴呆が出てからもそのことを覚えていたのでしょうね」

看護師に答えながら少し泣いたよ。かあさんがパチパチと鳴らす手の音は少しずつ小さくなって、亡くなる一週間前には手を合わせる力もなかったね。

私はあなたが旅立つ時、友人のお花屋さんで花を買っていた。木枯らしが吹く日だったのに、花を選ぶ最中に急に身体が火照ってたまらなくなった。セーターを一枚脱がせて、と言うと友人が「どうしたの？　友美さん、熱でもあるんじゃないの」と心配したのよ。そしてその時刻にかあさんは息を引き取った。きっと私に「先に行くけんね」と告げたのね。

とうさんは平成十二年の六月に他界してからずっと、かあさんが自分のもとへ来るのを待っていた。献体していたとうさんが火葬されたのは、平成十四年十二月十七日午前九時半。この日時を知らされたのは、とうさんの遺骨を引き取りに行った今年の二月だった。死体埋葬許可書を見て、私は一瞬言葉がなかった。かあさんが天国に行ったのはその前日の夕方だった。もしも、かあさんが献体をしていなければその夜が通夜で、翌日火葬だったはず。そしたらとうさんと一緒に空に昇ったのよ。

とうさんの納骨は平成十五年三月二十日、長崎港が見下ろせる大浦の地のかあさんの母方の墓所にした。

あなたの妹たちや、甥、姪が集まってくれて二十人にもなったよ。あの時はおかしかった。長崎の教会の牧師はイギリス人で、三十代のスマートな青年。かあさんの妹といっても三人とも八十歳を過ぎたおばあちゃまで、熱心な仏教徒で、聖書を朗読したり聖歌を歌うなんて初めての経験。それなのに色白の牧師が澄んだ青い瞳でみんなを見回して

「ごいっしょに祈りましょう」

たどたどしく言うと、頭をくっつけるようにして聖書を覗いているおばあちゃま方は、神妙な顔をして頷きながら、「アーメン」と唱和しているのだもの。彼岸の墓参りに訪れた人たちは足を止めて物珍しそうに眺めていた。

納骨式を終えた時、写真のとうさんはとても嬉しそうだった。五十余年住んだ長崎、かあさ

んと共に生きてきた長崎、その墓所に休めてほっとしたのかなあ。

お昼はみんなで会食して、夫と息子は八女の家に帰り、私だけ従姉の美弥子さんの家に一泊した。その時にね、かあさんの生まれた島に行ってみよう、なぜかそう思ったの。納骨式までは島へ行こうと深く考えていたわけではないの。一人の叔母が長崎港の沖を指して、

「今日はよかお天気やけん、高島の見ゆる気がする」

と教えたせいかしら。かあさんが
「かあちゃんの生まれた島に行ってもらいたかあ」

と、私の背を押したのかしら。

高島には私の曾《ひい》おばあちゃんのお墓があって、祖母の弟嫁の松子さんが一人で護っているとか。私は小学四年生の夏に行ったきりで、以来高島のことを格別に思い出すこともなく生きてきたのにね。叔母たちは、

「高島には松子さんしかおらんとよ。大阪の娘のとこによう行きなるけん、電話ばしていかんば」

と、私の高島行きを積極的に勧めなかった。

その夜は大雨になった。

「海がしけたら船が出らんことも多かとよ」

美弥子は気遣いながら高島の地図を書いてくれた。

翌朝は雨もやんで曇り空。高島行きは予定通り出航という。長崎港から船に乗るのも四十年ぶりだった。

私が乗った「コバルトクイーン2号」は、まるで一刻も早く高島を見せたいといわんばかりに波を蹴立てて走ったよ。出航して二十分足らずで、昨夜美弥子が図に書いた通りの島が見えた。擂り鉢を逆さにして東西を長く延ばした島。その西側の島の切れ目からうっすらと軍艦の形をした島が現れた。

三十五分で高島の港に接岸。その港はバスの待合所のような所で、船を降りたら小型の赤いバスが待っている。タクシーが一台もないこの島では、一時間半に一度船が着くのを待って島を一巡する、このバスだけが公共の交通機関。とりあえずバスに乗り込んで松子さんを訪ねることにした。

「バスが行く一番高い所のお寺の近くで降りんばよ」

そこまではバスで六分ほど。港からまっすぐに石段を上っても二十分で着くそうよ。

バスの乗客の半分は、と言っても四人ほどだけど、久しぶりに墓参りに島を訪れた人たちで、口々に「中学校がまだ残っとる」、「役場がきれいになって」と歓声をあげていた。道には車が一台も走っていない。海を眺めながらゆっくりバスは上っていく。停留所ではない所でも停めて降ろしたり乗せたりしている、こんな場所、不思議の世界に来たみたい。

「昔、新聞の販売所をしていたんです。井上っていうんですけれど」

運転手さんに聞いていると、長崎市内に買物に行って来たらしいおばあさんが、

「ああ、あそこの青か瓦屋根たい」

と指差した。山の頂上から少し下ったお寺の前で降りて、その家の前に立った。玄関は半分開いたまま。

「ごめんください」

声をかけると、ほどなく
「はーい」

明るい声が返って来て、小柄の婦人が小走りで出て来たの。松子さんだ、って私はすぐにわかったけれど彼女は、どなただったかな、という表情でいぶかしげな様子だけど、決して迷惑そうな顔ではないのよ。

「友美です。中尾三次と喜美の娘です」

とうさんとかあさんの名を弾んで言う私に、松子さんは目を見開いて素っ頓狂《すとんきょう》な声を出した。

「まあ、友美ちゃんやかね、よう来たね。はよう上がらんね、はよう、はよう」

そして私の手を引っ張って座敷へ連れて行ったの。

「連絡もしないでごめんなさい。父と母の写真をね、曾おばあちゃんに見せたくて」

松子さんは、とうさんとかあさんが一緒に写っている写真を押し抱くように受け取って、

「喜美さん、帰って来たとばい、あんたの生まれた家よ」

ぽろぽろ涙をこぼしたよ。

「友美ちゃん、これはね、そこの掛け軸の前で撮ったとよ」

その写真は八年前のもので、私はどこで撮ったか知らなかったけれど、二人がリラックスして自然に写っていたのでとても気に入っていたの。

何気なしに大切にしていた写真は、曾おばあちゃんの三十三回忌に撮ったものだと言う。その偶然にも驚いた。

松子さんは八十三歳なんてとても思えない身軽さで、私を曾おばあちゃんのお墓に連れて行った。すぐ裏山が墓地で、細い山道には水仙が群れて咲いている。水仙を見た時に、かあさんが一度だけ話した浜口さんのことを思い出したの。そうか、きっとかあさんは浜口さんのお墓にも私に参ってほしくて高島へ引き寄せたのか。


先祖のお墓にとうさんとかあさんのことを報告した後、松子さんに聞いてみた。

「浜口さんのお墓はこの近くなの?」

松子さんは浜口さんの名前を聞いて困ったような顔をした。

「母がね、私の結婚に父が猛反対した時に話してくれたの。『かあちゃんが交際していた人がおって、その人はクリスチャンやったとさ。その人は、結婚したら喜美さんの家族もキリスト教になってもらいたか、って言いなった。うちだけがなるのはよかばってん、おっかさんや妹たちにもキリスト教になって、とはどうしても言いきらんやった。昭和十五年頃はまだ偏見があったとさ』。それで、って聞いたら淋しそうに笑って、『断ったとよ』って答えたの。『そいけん、友美ちゃんには好きな人と結婚してもらいたか』。私の結婚を応援してくれたの」

松子さんはそこまで知っているならよかった、というように、うん、うん、と頷いている。

かあさんの初恋の話は親戚中が暗黙の了解だったようね。

かあさんの話はまだ続いた。

「その人の名前は浜口さん、戦争に行きなってね」

そう言った時のかあさんの切ない表情は忘れられない。

「亡くなったとよ。実家は高島やったけん、そこに眠んなった」

「お墓参りに行ったの?」

「しばらくは行ききらんやった。それでもおとうちゃんと結婚することが決まったけん、報告に行ったとよ。水仙ば摘んでね、そればお墓の前に手向けて手を合わせたら、十字架がくらくらと揺れたとよ。そいでね、ああ、わかってやんなった、と思ったとさ」

かあさんはその後も島に墓参りに行くたびに、

「姉ちゃんはちょろっとおらんごとなるとよ。水仙ば何本か摘んでさ。浜口さんのお墓ってわかっとったばってん、兄さんが一緒の時はなんも言われんとさ。あらー、どこに行ったとやろかね、ってみんなで目配せしながら、松子さんの家で知らん顔して待っとったとさ」

叔母たちはいたずらっ子のような表情で私に教えてくれたものだ。

「浜口さんのお墓にもお参りしたい」

私は松子さんに頼んだ。

「それがね、おばちゃんはよう知らんとよ。短時間で戻って来よったけん近くやろうけれど、高島には浜口姓は多かとさ」

私と松子さんはお墓を捜した。この島にはカトリック教会があって、石炭の採掘が全盛の頃は信者が二百人以上いて、日曜日には朝と夕に礼拝があっていたそうだ。木製の十字架が至る所に立ち、朽ちて字が判別できないものも多い。赤ちゃんの頭くらいの石がごろごろと置いてあったり、子供の拳大の石が十個程積み上げてお墓の代わりになっていたりする。

「昔は土葬やったけん、埋めて目印に石ば積んであっとさ」

私は十字架の一本一本を覗き込む。苔むした墓石がある。刻まれた名前を何とか辿ってみると「浜口」とあり、ヨハネという洗礼名が見える。

「松子さん、見て。この浜口さん昭和十七年一月没となっている」

かあさんが結婚したのはその年の五月三日。きっと戦死を知ってからとうさんと式を挙げたのかもしれない。きっとそうだ。もしかしたら違う浜口さんかもしれないその十字架に、しばらくの間黙禱する。

それにしてもこの島は陽が燦々と柔らかく、そして明るい。島全体に陽光が降り注ぐ。見渡す海の色は紺碧に近いブルーで、ここから見下ろすと高島が一望できて、島を征服したような妙な心地になる。

「私が二十歳の時に五島から嫁入りして、心細うしてめそめそしよると、喜美さんが、松子さんうちがついとるけん泣かんでよかよ、といつも励ましてやんなった。妹んごとやさしゅうしてもろうたとよ」

ぼんやりと海を見下ろしている私に松子さんは声をかける。

「母もここに立って軍艦島を眺めていたのかなあ、老健施設に入所している時ね、車椅子を押して母をガラス張りの談話室に連れて行ったの。夕暮れ時に外を見るのが大好きだった。眼下にある八女の町を眺めるたびに、軍艦島から煙のあがりよる、と手を叩いていたのよ」

松子さんはさもありなん、というふうに端島を指しながら、

「夕顔丸という日本で最初の鉄の汽船知っとんね、それがあの端島から高島に寄って長崎に行くとさ。あの頃は長崎まで一時間半はかかりよった。端島を夕顔丸が出航したのを確かめて、急いでこの坂道ば下って船着き場に行きよった。夕顔丸は昭和の終わりまであったやろか」

松子さんは私の手をとってゆっくりと歩きながら、高島炭鉱が盛んだった時のことを話してくれる。

「このあたりは遊郭があって、食べ物屋もいっぱいやった。あんたのおじいちゃんの時計屋はここやった。修理がとても上手な人やったらしかね。喜美さんが中学生の時に亡くなった」

「母はね、壊れた掛け時計や置時計をもらって来ては父に修理を頼んでいたよ。父も手が回らなくて、長崎の家の中そんな時計がごろごろしていたのよ」

——道ば歩きよったら時計の捨ててある。助けてー、と悲鳴ばあげよるごたって見過ごされんとさ。

かあさんの口癖を思い出したよ。松子さんの家を残して、繁華街だっただろう周囲の情景は跡形もなく草ぼうぼうになっている。

「あの頃はみんな共同風呂に行ったとよ。海の水を沸かすけん塩で身体はべとべとになると。家からバケツに水を汲んで持っていって、かかり湯に使うとさ」

松子さんは家の前で立ち止まった。

「喜美さんが島へ幼かった友美ちゃんを連れて里帰りして、三日目には三次さんが長崎から迎えに来よんなった。あんたば背負っていそいそと船着き場に降りて行く喜美さんは、若妻という感じで可愛かった。夕顔丸に手を振る喜美さんは幸せそうで、見ていて気持ちのよかったとよ」

「友美ちゃんが訪ねてくれて嬉しかったあ。もう誰もこの島には帰って来んけんね」

松子さんは吹っ切るように少しつっけんどんに言った。

「船の時間が……」

腕時計は三時をとうに回っていた。四時の高島発の船に乗る予定だ。松子さんと私は少し急ぎ足で道を下って港へ行く。

「高島のトマトは甘くておいしかとよ」

松子さんは小ぶりの瑞々しいトマトを私に持たせた。

「またおいでよ。待っとるけんね。今度はご主人も連れておいで」

松子さんの姿が小さくなるまで私は手を振り続けた。


それからね、かあさん、私は熱狂的な高島ファンになってしまったの。

私を迎えた小さな島、あの海の色が忘れられなくなった。長崎港から三十五分の別世界。ゆったりした時の流れ。あの島に身を寄せることができたなら、きっと私の新しい始まりとなるだろう。波の音を聞き、潮の匂いと、陽光に包まれ、喧騒や雑多な日常から離れることができたら、私はもっと落ち着いて考えることができる。それに、船着き場で、必ず来る大切な人を待つなんてどんなに幸せでしょう。

「あなたのいつもの思い込み」って最初は言われたよ。でも、違う。毎日、毎日、かあさんの島のことばかり浮かぶの。いつかは絶対に高島に住む、そう信じているの。

「DNAが一致したんだね。たぶんあなたの細胞の中に高島の遺伝子が存在したんだろう」

今は誰もがそう言ってくれるのよ。

私の行き着く場所をやっと見つけたという思いです。来年の初日の出はかあさんの島で、家族で迎えるつもりです。

Ⅲ　ソウルの雪

出会い

劇団「前進座」の劇作家・田島栄氏と出会ったのは一九九四年四月二十日だった。三浦綾子原作『母』の全国公演に先がけて、脚色の田島氏が各地を回って講演をしていたのだ。

久留米での講演会は夜七時からだった。どしゃ降りだったが五十人程の参加者がいた。私は田島氏の顔を知らなかった。始まる前にロビーに行くと、黒っぽい服装の五十がらみの男の人に、彼よりずいぶん若い男性が何か話しかけていた。五十がらみのその人はむっつりと頷きつつ窓の外を見ていた。変わった人ね、何者？と思った。その人が田島栄氏だった。若い方の人は前進座福岡出張所の伊藤さんという人だった。

講演が終わり、『母』を観る会の事務局の十数名について喫茶店に行った。

「明日の夕方、福岡の新聞社に挨拶回りに行きますが、それまでは時間があります。この周辺で見物する所がありますか?」

伊藤さんがみんなを見回して訊ね、口々に「森林公園」とか「柳川まで足を延ばされては」、「秋月は?」と言ったけれど、誰も「ご案内しましょうか」と口にする人はいなかった。事務局って、自分たちが田島氏を呼んでおいてなぜ案内もしてあげないのかな、と内心不思議に思った。たまたま私は翌日何の予定もなかったので、

「もしご迷惑でなかったらお供しましょうか」

とつい言った。

「それはぜひお願いします」

伊藤さんが笑顔で言われ、田島氏も「はい」と言われた。

帰宅して、軽々しく動きすぎたかな、と少し後悔した。私が車の運転をできるわけでもないし、道順だってよくわからない。それに同席した人の「まあ、でしゃばった方ね」というような視線を思い出した。けれど、もう口にしてしまったんだ、明日は行くしかない……。

そして翌日十時、伊藤さんが運転する、「前進座」と車の横面に描いてあるライトバンに乗って、私たちは「森林公園」を見物し、柳川へ向かった。車の中で田島氏が、

「昨夜はどしゃ降りだったので、あんなに大勢の人が来てくださるとは思っていなかった。せいぜい二十名くらいかと考えていました」

と遠慮がちに言われた。

「あんなひどい雨だったから出席者が多かったのではないでしょうか。少ないと先生に悪いと思って。実は私もそうでした」

「そんな考え方もあるんだね。それは思いつかなかった」

面白い発見をした、という口調で田島氏は言われた。

柳川で川下りをしたけれど、どんこ舟に乗っている間中、彼が楽しそうに笑うということはなかった。

お昼に鰻を食べようということになった時、私は、しまったと思った。鰻は苦手なのだ。

「ここの店の鰻の蒲焼が柳川で一番おいしいそうですよ。田島先生の大好物ですからよかったですね」

そう言いながら伊藤さんはさっさと店に入っていく。しぶしぶついて入った。メニューには鰻しかない。

「私、オレンジジュースでいいです。おなかいっぱいですから」

ごまかそうとしたが、結局、鰻は嫌いということがわかってしまった。

「それでは別の店に行きましょう。あなたが食べられるものがあるかもしれない」

田島氏は席を立とうとされた。けれどもそれはあまりにも失礼と思い、

「じゃあ、一生懸命食べてみます」

と同じ蒲焼を頼んだ。肉の厚い、脂ぎった鰻が大きな椀に四切れのっていた。とても全部は食

べられない。

「初対面なのにすみません」

言い訳しながら、田島氏と伊藤さんに分けて一切れだけ残した。

「こうして鰻を食べるのも、いい思い出になりそうです」

言ってはみたが、こってりして骨っぽくて口には合わなかった。ぐずぐずと鰻をつついている私を見ながら、

「おかげで柳川の名物をたくさんいただきました」

田島氏が初めておかしそうに笑いながら言われた。

会話の中で『母』の主役になる女優の今村いづみさんの話になった。その時、田島氏が「いづみがね」と名前を言うその声音が、あれ、と思うほどに温かかった。愛しい人を呼ぶような、包み込むような「いづみがね」という声が心に残った。

「東京に戻ったらお便りします」と田島氏は言われたが、忙しい方だろうから、とあまりあてにもしなかった。そして手紙は来なかった。

すると、三週間ほど経った五月十二日、電話があった。

「田島です。今、飯塚の近くの田川という処にいます。ここから久留米にはどう行ったらい

いのですか」

田川から久留米までの交通手段が咄嗟には思い浮かばなかったので、「それではまたの機会に」と電話を切った。

受話器を置いた後、私の中に欲が湧いてきた。もう少し田島栄氏を知ってみたい……。

柳川に行った時の車中での会話が蘇った。

「僕は書けない時は三日でも机の前に坐っています。じっと坐っています」

「脚本を書く時ね、百人の観衆がいたら九十九人までに理解してもらいたい」

「でも楽器を演奏する人は、百人のうち一人でも聴いてくれる人がいたらいい、と私は聞いたことがあります」

「それはある種の思い上がりではないかな」

もう一つ気にかかったのは田島氏の電話の声だった。講演会の時の緊張したそれでもなく、柳川のどんこ舟の淡々とした声でもない。

それは「いづみがね」と呼んだ声に通じていた。

少しの時間ためらってから、私は福岡出張所に問い合わせ、翌日田島氏が北九州市の八幡に行かれるということを確かめた。

私はＪＲで八幡に行き、田島氏に再会した。

訪ねたビジネスホテルには伊藤さんも一緒だった。八幡に住む友人の家に二人を伴って、歓談した。田島氏は『母』の公演のことや、前進座のことについてぽつぽつと話される程度で寡黙だった。一年の半分は旅に出ているということだった。

「まだ行かれていない所はどこですか」

「萩と津和野の方ですね」

こちらから尋ねるときちんと答えられるけれど、自分から質問されるということはあまりない。私は夕方には久留米へ戻らなければならなかった。あとで友人が、

「田島先生が、出会いですね、ってご自分からおっしゃったでしょう。あの言葉がいつまでも残っているのよ」

と話していたけれど、私はそのことを憶えていない。ただ、駅まで送ってもらった車の中で、私が降りる間際に田島氏が「また」とひとこと言われた。探してやっと表現した、というような「また」であった。


あれから一カ月……。

田島氏から時折短い電話がかかるようになった。

旭川から『母』の公演が成功裡に終わりました、という報せであったり、東京からの近況報告だったり、夜更けて酔った声で「お元気でいますか」という人懐っこい電話だったりする。

面と向かっては近寄りがたい印象だった田島氏が、電話ではずっと前からの親しい人だったような気持ちになる。それはこれまでその存在すら知らなかった人が、少しずつ近いものとなっていくと同時に、もしかしたらこれから私が生きていく上で、この人から何らかの影響を与えられるのではないか、という畏れにも似た緊張感がある。

「人間と人間との出会いとは神の意志である」と聖書にある。

もし、久留米の講演の後、「お供します」と言わなければ、田川から田島氏の電話がなければ、八幡の再会がなければ、田島栄氏との糸は切れてしまったかもしれない。今、私は予測がつかないこの出会いを、消極的にならずに受け止めて、見据えてみようと思っている。

緋寒桜

「梅の花いただきました。職員室に挿しています。皆が珍しがっていますよ。ありがとう」

公衆電話からかけているのだろう、硬貨がカチャリと落ちる音と同時に、Kさんの少し急き込んだ声がする。

「こちらからのお土産、何がいいですか」

「さくら……桜がいいです」

「ああ、今年は散るのが早くて、今はツツジが咲いているんですよ」

口惜しそうな余韻を残して電話は切れた。


Kさんと知り合って五年になる。以前Kさんが「沖縄には梅の木はないんです。暖かすぎるんでしょうね」と話していたことがあった。それで沖縄へ出張する友人に頼んで、開花したばかりの庭の白梅をことづけたのだが、南の島では桜はもう散ったのだろうか。

Kさんを最初に見たのは、主人の勤務する大学の学園祭だった。秋の夜に子供たちを連れて見物した。模擬店を一巡りしていると、「沖縄県人会」という幟が立ったテントから楽し気な話し声に混じって三味線のような響きがしてきた。覗いてみると、一人の青年が弾き語りをしている。その楽器は本土の三味線に似た、奄美・沖縄地方の三線《さんしん》で、ニシキ蛇の皮を胴に使っているものだ。濃い眉、長い睫《まつげ》、愁いを含んだ目、彫りの深い顔立ちの青年に三線が似つかわしく見えた。沖縄の島唄を弾いている。方言で歌われるので曲の意味はわからないが、情感は紛《まが》うことなく伝わってきた。

一曲が終わって思わず拍手をした私に、彼は照れたような表情を見せると、三線を抱えたままテントの外に出て行った。その青年がKさんだった。三線の音色、島唄の余韻はそれから何日間も強烈に残った。

暮れに主人は我が家で忘年会をするべく、担当している大学四年の卒研ゼミの学生を数人伴って来た。その中にKさんがいた。彼も私を覚えていた。

「三線、いつか聴かせてください」

「本土の人で三線に興味があるなんて珍しいですね」

Kさんは前の時と同じような照れた表情にとまどいを混じえて言った。その夜の学生たちの中でもKさんは口数の少ない方だったのに、三人の子供たちは彼に一番なついてしまい、四歳の三男は膝に抱かれて眠ってしまった。以来、Kさんと私たちの付き合いが始まった。

三月、大学の卒業式も終わり、Kさんは沖縄へ帰る前の夜、我が家を訪れ何曲も弾いてくれた。最後の曲は「二見《ふたみ》情話」という題の島唄だった。

二見美童《みやらび》や　だんじゅ肝清《ちむぢゅ》らしゃ　海山ぬ眺み　他所《ゆす》にまさてョ
二見村嫁や　なんぶしゃやあしが　辺野古《ひぬく》崎坂《ざちひら》ぬ　上《ぬぶ》い下《くだ》いョ

Kさんと三線が重なり合い、体中が曲を奏でていた。音階はもの哀しく、語りかける節回しの一語一語が胸にくい込んできた。

「二見情話は、女性の恋歌で、二見村に住む恋しい青年の許へ会いに行きたいけれども、そこへ行くには女の足では越えられないような険しい坂があるので通うことができない、という意味ですよ」

学園祭で聴いた時にも況《ま》して、Kさんの弾き語りにはしみじみとした情感が深まっていた。どんな言葉も不要のようで、私は弦を爪弾いているKさんの指にはめられた水牛の爪ばかりを見ていた。夜遅く通りいっぺんの別れの挨拶をして、三線を抱いて去って行くKさんの、肩を少し怒らせた後ろ姿をいつまでも見送った。

Kさんは帰郷して小学校の教師となった。その後の便りでは「郷里ではなかなか三線を弾く機会がありません。やはり遠く離れた地で故郷を懐かしみながら弾くもののようです」と記してあった。すっかり三線の虜《とりこ》になっていた私は、琉球民謡のカセットを聴いたり、三線を弾ける人がいると聞けば訪ね、弾いてもらったりしたが、残念なことに感動は薄かった。

最近、韓国人の男性歌手で「釜山港へ帰れ」でヒットした趙容弼《チョーヨンピル》の歌を聴いた。中に、李朝時代圧政に苦しめられ民衆の暮らしを歌った「恨・五百年」という韓国民謡がある。趙容弼がこの曲を日本のステージで歌った時、聴衆は度肝を抜かれて息を呑んだそうである。なるほど喉元まで突き上げている塊《かたまり》が終《つい》に爆発したような歌いっぷりには、憤り、やるせなさがにじみ出て、聴いた瞬間から胸を突かれてしまう。この曲を聴いた時にKさんの三線の弾き語りが蘇った。体が震えて、胸が痛くなるような感動は確かに同一のものであった。

趙容弼は虐げられた民衆の怨念を、彼が化身となって訴えているようだ。ならばKさんは、三本の弦を操り、秘めた情熱がにじみ出てくるような、とつとつとした弾き語りを通じて何を私に訴えたかったのだろうか。

友人がKさんから託されたものは、散ったと聞いて諦めていた桜だった。沖縄では元旦桜、或いは緋寒桜《ひかんざくら》と呼ばれている。Kさんが友人の宿泊するホテルに着いたのは深夜だったそうだ。彼の住む地区の桜は盛りを過ぎていたので、南部まで行って探してくれたらしい（緋寒桜の開花前線は北部の方から南下していく）。八重桜より艶やかな紅色をして、小指の先ほどの可憐な花房を通して、Kさんの弾く三線の音色が熱く響いてくるようであった。

マスクメロン

私も含めて長崎っ子は祭り好きで、血気さかんなところがあるようだ。人生のドラマもまた好きなのである。

セレモニー・コンダクター（結婚式の司会業）なるものに挑戦してみようかと思い立ったのは、今年の六月のことだ。器量は十人並、年齢的には遅いかもしれないけれど、司会は声と度胸なり、と図々しくも思いながら新聞の広告欄を見ていると、「司会者求ム、初心者研修有、W・Bプラン」とあるではないか。場所も我が家から徒歩で四十分ほどである。渡りに舟とすぐに電話をしてみる。「じゃ、面接にいらしてください」ということで、翌日指定された事務所へ行く。マイクテストがあり合格、研修に入ることになった。

「W・Bプラン」を経営しているのはM夫妻である。一月に大阪から九州へ越して来たという。ご主人は司会業、奥さんはエレクトーン奏者で二十五歳くらいの口数の少ない人である。研修は週に一回、二時間の個人授業で月謝は一万円。三カ月前納で三万円支払う。

まじめに通って一カ月が過ぎる。土曜日の夜などは生徒四、五人が集まって合同レッスンがある。名前だけの自己紹介をした後、交替でマイクの前に立ち、奥さんの弾くエレクトーンに合わせ「本日はおめでとうございます」などと言う。二カ月が過ぎ、練習は順調に進み、この調子なら秋の結婚シーズンには仕事を紹介できる、と言われ大いに気を良くする。

三カ月に入った一週目の金曜日。いつものように自転車を走らせて行くと、普段は閉まっている事務所のドアが半分開いていて、表に貼ってある司会者募集の紙の下半分が破れている。

「こんにちは」

中に入ると、見慣れた事務所には机と椅子とスピーカーがあるだけで、先週まで確かに使っていたマイクも、持ち運びできるエレクトーンも無い。事務所の奥の居間兼台所を覗いてみると、家具はそのまま残されている。急に移転でもしたのかしら——と表へ出て見回していると、向かい側のリサイクル・ショップから中年の男性がこちらへやって来た。

「ここの人、昨日引越しましたよ」

「でも家具が……」

「それはうちの店で引き取ることになっています」

「どちらへ行かれたんでしょう」

「さあ、大阪とか言ってたようだけれど」

彼が慌ただしく走って行く後ろ姿を見ながら、釈然としないままに帰宅した。合同練習の時に一緒だった人の名前を思い出して、しらみつぶしに電話をかけてみる。

「W・Bプラン？　いいえ知りません」

該当者全くなし。もしかしたらあの人たち、全員でだましたのかしら、と思うと鳥肌が立って来た。

麦茶でも飲んで気持ちを落ち着けようと冷蔵庫を開けると、マスクメロンが場所を塞いでいる。……このメロン、先週の金曜日に練習が終わって帰り際、自転車置き場に奥さんが走って持ってきてくれたものである。

「これ、生徒さんからの頂き物だけど、よかったら子供さんたちと召し上がって」

そう言いながら何千円もするだろうと思われるそれを差し出された。

「でもこんな高価なもの」

「いいのよ、私たち夫婦二人でしょう。食べ切れないのよ」

どうぞ、と言って私をじっと見た、その折のメロンである。あの時既に事務所を閉めることになっていたのだろうか。マイクとエレクトーンを抱えて、あの二人はどこへ行ったのだろう。

「間違いなくさぎよ。きっと転々として生徒を集めては行方不明になっているのよ」

私から話を聞いた友人の誰もが言う。私自身、「さぎかしら」という気持ちの中で、奥さんの淋しそうな目の色、何か言いたげな、詫びるような目の色を思い出す。きっと里で不幸でも起きて連絡する暇もなく去ったのだろう、とも思えてくる。

後日、私は別の企画会社に入り、幸いなことに秋からは司会業を仕事とし、ドラマの一役を担うことになるのだけれど、あのマスクメロン、三万円にしては安かったのか高かったのか、今もってわからないのである。

cross（十字架）

その日は変だった。私は二週間に一度は部屋の中を花で飾りたくなる。いつもは明るい花、例えば今の季節ならアネモネ、雛菊《ひなぎく》、桜草などを選ぶのに、その日に限って淋しい色ばかりに目がいった。自分でも変だなあと思いながら、紫色のフリージア、白いカーネーションを買い、それに鉢物のセントポーリアを指さした時、確かに麻子よ、あなたと、あなたの夫I氏のことを思っていたのだ。帰宅して花瓶に活けていると、来合わせた友人が「あら、どうしたの、いやに暗い色ばかり選んだのね」とまで言った。

麻子よ、あなたが職場結婚で、風評によると、およそふだんのあなたからは考えられないような激しさでＩ氏の許に嫁いで、山口県に新居を構えたのは十五年前になる。Ｉ氏と私の夫はカトリック幼稚園以来の竹馬の友だったから、独身時代に夫を通して知り合った私たちも本当に親しい付き合いをしていた。永年住み慣れた福岡を離れ、結婚して夫の故郷山口へ移った時は知る人もなかったけれど、あなたがいてくれたお陰でどんなに心強かったことか。

あなた方より一年後、私の挙式の時には、実家の事情で友人を誰一人呼ぶことはできなかったけれど、麻子よ、あなただけがＩ氏について祝いに来てくれた。あなたは流行《はや》り風邪にかかって高熱で体中に湿疹ができていたのに、化粧で隠して、華やいだ席に晴着の姿がなくては淋しかろうと、若草色の訪問着を着て出席してくれた。黒紋付や礼服の中で、あなたの存在は私の緊張を温かく包み込んでくれたよ。

その後、あなた方の家を訪ねた時、私はセントポーリアの鉢を手土産にした。あなたは殊のほか喜んでくれて、それから半年後、Ｉ氏の転勤で東京へ越してから、その冬も、その次の冬も「友美ちゃんのセントポーリアが増えたのよ」と手紙をくれた。

麻子よ、あなたは暗に自分の死を私に知らせていたのか、Ｉ氏から訃報が届いたのは花を買ったその夜のことだった。あなたの小六、小四の二人の娘のうち妹のまいちゃんが昨年の秋、悪性腫瘍と診断され、進行が早くて回復の見込みは薄いと宣告されて入院生活に入った。そして二月末、雛祭りをするため外泊を許され一時帰宅した折、不運にも高熱を出し、麻子よ、あなたは苦しむ我が子を見るに忍びず手をかけて殺し、そして自分も焼身自殺をした——「葬式は昨日すませました」と伝えるＩ氏の声は恐ろしいほど冷静で、彼まであなたを追うのではないかと、私は夫を急かせてすぐに東京へ発たせたけれど……。

あなたの死からひと月経った今、残された友人たちはあなたの死を悼み、そして私はあなたと自分へ憤りさえ感じている。

月に一回は電話をかけ合って近況を報告していた私たち、あなたの声の調子がおかしいと気づいたのは、思えばまいちゃんが発病した頃だった。

——風邪気味なのよ、ごめんね、友美ちゃん。

あなたは素っ気なくて、私は気掛かりながらも電話を切った。そして一カ月後の今年の一月、私からかけた電話ではいくらか元気なあなたの声が聞こえた。その時私は尋ねたよね、

——どうしたの、何かあったの、子供が病気したの、Ｉ氏と喧嘩でもしたの？

あなたは、

――ううん、何もないよ、心配かけてごめんなさい。また手紙書くね。

と言ってくれた。

前に遡れば、あなたの手紙には再々「この世で一番大切なのは、親友、健康、お金、趣味だね。友美ちゃん、いつまでも仲良くね」と書いてあったから、私はきっとあなたが連絡してくれるだろうとたかをくくっていた。私自身、仕事や雑事に取り紛れ、しばらく電話もしなかった。今思えば、あなたの様子がいつもと違うと感じたあの時、なぜもっと食い下がって尋ねなかったのか、あと少し強引になって東京へ行ってみなかったのか、結局あなたは周囲に心配をかけてはいけないからと、まいちゃんの病気のことは誰にも知らせなかったという。

手紙にあった、この世で一番大切なものの中になぜ家族が入っていなかったのか、と友人の一人がポツンと言ったけれど、麻子よ、あなたにとって家族はもう自身と同体のもので、家族だけがあなたの支えで、だからまいちゃんの、やがて訪れる死さえもあなたと一体化していたのか。まいちゃんが入院してからは、小六の姉の面倒も家事も放棄して、ガラス越しのわずかな面会時間のために、唯々病院との往復に時間を費やしたというあなた、看護師があまりに憔悴したあなたに「めげないで頑張りなさい」と厳しく諭したことも、細やかすぎた神経には想像以上のショックだったのか、以来病院の人に対してさえ口を閉ざした、というあなた。

本好きの私のために時々図書券を送ってくれたあなた。ある時の千円の図書券は近所の人に頼まれてビラ配りをしたお礼のお金で、有効に使ってね、と書いてあって、聞けばビラ配りは一軒に一円だという。自転車に乗れなかったあなたが千円を得るために、どれだけの労力を費やしたのだろう。

そんなあなたが、命を断つ数日前からトランプのカードを繰りながら「まいちゃんに万一のことがあったら母さんも生きてはいられない。その時あなたをどうしよう」と小六の長女に問いながら占い続けたという。

麻子よ、あなたの正常な神経は何処で断たれてしまったのか。どうして、一言も話してはくれなかったの、あなたの脳裏には、もう友人のことを思い出すゆとりもなかったのか。

あなたの死について新聞記事には、まいちゃんの幼稚園時代に付き合いがあったという主婦の談話が載っている。なぜ幼稚園時代から、と書いていなかったのか。遠い親戚がだめでも、東京で心を開いて話す近くの他人に巡り合わなかったのか。

夫がI氏から託された、もう遺品になってしまったあなたの洋服は、くすんだ赤ばかり。都会の中で、あなたはそんな色を好んで着て、ひっそりと暮らしていたのだろうか。

そんな疑問に応えることもなく、あなたは逝ってしまった。

あなたの遺書にはI氏に宛てて「倖せな日々をありがとう」、I氏の両親に宛てて「可愛がってくださって嬉しかった」、親、兄弟には「先立ちますが、私の分まで生きてください」と書かれていたそうだ。

今となっては言うべき言葉もない。異常な精神状態の中で、あなたは燃え立つ炎に憧れたのか。一瞬のうちにあなたの魂は灰と化し、愛し子と共に黄泉の国へと消えていった。

I氏は永年足を向けなかった教会へ行き、神父の手によって葬儀が行われた。十字架が縫い取られた白い布で覆われた白木の箱が二つ、母娘ぴったりとくっつけられて安置されているのを見た時には、もう声もなく坐り込んでしまった残された者たち。

やっぱり罪だよ、麻子。

後に私たちに届いたI氏の長い手紙の中に、結婚して約十五年の歳月の中でいつとはなしに心と裏腹なことをお互いに言い交わしながら、内心、多分相手はわかってくれている、と思いつつ過ごした年月……。あれほど立派な女性を見殺しにしてしまった。何と罪深きことかと自戒の念にかられます。なぜ心の内を素直に表現しなかったのか、本当に私たち夫婦は大人になりきれない子供的夫婦でした――と、滲むような思いが記されてあった。

I氏は研究者で、会社に嘱望されている人物だった。そしてあなたはそんな彼を尊敬していたから足手まといにならないように、彼が家族のことで煩わされずに研究に没頭できるように、彼に甘える術も忘れ、いい妻として、いい母親として、自分独りで荷を担いすぎたのか、――重すぎたんだよ、あまりにも。

「どうか、私の分まで生きて」

と叫んでいるあなたの声が聞こえる。あなたの死は、狎《な》れ合いと化し、会話さえ乏しかった私たち夫婦をも揺さぶった。また音信不通になっていた古い友人たちとの間に死を悼む連絡が取り交わされた。

麻子よ、私たちはあなたが残した罪を背負って生きよう。あなたを孤独に落とし入れ、一番身近な、一番大切な人間の心さえ、慮《おもんぱか》ることができなくなってしまった社会体制の罪を含めて――。

あなたの、いつもはにかんだ微笑が今も浮かんでくる。

母娘の冥福を祈る

タッタバラー

ひとりの
韓国人が
逝った
十六の年に日本に来て
鉄道事故で片足義足
四人の子供をもうけ
病の夫を看とり
ひらがなも読めず
名前も書けず
それでも天真爛漫の
友が逝った
七十三歳は本当の年か
コウさんが本名か
誰も知らない

通夜の席でも
コウさんの話は
笑うことばっかりで
いきなり後ろから
口癖のタッタバラー
（ああ胸が痛いよー）
タッタバラーの陽気なかん高い声が
聞こえてきそうな
気さえする

娘の婿殿が遊びに来たと
大はしゃぎで
ビールに燗をして
ほれ飲め、と差し出した
くだりには
もう全員が笑い泣く

たぶん隣りの日本人が
酒に燗をつけるのを
真似た仕業だろうと
アルコールはぬくめれば
もてなしになると
したり顔のコウさんが
浮かぶ

わしゃちっとも酔えんかった
日本人の婿殿は
写真に向かって訴えた
子供らは皆
黒い着物を付けて
送るけど
一度も祖国へ帰ったことのない
あなたには
どんな衣が似合うのか

小柄な身体を振りながら
今頃はきっと
赤いとうがらし色の
チマチョゴリを着て
海を渡っているかも
しれないね

（タッタバラー：苦しい、腹立たしい、辛いなどの感情表現）

松原先生のこと

育てる人

「何かの参考になろう。おまえが持っておきなさい」。父が残してくれた大学ノート六冊。表紙は色褪せて赤茶けた染みが付いているものの、中の頁に青インクで詳細に記された文字は明確である。私が三歳五カ月（昭和二十七年三月）から七歳（昭和三十一年）までの日々の様子を記録した育児、生活日記である。

私の師、文芸評論家の松原新一先生と父が会ったのは二回。書くことを生きる張りにしている現在の私であるが、その素地は私に三歳から日記をつけさせた父によって与えられたものであろう。だが、結婚した後、書く意欲を薄れさせることなく持続して来れたのは、松原先生に師事したことによって得られたと思っている。二回目に父と先生が会ったのは昨年十一月のことである。

父は、今後共よろしくお願いします、と先生に頼んでいる。会話の中で例の成長記録の話になった。「子供の成長を母親が書き記すというのはよくありますが、父親があんなに丹念に書いておられるのは珍しいことです」と先生がおっしゃる。その時、父は「そんなのあったじゃろうか。そうだったかな、覚えとらん」と言ったのである。

父が忘れるはずはない。明治四十年生まれ、今年八十五歳になるが益々意気盛ん。いまだに私や孫の厳しい叱り手となり、盾ともなるかくしゃくとした父が忘れるなど絶対にあり得ない。私は不安になり父が惚けたのかと疑いさえした。「ほら私に持たせてくれたじゃないの。一歩一歩って題つけて。先生にもお見せしたのよ。忘れたの、持って来ようか」。私は執拗に言った。「いや、いい」。それでこの話は打ち切られた。

後日、松原先生とお会いした時に父の話題が出た。私はあの成長記録を覚えていないと言ったことがずっと気になっていて先生に話した。すると、「お父さんはちゃんと覚えていらしたんですよ。ただ照れくさかったからわざと忘れたふりをされたんですよ。だから友美さんが、持って来ようか、と言った時、即座に、いや、いい、とおっしゃったんです」。

娘でも見抜くことができなかった父の本心を理解された先生を、私は改めて畏敬の念を込めて見つめ、知らぬふりをした父に辿り着くまでにはまだどれほどの年月がいるのだろう、と思ったものである。

好きな歌を歌えばよい

松原先生と何年付き合っても、私は先生の家に電話をかけることさえ怖かった。いつも叱られるのではないか、という強迫観念のようなものを抱えていた。「先生、河の会は○月○日○時からでよろしいですか」、「ああ、いいですよ」。それだけの会話でも受話器を置くとほっとした。

或る時、『河床』の原稿の締め切りが迫っているのに、「まだ書けていません」と申し開きをする私に、「いやあ、それがね、私も大学の……」と先生もまだ書いていらっしゃらなかったのか、あれこれと多忙さを語られる。「それでは少し延ばしても……」、「そうですね、次の河の会の時にみんなの進み具合を聞いてね」。寛容な方なのに、なぜ怖かったのか、今もってわからない。

そんな先生が二〇一三年五月に入院された。見舞いに伺い、「先生、来ました」、「ああ、山本さん」。私は思わず先生の手を握っていた。先生は殊のほか喜んでくださり、とても優しかった。優しすぎて、そんな先生が不安だった。私の中にはいつも叱られている図しかなかったから。「先生、また来ます」、「ご主人にもよろしくね」。また伺っていいんだ、と思わせる温かさと頼りなさが先生にはあった。

その後も一人で伺う時、いつも優しい先生でそれが却って恐れとなる。横山慎哉さんと見舞った折、先生の傍らにおられる夫人・江頭春江さんと初めてお会いした。とても気さくな方で安堵した。

「河の会」数人でも見舞った。その時、ベッドに掛けてある機械を私の不注意で落としてしまった。「あれ、これはどこに付いていたんだろう」と機械を手に困惑する私に、「山本さん、それはきちんとあるべき所に置いておいてくださいよ。僕の容態が看護師詰め所に始終わかるようになっていますからね」と叱るような口調で言われた。安心した。いつもの厳しい先生に戻っている、きっと回復される、私の中で希望が生まれた。

新古賀病院から一時的に転院された時には、久留米文学教室のOB・浅田牧男さんと一緒だった。「山本さんだけ様子を見て来んですか」と言われ、私一人病室に入った。先生の病状は悪化していた。げっそり痩せて手首も細くなっている。「奥様は?」、「その辺にいませんかね」と声も苦し気だ。見渡しても誰もいない。先生が危ない、嫌な予感を抑えながらベッドのそばに坐った。

「山本さん、悪いけどね」、「はい」、「手をさすってくれませんか」。骨張った手の甲。頷いてそっと、ゆっくりさすった。「ああ、温かい」。言葉などいらない。できるだけゆっくり、せめて私の生きる力を先生にと願いながらさすった。心地よさそうに目を瞑られているのは、あの畏怖すべき松原新一なのか。

看護師が「レントゲンを撮ります」と車椅子を持って入って来た。先生は立ち上がるのもおぼつかない。エレベーターには鏡がある。先生に鏡を見てほしくない。私は鏡に覆い被さるようにして遮った。

七月下旬、先生は見舞いに訪れる人たちに何かしら言葉をかけられた。「河の会の同人は大丈夫ですよ。これからも書いてください」。友人が見舞った時には、「あなたも時々、河床に書くように」。

あれはいつ頃だったろうか。「先生、先生がいらっしゃらなかったら、私はこれから何をどう書いていけばいいのかわかりません。先生にご指導いただかないと」とベッドのそばで訴える私に、先生は少しだけ間を置いて念仏のように、けれどしっかりと、「好きな歌を歌えばよい」とおっしゃった。この言葉を私は何度心の中で反芻したろう。

もしかして別れがそこまで来ているのかもしれない……。

八月四日、大阪から金時鐘氏、倉橋健一氏ほか二人で見舞いに来福された。懐かしい出会い、しばらくの語らい、私たちは病室の外で見守った。その夜から容態は悪化。「お見舞いは遠慮していただければ」と、ご家族から連絡を受けた。それでも気になって落ち着かない日はそっと病院を覗いた。

あの日も、辺りに気を遣い病室を覗くと、髪の長い女性の後ろ姿。「岩下祥子さん」、「ああ、山本さん、よかった」。先生の愛弟子・祥子さんだ。「電話があったんです。来てほしいって、奥様から。でも、どなたもいらっしゃらなくて」、「私もよかった、どうしようかと来てみたんだけど」。私たちは先生の両側に坐った。眠っていらした先生が目覚め、「あ、祥子ちゃん、友美ちゃんもいるんだ」。友美ちゃんと先生が呼ばれたのはこの時だけだ。

点滴だけかと思っていると夕食が配膳された。祥子さんが介助する。「先生、さくらんぼです」。先生は「食べてみようか」と美味しそうに口に含《ふふ》まれた。よかった、少しでも口にされることができて、二人で目配せした。「先生、種は」、「うーん、何?」、「さくらんぼの種です」。祥子さんの問いかけに、「飲み込んじゃった」と、いたずらっ子のような表情の先生。

八月十二日、夫・耕之と病院へ。夫人から私が撮った写真の焼き増しの件で電話をいただき、持参した。数日前から面会謝絶になっていた。先生に会えなくても、と夫人を呼ぶ。「どうぞ会って行ってください」と言われて病床に寄る。先生は酸素吸入のマスクを付けられていた。「先生、私、本を出したいと思っています。先生には序文を書いていただかないと」。必死で言うと、少し目を開けて頷かれた。それが先生との最後となった。

私は松原新一先生の真の姿を全く知らない。でもそれはたぶん人間誰しもだろう。真の姿なんて自分のこともわからないかもしれない。ずいぶん前に、「あなたは世界が自分を中心に回っていると思っている節があります。気を付けなさい」と注意されたことがある。以来私は戒めとしている。

河の会で初めて矢部村杣の里に一泊の旅をした。好き嫌いが激しい先生が、杣の里のレストランでの夕食を「これはおいしいですね」と満足そうに言われた。ステーキもあった。先生は洋食がお好きなのかしら。夜、宿泊は全員一室で雑魚寝の体だった。先生は私の夫のことを気に掛けられる。二人分は寝場所を取りそうな体格の夫だ。「山本さんはどこに休みますか」、「耕之さんはその辺に寝とかんね」。何気なく口にした私のその言い方がおかしいと、先生はクックッといつまでも笑われた。

その矢部村の写真が一枚だけ残っている。松原先生が私に微笑みかけている写真である。

母はフィリピンに行く

十日間、家を離れるのも、フィリピンに行くのも初めてです。なぜかしら尚生に手紙を書きたくなりました。三年前にフィリピンに行ったあなたは先輩格だからね。パソコンのメールではなくて、時には手紙もいいでしょう。

今ね、今年のお正月に撮った写真を引き伸ばしてカレンダーにしたものを見ている。尚生と、英世の息子・遥明《ようめい》が写った写真を眺めているの。尚生の腕にしっかりと抱かれて何の不自然さもなく、安心しきった表情の一歳半の遥明。二人はどこか一点を見ている。何かを掴もうと未来を見つめる瞳。この二人、一年ぶりで会ったのに、人見知りする遥明は、尚生が「おい、遥明、おじちゃんぞ」と声をかけて母親の香織ちゃんの手から抱き上げた時に、当然のような顔で腕に入ったね。香織ちゃんが「へえ、泣かないんだ」と感心していた。何が通じているのだろう。肉親の匂いか、テレパシーか。この人間は自分を守ってくれるんだ、という安心感が幼子にもあるんだね。「遥明、おじちゃんと山登りするか」。尚生が語りかけると甥はこっくり頷いたふうだった。

あなたが山に憧れたのはいつからだろう。遡れば幼稚園の時、ボーイスカウトの弟組のカブスカウトに入団してからかな。英世と、俊就、そして尚生、息子三人が鍛えられたね。九州の山にもよく登っていた。六歳の時、冬の由布岳登山では途中で泣き出したあなた。一歩も動かないと駄々をこねて、叱られながらもお父さんに背負われて頂上を目指した。降りる時にはけろりとして俊就から恨まれた。二歳違いの彼だってしゃがみ込むほどきつかったらしい。「おかあさんは尚生にだけ甘い」と周りからずいぶん言われた。

三人の息子がいて愛情は同じように注いだつもりでも、自分でもわざとらしくあなたにだけは、ちゃん付けで「尚生ちゃん、尚生ちゃん」、猫可愛がりは少し認めるよ。だからあなたは私の愛情が煩わしかったのかな。

高校二年で将来の進路を決める時に、あなたは「お笑いタレントになりたい。吉本興業に入りたい」と言って、私やお父さんを驚かした。お父さんは、何を寝ぼけたことを、地道に物事を考えろ、と怒った。私の父、尚生のおじいちゃんも厳しいしっかり者で、三人の孫の一人くらいは医学部か工学部を狙え、と常々希望していて、英世は美術系、俊就は大学でアメリカンフットボールに熱を上げていたから、残る望みはあなただけだった。そんな尚生がお笑いタレント、なんておじいちゃんに知れたら、私はぞっとした。

「尚生は将来どっちに進みたいと言いよるか」。おじいちゃんに聞かれて、私は叱られるのを覚悟で、実は…と告白した。その時、おじいちゃんは「若いうちはいろんなことを考える。とにかくどこでもいいから大学に行かせておけば、四年の間にまた考えも変わるだろう。今、頭ごなしに親が反対したら尚生はむきになるだけだ。勉強はできる時にしとかんば、とやんわりおまえから言いなさい」とアドバイス。尚生のおかげで私は自分の父親も見直したものよ。

結局あなたは北九州の八幡にある大学の、コリアコースを選ぶ。憧れのチャップリンのポスターを大切に持って行った。住まいが教会の牧師館になったことはどんな影響を与えたのだろう。その頃から年に何回か阪神大震災のボランティアに通った。大学では山岳部に所属したけれど、その頃はあまり活動はしていなかった。四年生の時に韓国釜山の大学に一年間留学することになった。

その時も登場したのはおじいちゃん。「あの日本人は生意気だ、と言われんごと、大学の校門をくぐる時は必ず一礼して入るように、相手の国に敬意を表しています、と口で言わんでも態度で示すように」。尚生に伝えると、「そんなの恥ずかしくてできん」と笑い飛ばした。けれど後に「校門をくぐる時、じいちゃんのことを思い出して最初の日、お辞儀をして入った。みんなが見ていて、それから毎日お辞儀をして入る羽目になった」と笑ったね。それを報告した時の相好《そうごう》を崩したおじいちゃんのしたり顔。遠くにいても、あなたは父親が苦手な私の架け橋になってくれた。

夏休みにも帰国はしないで、中国に行って、タシュクルガンからの一枚の便り。「山本家のみなさんへ。今、中国のタシュクルガンというところに来てます。今日七月二十日はパキスタンの国境を見に行って、戻って来てゆっくりと過ごしています。もちろん無事。明日は喀什（カシュガル）に戻って、あと二つか三つ約一週間ぐらい町をまわって韓国に帰ろうかと思っています。いつも大目に見てもらって申し訳ないですが、これからもそうしてください。じゃあ元気で」

こんな冒険心がいつから尚生に芽生えていたのだろう、とおじいちゃんや、おとうさんと話したものだよ。

「チョモランマに行きたい」

韓国から帰国し、大学を卒業してからあなたは言った。

その頃おじいちゃんは肺炎が悪化し入院していた。尚生が見舞って「エベレストに行くかもしれん」と言うと、「命は一つしかなかとぞ」と、賛成も反対もしなかった。でも私には「男やけん、大きな望みは持ってよか」と付け加えた。それから二カ月後におじいちゃんは逝った。

約四百万の登頂費用、あなたは一年間働いて貯めると断言した。牛舎で牛の世話をしたり、梨農家の手伝い、もともと無駄なお金は一円も使わない息子だったし、着の身着のままで、破れたGパンで過ごし、それでも足りない費用はおじいちゃんの孫預金から借りて、カンパはいろんな人たちからいただいた。

「おかあさん、心配でしょう。反対しないのですか」。周りから言われたけれど、不思議なくらい不安はなかったよ。必ず帰ってくるものと信じていたから。

けれど「尚生、絶対に無茶したらだめよ」、口ではしっっこく念を押す私に「俺だって命は惜しい」とぼそっと答える尚生。その頃のあなたには恋人とも親友とも呼べる友、恵ちゃんがいたことが、私には一つの安堵だった。そんな大切な人を残して無謀なことはしないと信じられたから。隊長と、尚生より年下の冒険家の男性、五十代の女性登山家、四人のパーティでエベレストをめざすことになった。

二〇〇三年二月、まず尚生だけ単身でカトマンズからチベットに入り訓練することになった。福岡国際空港でお父さんと私、大学時代の山岳部の先生、友人たち、恵ちゃんで見送ったね。自分の身体の倍はあるリュックや登山の装備、沖縄の三線、家族の写真を携え、あなたは出発した。ふだんは気丈でクールにさえ見える恵ちゃんがとても寂しそうで、あの後私と一緒に食事をした。喫茶店から外に出て空を見ると飛行機が飛んでいて、尚生の乗ったものではないかもしれないのに、「きっとあれに乗ってるかも」と手を振ったんだよ。

もう一つ、あなたの荷の中には一枚の旗があった。縦一メートル、横一・五メートルの緑の布に、「NO TO KILLING」と黄色でペイントした手作りの旗、イラク戦争が続くあの時、戦争に抗議して作った旗。その旗をチョモランマの山頂に立てて来るというのもあなたの目的だった。カトマンズで現地の人と交流して旗を持つ尚生の写真は、こちらの新聞にも載った。今頃どこにいるのだろう、あなたの二人の兄たちと世界地図を眺めたよ。

隊長以下三人は四月に出発して合流。登頂は五月の天候のいい日を待った。四人のパーティは二人が途中で脱落。隊長と尚生の二人だけが頂上を目指すことになったのね。

「明日登る」。思いがけず受話器からあなたの声が聞こえた。衛星電話でしている、と尚生は言った。その声は高地で酸素不足のせいかきれぎれで、「大丈夫、みんなで祈っているから」と叫ぶような大声で応えるだけが精一杯だった。「死なないでね」と言いたかったのよ。そのすぐ後、北九州の隊長の夫人から連絡。「後六〇〇〇メートルの地点にいるそうです。明日アタック。それが強風でテントや装具がとばされて、急遽近くで待っているよその隊から登山服を借りたそうですよ」。聞かないでいいことを聞かされてしまった。本当に死んではいやだよぉ。

翌日は電話の前をうろうろしていた。午後、隊長の夫人から電話。「二〇〇〇メートル手前で登頂断念しました。天候が急変したそうです。八五〇〇メートルまで行ったそうです」。登頂断念、と聞いた時に初めて涙が出てきた。どんなにか悔しいだろう。しかしよく決心して引き返してくれた。心配して待っている人たちに「登頂断念しました」と報告するたびに声が震えたよ。登りより降りが厳しいと聞いていたから、ただただ無事に降りてきて、と願い、次々と心配が膨らんできた。そして数時間後、あなたの声。「おかあさん、尚生。今日登ったけれど降りてきてる」。少し甘えた尚生の声。「ありがとう、尚生」。それだけを伝えるのが精一杯で電話は切れた。

　五月の終わりにあなたは戻って来た。空港で出迎えるはずのその日、私は前からの約束の一泊の旅が入っていて、恵ちゃんが行ってくれた。

「シェルパーに救われた、彼らがいなければ生きて降りることはできなかった」と言った尚生。山頂を目前にして晴れていた空が雨雲となり、吹雪と化した。隊長は自力で歩くことができず、二人いたシェルパーをつけて尚生だけ頂上をめざせ、と言った。自分はテントで待つからと。尚生は悩んだ。あと二〇〇メートルでチョモランマの頂上に立てる、「行くの？　やめるの？」。何回も何回も耳のそばで声がした。けれどここで隊長と離れることは危険だ。凍死して氷に埋もれたままの遺体が、何だ、戻るのか、と笑っているような気がした、と。断念した。

　ロープを伝って下のテントまで降りなければならない。前に登った人々がいろんな色のロープを残している。中には途中で切断されているものもある。どの色に縋って降りればいいのか、手探りで一本を選び、一歩がなかなか踏み出せない。五〇センチ先も見えないほどの吹雪。一緒に行動しているはずの人影も見えない。尚生の酸素は少なくなっている。酸素が切れたらもう命はない。かろうじてテントに辿り着き、倒れるように中に入る。あとの三人はどこまで避難できたのだろう。酸素ボンベが三本転がっている。やっとの思いでボンベの栓を回す。一本目、二本目、目盛りはゼロ。三本目でシューッと酸素が湧いてきた。助かった。尚生、尚生、あなたは助けられたのだよ。

「あの旗を、次に登ってきたロシアの隊に預けた。彼らは必ず頂上に立てて来る、と約束してくれた。けれどそのロシアの隊も悪天候に阻まれ、戻ってきた」。いろんな人々の手に渡った「NO TO KILLING」は今、我が家の二階の尚生の部屋に残っている。

指を失うこともなく、顔の皮も剝けることなく、尚生は帰ってきた。お土産は山頂近くの黒い石だった。ヒマラヤの風が渦を巻いているようだった。

ふだんはおかずに注文をつけたこともないあなたが、翌日「お母さん、うなぎ食べたい」と言った。体力を回復させたかったのだろう。鰻の蒲焼をおいしそうに平らげた。久々のあなたのおねだりだった。

その年の十二月。私の母親の死を看取ってから、尚生はまた旅に出た。

今度は山梨県の清里。初めは春、夏だけソフトクリーム売りをする、と言ってたのに、ついに自然学校に関わることになったね。恵ちゃんもスタッフの一員となって清里に行った。それからどれくらい帰って来なかったっけ。たぶん一年半だよ。その秋、私は横浜で三日間会議に出た。あなたに前もって知らせようかと思ったけれど、倹約家の尚生は横浜まで会いに来るなんてことはしないだろう。「尚生、おかあさん、横浜にいるんだけれど、清里まで日帰りで行こうか」と電話を入れた。あなたは、わざわざ来なくていいよ、と断るだろうと思った。そしたら尚生は答えた。

「どっちでもいいよ」。飛んで行った。

恵ちゃんものびやかな笑顔で歓迎してくれた。「自然素材のおいしいカレーの店に行こう」。尚生が連れて行くどの店でも「俺のかあちゃん」と私を紹介すると、みんなが明るく応じてくれた。あなたはすっかり人気者だった。お笑いタレントにはならなかったけれど、やはり尚生ってタレント性があるのかもしれない。私の友人と四人で信州の大自然に抱かれて食事をしたね。のびのびと仕事ができる幸せな息子。あなたをわたしのもとに帰らせたくはない。街のごちゃごちゃは尚生には似合わない。心底そう思ったよ。

清里に行って三年になる。その間、英世は結婚して、遥明が生まれ、もうすぐ結婚予定の俊就がまだ私のもとにいてくれる。

昨年の冬、教会が主催する第四回フィリピン・ワークキャンプの募集があった時、私は惹かれた。実施は二〇〇六年三月六日から十日間。参加資格は高校生以上。所属する教会の牧師の推薦があること、となっていた。フィリピンの教会に宿泊して、庭の手入れや壁塗り、信徒との交流。それに今回の日程には、聖公会のルーツを訪ねてルソン島訪問も組まれている。尚生は一回目に参加したのね。

英世は「行けるものなら香織ちゃんと遥明も連れて行きたいな」と残念がり、俊就は「家のことは心配いらんよ」と応援してくれた。おとうさんだけが「身体の弱い友美が行ったらみんなに迷惑かける。狂犬病になったり、エボラ熱も危ない。第一、労働とかできるわけがない」と断固反対した。

けれど私自身は十日間この暮らしを外れて、国外の全く違った環境で、ものを考えたい、と真剣に考えた。牧師も、推薦状を書くから行きなさい、と勧めてくれた。まだ、少しだけ迷いはあったよ。夏の暑さにてきめん弱い私だから、おとうさんが言うようにみんなに迷惑かけたらどうしよう。国内じゃないのだし病院に駆け込むことはできないだろう。

お正月に帰って来た尚生は遥明を抱いたまま言ったね。「おかあさん、行ったら」。次の一言は余計だけれど「ばあちゃんになったら行かれん」、「暑さは?」、「久留米の夏よりまし。からっとしてる」、「食べ物は?」、「なんか食べられるのがあるよ」、「狂犬病は?」、「犬に近づかんならかからんよ」。そしてもう一度念を押した。

「行った方がいいよ」

その言葉に背中を押されて決心した。行こう。そして必ず何かを摑んでくる。

この手紙、尚生に向けて書いたけれど、本当はね、息子たち三人に書いておきたかったのよ。

もしもフィリピンで事故でもあって、なんてちらと思ったり。チョモランマから無事に帰って来た息子の母親だから、たぶんけろりとして三月十六日には福岡に戻ってくるでしょう。

私の愛する者たち、母はフィリピンに行ってきます。

ソウルの雪

趙先生は在日韓国人。短大で韓国語の講師をしている。彼は高校まで福岡で過ごし、独学の後、ソウル大学に留学した。もう十五年以上も前になるのだが、ソウルでの暮らしが昨日のことのように話題になる。

ソウル市は福井県と緯度が同じくらいで、冬の訪れは早い。趙先生がソウルに来て初めての冬、まだ韓国語もうまく話せない時だった。通学にはバスを使っていた。その日は試験の日で、朝から雪が降っていた。韓国で見る初めての雪だなあ、と感傷的になりながら、いつものように満員のバスに乗った。何か様子が違う。景色が見えないのだ。窓が白く凍りついている。毎朝、降りる駅を窓から見る景色で判断しているのに、白い四角い窓が並ぶだけである。腕時計もなかったし、バスはいつもよりノロノロと動いている。あわてて人の腕を押しのけて窓ガラスをこするのだが、外から凍っているので、こすってもこすっても無駄である。

「焦りましたね。身体中が火照ってきました。ふだんならしゃべれる簡単な韓国語も忘れてしまう。思わず日本語で、次の駅はどこですか、と叫んでしまいました。そしたら中年の婦人が教えてくださったんですよ。たどたどしい日本語でした。ろくにお礼も言わなかったことを今でも後悔しますよ。あの婦人は日韓併合時代に日本語を使っておられたのでしょうね」

その日からソウルは冬に入る。ソウルの雪は九州のように溶けない。一晩で地面はコチコチになる。厳冬の日々と、あの婦人の日本語の響きは忘れません――と趙先生は話す。

「在日韓国人は、日本人にも韓国人にもなりきれない特殊な立場です。だがそれを逆に生かす道もあるのではないか。日本と韓国は月と太陽のようになくてはならない関係です」というのが趙先生の持論だ。もっと互いの国を、人間を理解してほしいと、彼は公民館や職場などでも韓国語を教えている。

人口一千二百万人のソウルも、今頃は新春を迎える準備に入っているだろう。歴史が残したギャップを埋めるにはまだまだ時間がかかるかもしれないけれど、新しい時代の中で、心を開いて過去も未来も語り合える日が来ればいい。もっとも近い隣国なのだから――。

〃ヒロリン〃の光景

「ヒロマリコ」通称〃ヒロリン〃は、博多の櫛田神社の銀杏並木の中間にある、私が時々行く喫茶店です。

店内は広くはないし、片隅には白い手乗り文鳥の入った鳥籠があったり、大箱の洗剤、読み古しの新聞など種々雑多、おまけにその文鳥は店内を飛び回ってお客さんの肩に止まります。ママのヒロ子さんは決して美人ではありません。BGMも古いラジオ。それでも足を向けたくなるのは、ママさんが〃ヒロリン〃のお客さんを十年の知己のように迎えてくれるからです。どこかの社長という七十歳に近いおじ様は常連らしく、私が行く時には決まってカウンターにいて文鳥と遊んでいます。裏のお好み焼屋のお姉さんはコーヒーを飲んでいます。時には外でとんぼ捕りをしている男の子が「おばちゃん、水飲ませて」と入って来ます。知らない人が隣にいても話しかけたくなる、そんな店なのです。

さて、〃ヒロリン〃で三時頃遅いランチを食べている時（ランチは二時までですが、久留米から来たと聞いて特別に作ってくれるのです）、ドアがいっぱいに開いて、車椅子に坐った三十前後の、彫りの深い顔立ちの青年が入って来ました。後ろに二十歳を過ぎたくらいの、髪をショートにした宝塚のスターみたいな個性的な女性が付き添っています。

――いつものね。

車椅子の青年が言いました。

――この人、ここのアイスコーヒーを飲むのが午後の日課。

女の人は、車椅子を静かにテーブルに近付けながら言います。

――まだ許してもらえんかね。

文鳥を頭にのせた社長さんが尋ねています。彼女は長い睫を伏せました。

――はい、お待たせ。

青年は一気にアイスコーヒーを飲みほすと、

――僕のこと心配するな、自分の前だけ見て歩け、って何度も言うんだけど。

と、入って来た時のさわやかな笑顔から厳しい表情になってボソッと言いました。

しばらくして、彼が胸ポケットから財布を出してチャックを開けようとするのに、さりげなく彼女が手を添えて、百円玉を五枚取り出しています。彼はその手の動きに、見ている私たちの方が辛くなるくらいの、愛おしく哀しい視線を当てています。

――じゃ、また来ます。

――がんばってね。

ヒロ子さんがカウンターから出て見送っています。

――リハビリのため通院する合間のデートなの。彼女はその病院の事務をやっているの。三時の休みに来たんだわ。

ヒロ子さんは誰にともなく言いました。

二人は今春、挙式のはずだったのに、彼が突然交通事故に遭って一命はとりとめたものの、両足切断という大手術でした。それ以来、彼女の両親が結婚に反対し始めたのです。

――あの二人、銀杏並木を通り抜けたら右と左に別れるの。

お好み焼屋のお姉さんがティッシュで目をおさえながら言います。しばらく店の中の誰もが口を噤《つぐ》んでしまいました。

それから三十分程して、ヒロ子さんたちに送られて私は外に出ました。二人が去った方を見てハッとしました。二〇メートル程先、銀杏並木が切れる所に車椅子の青年がいるのです。私の方に横顔を向けてじっと同じ方向を見つめています。車椅子の両輪を支えている手が小刻みにふるえています。彼の見ている方向には彼女が勤めている病院があるのでした。

次に私が、〝ヒロリン〟へ行ったのは約一カ月後。コーヒー碗が所狭しと並べてある棚にペアの猫の人形があります。片方は白いレースの服に赤のサテンの靴を履いて、もう片方は器用に燕尾服を着ています。

――これ、もしかして。

――ついに結婚しちゃうのよ、彼ら、粘り勝ちよ。

ヒロ子さんの声が一オクターブ高くなります。文鳥に楊枝で水をやっていた社長さんも頷いています。

——今度の日曜日、披露パーティーはここよ。

——そうなの。

私の声も一オクターブ上がります。彼のさわやかな笑顔と彼女のはにかんだ笑顔がマリコさん手作りのペアの猫にだぶりながら、私はパーティー出席簿に濃く名前を書きました。

鎮痛剤

男は鎮痛剤が効いたのかベッドに伏せるとすぐに軽いいびきを立て始めた。午後九時を回っている。「今夜一晩しかないのよ。明日には帰るのよ」。女は男の寝顔に呟いた。それでもしばらくは窓の外を眺めたり、バッグの中を整理したりして時間をつぶした。三十分程して「ねぇ」、女は男の頬を軽く叩いた。男は少し目を開けたが、うるさそうな顔をして寝入ってしまう。女は次第に苛立ってきた。——何故こんな遠い所まで来て寂しい思いをしなくてはならないの。

女は友人と旅行すると親に断わり、早朝から列車を乗り継いで半日がかりで男の住む町に来た。男は大学時代の後輩だった。寮住まいをしてアルバイトで学費を稼ぎ、将来は演出家を志望していた。女は卒業後、郷里に帰り親の老舗旅館を手伝っていた。婿養子の話も来ていたが断わり続けていた。

女は少し強く男を揺さぶった。「もう少し寝かせてくれよ」。男は不機嫌な声で応じ寝返りをする。女はホテルの最上階のバーで飲もうと気を取り直し部屋を出て、それでも物音を立てないように注意して、エレベーターで十六階まで上がった。降り立つと、輝く夜景に思わず息を呑んだ。三年間、通算するとわずかの回数だが男と二人見慣れた港町の夜景……。バーの雰囲気も悪くなかったが、女はもう一度窓越しに外を眺めるとエレベーターの下りボタンを押した。十一時を回っていた。部屋に戻って女は泣き始めた。眠り込んでいる男の耳元でわざと嗚咽した。何度かうなされて男はようやく目を覚ました。

「金縛りにあったようだった。あなたの呼び声、遠くで聞こえたんだけど」

男は充血した眼を女に向けた。

「汗びっしょりだ。これから寮に行って着替えを取ってくる。作業途中であなたを迎えに出たものだから」

「また私を一人にする気?」

女は涙を拭きながら男を見た。

「もうこんな思いをするのは嫌。私がどれだけの労力を使って会いに来たと思っているの」

諍《いさか》いがあるのはいつものことだった。三カ月に一度、女は男に会った。ホテルでばかり過ごす苛立ち、二人で落ち着く部屋、出発点がないことへの悔しさ。一日だけで離れ離れになる辛さが諍いに火を注いだ。

「すぐ戻るから。バーで飲んでろよ」

「言われなくてもさっき行ったわ。すてきな男性に声をかけられたわ」

男はちょっと黙った。

「それでもあんなに眠いの起こすことないだろう。死にそうに歯が痛かったんだぜ」

男は腫れている頬をおさえた。

「あなたは私の気持ちを踏みにじるのよ」

「君の方こそ思いやりってものがないんだ」

ひと呼吸おいて、男は女の肩に手をかけようとした。女はかなり強い力と険しい表情で拒絶した。

「触らないで。顔も見たくないわ」

「ああ、そうか。あんたは良家の跡とり娘だからな。俺は年下の貧乏学生だ」

「はぐらかさないでよ」

男はポケットから紙幣を取り出した。

「今、これだけしかない。勝手にしろ」

これだけしかない、という口調にすまなさを混じえてはいたが、男はかなり荒々しくサイドテーブルにそれを置くと大股で部屋を出て行った。

女は何が起こったのか落ち着いて考えようとした。いつもの諍いのようでもあるし、今日は違うような気もした。これでよかったのかもしれない――女はベッドに腰掛けた。男の投げた言葉には皮肉ではなくコンプレックスが感じられた。

――いつかは別れなければいけないんだ。早い方があの人のためにも、私のためにもいいのかもしれない。家に帰って見合いをしたら親はどんなにか安心するだろう。

女はコンパクトを出して化粧を直した。――もしかしたらまだ駐車場にいるかもしれない。もし別れるにしても笑顔で……。それにしてもこのお金、どんな労働をしたのだろうか。女は男のトレーナーに泥がこびり付いていたのを思い出しながら、三枚の一万円札が飛ばないように灰皿をのせた。

ゆっくりとノブを回してドアを少し押した。赤い色がチラリと見えた。ハッとしてドアを開けた。弾かれたように男が女の方を向いた。赤い色は男がはいていた安物のジャージのズボンだった。

「なかなか出てこないんだから。本当に怒ったのかと、歯の痛みも忘れた」

女は自分が開けたドアにふらりと倒れかかった。男がしっかりと抱きとめた。女の中で別れようと決心したことや、その方が互いのためになると思ったことなどどこかへ消えてしまった。

――いつまでもあの夜景を見続けたい。

女は男の背に顔を埋めた。

別れの情景

この季節、花屋さんは街の彩りです。冬には温室で小さくなっていたような花々が競い合って春の世を謳歌しているようです。艶やかな季節だからこそ別れはいっそう胸に迫るのかもしれません。

私の片腕だった友人のとし子さんが、ご主人の転勤で東京へ引越すことになりました。彼女がいたからこそ私は忙しい仕事もこなしてこれたのです。発つ日、空港までついて行きました。女同士の別れは多少身勝手なもので、離れても手紙のやりとりもできるし、声も聞けるといった調子で、張り裂けるような悲しみはありません。「じゃ、またね」と、私たちはふだん仕事が終わって「お疲れ様」と言い合う調子で別れました。

東京行の隣のカウンターは沖縄行です。観光旅行の一団が腕章を付けた案内人の説明を聞きながら声高に笑い合っています。その陰に隠れるようにして一組の男女がいました。交わす言葉も底をついたように互いの顔を見つめ合っています。男性はがっしりとした体格、きりりとした眉、大きな眼、長い睫、赤銅色で南の島の好青年という印象です。二十五歳位でしょう。女性の方は透き通るように色が白くて華奢な感じ。彼と同年代か少し年上のようです。彼のボストンバッグには口が閉まらないくらいに、本がいっぱい詰まっています。女性が大切そうに抱えているのは鉢植えのスズランです。そういえば私の沖縄の友人が、九州に出て来る十八歳までスズランを見たことがなかったと言っていました。暖かい地方ではどうしても育たないのでしょう。

観光団はぞろぞろとカウンターを通り抜け中に入って行きます。「沖縄へご出発のお客様にお知らせします」と、最終の搭乗案内が流れています。彼は腕時計を見て諦めたようにポケットから搭乗券を取り出しました。じゃ、行くからね——というように彼女の手をとり、そして離しました。

——あとの本、必ず送るから、部屋の掃除もう一度しておくから、心配しないで。

と言う女性の涙声が聞こえます。彼女が差し出すスズランの鉢を彼は愛しいものを預かるように受け取りました。

——元気でいろよ。きっとまたいつか会える。

彼が一言一言自分に言いきかせるように彼女に語りかけます。

私は、早くこの場を離れなければ、と内心焦るのにどうしても動けません。彼女の思いつめた表情があまりにも哀しすぎるのです。彼は中へ入りました。彼女は見送り人が入れないように仕切ってある鎖を両の手で握り締めています。それに重心をかけていないと倒れ込みそうです。頰に伝わる涙を拭おうともしません。ガードマンも空港の案内の女性も、彼女の方を見ないようにして反対方向を向いています。ボディチェックの箇所を通り抜け角を曲がると、彼の姿はもう見えなくなります。泣いていた彼女が顔を上げて無理やり笑顔を作って頷いています。彼がポケットからペンを取り出して掌に書く動作をするのに応えているのです。彼はスズランの鉢を少し持ち上げました。その姿はもう見えなくなりました。彼女はようようハンカチを取り出して、嗚咽をこらえるように口を押さえています。

その時、彼が戻ってきたのです。なぜかその姿が何倍も大きく見えました。彼女が体ごと彼の肩にぶつかるようにして顔を寄せています。

――ばかだなあ、行けなくなるじゃないか。

そういう彼の目も真っ赤です。彼が搭乗券を見せてカウンターの人に何か言おうとするのを彼女が止めています。

――ごめんなさい。もう大丈夫だから。

その表情が幾分明るくなっています。わずか空路一時間半なのに、これきり会ってはならないものが二人の様子から感じられてなりません。心を残しながら私はその場を離れました。去る者、残される者、様々な別れを背負って、それを踏み台にして、以前よりわずかでも優しい心情になり、他人《ひと》の心の痛みがわかり、人間的に強くなることができ得るならば、別れもマイナスばかりではないと思います。きっとあのスズランが南の島で可憐な花をつけ続けることを希っています。

シルエット

女は早朝の飛行機で、二〇〇〇キロの距離を来た。

男は空港の待合室のガラスに顔を寄せるようにして立っていた。いつも女を認めた時に見せる緊張の解けたような男の笑顔が、女の心を掻き乱した。

「よく来れたね」。男は横に女が立っているのがまだ信じられないという面持ちで、半ば呆れたように言った。女は夕刻には戻らなければならなかった。

道路沿いにハイビスカスの並木が続いて、強烈な赤色が南国特有の青い空に映えていた。その燃える色だけが、南の島に在ることの実感となった。

「来る時ね、飛行機の窓から虹が見えたのよ」

男は一時も惜しいというふうに、片手はハンドルを握って片手は女の指と絡ませていた。

「高度一万メートル位かしら、眼下にね、羊のような淡いクリーム色の雲が一面にあって、飛行機の影が映っていたの。その周りに直径一メートル程の虹の円ができていたの。虹の掛け橋はよく見るけれど、円い虹を見たのは初めてよ」

「俺は飛行機に何回も乗ったけれど、そんな虹は見たことがないな」

「幻じゃないか」という男の言葉が女の耳に残った。

小半日、男と女はホテルの一室で過ごした。

備え付けの冷蔵庫から一本のコーラを取り出す時さえ、男は女の片腕を捉えたままだった。不自然すぎるほどに、男と女は互いの表情を見逃すまいと見つめ合った。言葉が途絶えた時には、沈黙から湧き出る表情を充分に感じた。丸ごと食べてしまいたい、という激しさで、男は女の体を愛撫した。

カーテンの隙間から零れてきた陽射しが眩しくて、女は微睡から覚めた。そしてシャワーを浴びて鏡を見た。化粧が半分落ちた顔には、眉間や目の縁、口元に隠しようもない皺が浮かんでいた。女は緩慢な動作で服を着けた。男はやわらかな寝息をたてていた。

女は男と過ごした一巡の季節の輝きを思った。男が島へ帰ってからの虚しい日々を、精神安定剤を飲んで過ごしていた。男はこの春、大学を卒業したばかりだった。男の上半身に噴き出している汗にも若さが溢れていた。浅黒く逞しい胸に、女は詫びるように静かに頭を伏せた。

（一六時四〇分発九二八便へご搭乗のお客様は、只今機内にご案内しております）

「君はエスカレーターから行くんだ」

男は右を指した。

「もう会えないの？」

「二階で会えるよ。ガラス越しだけど、通路が見える」

男は不安そうな女の気持ちを取り除くように強く言った。

「じゃ、すぐにね」と呟いて、男は左の階段の方へ歩いて行った。精一杯強がっている様子が、いからせた肩の線に表われていた。二階には男が言ったようなガラス張りの場所などなかった。女は諦めたように、それでも数度後ろを振り返りながら、機内へ通じる廊下をゆっくり歩いた。女の両眼にじわじわと涙が溢れた。

出発時間を五分過ぎた頃、アナウンスが流れた。

「只今、あとお一人のご搭乗をお待ち申し上げております。恐れ入りますがもうしばらくお待ちください」

女は思わず頬に手をやった。胸が高鳴った。

「さよならを言いに来たの」と女が告げた時の、苦しそうな男の涙が蘇った。一分が経った。入って来たのは中年の婦人だった。

飛行機が滑走し始めた。女は窓の外に目を凝らした。送迎デッキのフェンス越しに、両手を大きく振りながら飛行機の動きに添って走っている男の姿を女は捉えた。女の名を呼ぶ男の叫びまでも聞こえて来るようで、女は窓に顔と両手を押し当てた。飛行機の速度に比例して男の姿は視界から遠ざかっていった。女は手にしっかりと握り締めていた搭乗券を引き裂いた。

虹の円はもう見えなかった。

被災地へ

どうしても被災地に行きたかった。信じられない災害の一端をこの目で見ておかなくては、テレビや新聞、雑誌だけではおぼつかない。

私が所属する日本聖公会の女性の会が、東京で六月二十一・二十二日に開催される。何とか頼み込んで私は同行する機を得た。東京まで行けば仙台はすぐだ。仙台には尚生が五月から入っている。聖公会がこの東日本大震災復興のために組織する「いっしょに歩こうプロジェクト」の一員として、二年間、被災地ボランティアの任を受けた。息子の顔もちらと見たい。

六月二十二日午前十一時五十分、東京発青森行きの「はやて」に乗る。上野、大宮を過ぎ、福島を通過。窓外の福島駅周辺も暗く沈んでいる。車中で、リュックを背負いGパン・Tシャツ姿の青年を何人も見た。救援隊のステッカーを付けた人々。被災地が間近になったことを思い知らされる。

午後二時、仙台に到着。JR仙石線に乗る。仙台から石巻まで行く路線は、三月十一日から二カ月後、松島の次の駅まで開通した。乗り込んでほどなく、隣に坐る六十歳代の男性が話し掛けてくる。

「やっとこの電車が通るようになった」

「大変だったでしょう。ご無事だったのですか」

暗にご家族は、お身内は、と尋ねる。

「松島に住んでるから、あそこだけは湾に助けられて被害が少なかった。松島から外に出て働いていた者が五人亡くなった」

「そうでしたか」

「わしの所は鉄鋼所だで、機械が水に浸って七百五十万円の損害だわ。今は救急隊の人が松島の旅館に泊まっている。仙台からだと渋滞するけ、松島から石巻や岩手の方さ通う。あんた、どこから来た?」

「九州の福岡です。息子がね、ボランティアに入っているので顔を見に」

「そうかね、九州から」

人恋しいのか、メガネをずり上げながら話し続ける。

途中、本塩釜駅を通過する。

塩釜は五年前にも訪れた。当時、塩釜港でイベントが催されていて、高齢者サークルの人が作っているという、天井を掃除する柄の長い箒を買った。作者のおじいさんはとても喜んで、「変な奴さ付いて来たらば、この箒をこう持つべさ、そいで、えい、やあーと追っぱらうべ」と、大仰なゼスチャー交じりで私を笑わせてくれた。今、跡形もない建物。あのおじいさんは無事でいるのだろうか。

松島の次の駅でひとまず下車。石巻までは松島から代替バスが出ているという。しかし、一時間に一本で石巻までは一時間以上かかるらしい。今日中には東京へ戻りたいのでタクシーに乗ることにする。被災地を見たいというのは、あまりにも不謹慎だけれど、息子が今日は石巻で働いていると言ったので、せめてその近くまで行ってみたい。運転手さんに言うと、石巻方面に行って被害状況を説明してあげようと快諾してくれた。

「石巻まで行って、日和《ひより》公園にも上がって眺めるべ。私らもできるだけ伝えたいし、知ってもらいたいのさ。石巻回ってまたここさ戻って、七時までには仙台に着くようにな。料金は一万二千円でメーターを倒すから」

と言ってくれる。

思いのほか道の両側は緑が残っている。しかし、田圃は全滅で今年は稲作は無理だと言う。

「三カ月経ったからな。幹線道路さ、やっと通れるようになったけんど、瓦礫さ撤去して両側に積み上げただけだべ。それでも大分ましだ」

遠くに森が見える。

「森っこ見えるべ。ここら辺りからあそこまでびえがあったんだ」

少し考えてびえは家とわかった。

「今は何もないべ。全部津波でやられた」

私は黙って頷く。


石巻に入った。一体これは何、と言葉が出ない。崩れ落ちた家々。かろうじて外観は留めていても、中はすっからかんで何もない。

「ここの方たちは、どこに？」

「命さあったら避難所に居るべ」

一面、荒廃した光景が続く。打ち上げられている船。地面のあちこちにはどす黒い水溜り。

「津波の跡さ、まだ引いてないべ」

あれから百日が経とうというのに、この化け物のような水溜り。あの日に遭遇した人たちは未だ残るこの水を見ながら生きなければならないのか。所々に花が供えてある。段ボールや船の腹の部分、建物の壁にその町名が書かれ、「がんばれ◯◯」とペンキで塗られている。瓦礫の中、何かを捜す人、墓石と墓石が凭《もた》れ合い、折り重なり崩れている。花を抱く夫婦、おばあさんと孫らしき人の姿も見える。

「重機は全国から来るのですか」

「ほとんどが大阪より東だ。西の方からは来ねえ」

それでは到底埒《らち》が明かないだろう。瓦礫と化した市の半分の面積に、ブルドーザーや大型トラックの姿は数台もない。

途中、黒焦げの建物。

「津波が来る少し前、地震で火事が起きて消防車が何台も入った。消火活動で道路を閉鎖していたから、その後、津波で逃げて来た車は渋滞してしまってな。あの学校も生徒さんが大勢亡くなったけんど、あまり報道していないのさ」

苦しそうな運転手さんの表情に返す言葉もない。

半時間程走って街中に入る。

「本の何ページか開けて見れ。そこに青い屋根の歯科の看板、あれだ。ここまで水が来たんだ」

河北新報社出版の『報道写真集 巨大津波が襲った 3・11 発生から10日間の記録』を見せながら運転手さんは言う。一面水没した街の写真、三月十二日の日付だ。今は街の賑わいが少し戻っている。

「でも、よくこれまでに復興されましたね」

「一メートル五〇センチまで水が来たんだども、三日目にようやく五〇センチまで引いたさ」

どんなにか怖かったろう。

石巻市内の高台、日和公園に上がると、何十人ものボランティアの人たちが消防団員から説明を受けている。自衛隊の青年が数人の若い男性に北上川を指して話している。高齢の男性二人が「あの向こう岸でやられた」などと語り合う。今日のこの晴れた空の下で三カ月前に何が起こったのか、想像を絶する。ベンチにただ坐って遠くを眺めている人。「そろそろ行くべ」と運転手さんに声を掛けられるまで、長閑《のどか》に流れる北上川を私は呆然と見つめていた。

石巻市内でも津波に遭っていない山手の方は、住宅地がそのまま残り普段の生活の様子。誰かが、津波に遭った所と遭っていない所は地獄と天国の差がある、と言ったが、その通りだ。

中学生が下校し、買い物客が通るが、誰の顔にも笑顔はない。

五時を過ぎた。

「時間があれば女川原発《おながわ》まで行ってあげたいんだがね」

「ありがとう」

「息子さん、ずっと居るんだべ」

運転手さんは窓の外を指して、

「ボランティアの人が溝を掃除してくれて、詰まった排水口をきれいにしてくれたから水が退いたんだ。ここらもそうだ」

「一日、二日でも役立っているんでしょうか」

「ああ、役立ってる。ボランティアさんの力は大きいよ」

本当は民間人の力に頼らず、もっと国や地方の政策で人を送り込まないといけないのではないか。

六時きっかりに松島の駅に戻った。

「九州からいつも祈っています。お元気でいてください」と言ってタクシーを降りる。明日は南三陸町まで、東京から取材に来る報道関係者を案内する、と言っていた運転手さん。名残惜しそうにいつまでも手を振ってくれる。


仙台駅で慌ててタクシーに乗り、息子がいるであろう青葉区国分町《こくぶんちょう》の事務所の番地を告げる。そのまま待機してもらい階段を上がると、「いっしょに歩こうプロジェクト」の矢印が見え、近づくと息子の笑い声がする。

「尚生、尚生」

一瞬、誰が自分を呼んだのか、という表情の息子。

「今日、来ないって言ったろう」

ちょっと怒った声とふくれっ面で私を見て、

「俺のかあちゃん、今日来ないって言っていたんですよ」

などと言い訳をして周りの人たちから窘《たしな》められている。

「タクシーを待たせているから。これ差し入れ」

意外と素直に受け取り、

「石巻まで行った?」

息子の問いかけに頷く。被災地をちょっとでも見たい、と電話で言った時に、

「そんな、何時間の物見遊山で来る所じゃない」

と怒った彼だった。

また必ず来なければいけない、少しずつでも力を持ち寄れば、きっとまた被災地に希望が点るかもしれない。節電で薄暗い仙台を後にしながら考えていた。

初出一覧

父のなまえ――『部落解放』663号、二〇一〇年七月増刊号（第36回部落解放文学賞、二〇一〇年七月）
また「サランへ」を歌おうね――『河床』17号、一九九三年八月
セコイアのある家――『河床』24号、二〇〇二年一二月
母の島――『河床』25号、二〇〇四年一月
出会い――『河床』18号（一九九四年八月）掲載「思いのままに（一）　出会い」より抜粋
緋寒桜――『詩誌　相路』創刊号、一九八七年三月
マスクメロン――『詩誌　相路』2号、一九八七年一一月
cross（十字架）――『詩誌　相路』3号、一九八八年四月
タッタバラー――『詩誌　相路』7号、一九九一年三月
松原先生のこと――育てる人＝『詩誌　相路』8号（不詳：一九九二年三月か）掲載「育てる人―『一歩一歩』より―」より抜粋／好きな歌を歌えばよい＝書き下ろし
母はフィリピンに行く――『河床』28号、二〇〇七年三月
ソウルの雪――『月刊KURUMEX』No.63、一九九一年一一月
〝ヒロリン〟の光景――『くるめ女性ジャーナル』vol.56、一九八七年一〇月
鎮痛剤――『くるめ女性ジャーナル』vol.66、一九八八年八月
別れの情景――『くるめ女性ジャーナル』vol.61、一九八八年三月

シルエット――『河床』2号、一九八三年一一月
被災地へ――『河床』32号、二〇一一年八月
＊いずれも本書収録にあたり加筆した。

山本友美さんとその作品

田島　栄

もう二十年も前になる。私が「また「サランへ」を歌おうね」の初稿を二度目に読んだのは、三浦綾子先生を旭川に訪問したときの特急オホーツク５号の車中だった。

さわやかな気分になった。すぐに友美さんへ電話した。なにを語ったか、さだかには覚えていないが、ほめたことは確かだ。「あたたかさがあふれている。いつもあたたかい心をこめて書いて下さい」というようなことだったろう。

その年の夏から私が脚本を書いた劇が十数年続けて全国で巡演され、九州にも毎年のように行くようになった。

友美さんに招かれて久留米の家へも八女の家へも幾度も行った。友達をいっぱい集めて歓待してもらった。帰りは耕之さんが大きく頑丈な車でホテルまで送って下さった。蛍を見に連れていってもらったこともある。

松原新一先生と出会ったのも友美さんの家だ。気難しそうな人だなあと感じたが、先生が指導する『河床』という同人誌の水準の高さと品のよさをほめると、びっくりするほど喜んでくれて話がはずんだ。

友美さんは新しい作品を書き上げると、必ず原稿をコピーして送付してくれた。私は職業がら本や雑誌を届けられることが多いが、時間がないのでなかなか返事は書けない。でも友美さんにだけはかかさず電話か手紙で感想を伝えた。作品の内容に共感するからだ。

私は偏見と差別を憎む。人間平等を願って劇を書いている。彼女は長崎で生まれ育ったゆえか、外人への偏見が無い。在日韓国人とも韓国から訪れた人びととともすぐに友達となり、わけへだてなく親身になって世話をする。本音で口喧嘩ができるまでにうちとけてしまう。耕之さんの言葉ではないが、友美さんの文学は日本と韓国との仲立ちをする役回りを背負い続けてほしい。

三作目、五作目……、送られてくる作品は着実に進歩してゆく。私は次の作品を楽しみに待つようになった。

そして、「父のなまえ」に眼を見張った。前半は、大学を優秀な成績で卒業しながら、韓国人であるというだけの理由で油まみれの重労働を続ける青年と、両親に大切に育てられた日本娘との純愛を主軸に描かれ、二人の結婚式が白眉である。後半は夫の卜之さんの日本へ帰化しなければならないことへの苦悩が痛切に胸をえぐってくる。

電話が鳴った。友美さんからだった。「これをある雑誌に投稿したいのだが、どうでしょうか」という問いに、私はきっぱり答えた。「おそらく受賞する。私には欠点が見つからない」

結果は「非常に完成度の高い作品」と、選者一致で推薦されての受賞となった。内容がよい。構成もしっかりしている。文章も巧みで心情がまっすぐにわかりやすく表現されている。と、ほめちぎっている。

私も同感である。人間を見る眼が正確だから、登場人物のすべてが個性的で生き生きしている。英世、俊就、尚生の三人の息子さんや耕之さんの身寄りの人びとを、適材適所というかたちで印象に残るように描くという心くばりもなかなかのものである。それに、友美さんの強味は会話が抜群にうまいということにある。これからもこの強味をさらに磨いてもらいたい。

「セコイアのある家」は、年老いた父母が娘夫婦や孫たちに囲まれてしばらくは楽しい月日を過ごすが、やがて病におかされ、家族のけんめいな看護をうけながら死を迎えるという物語である。人間の生と死、主題は重い。一日一日と衰えてゆく父母の姿を友美さんはまっすぐに見つめて決してたじろぐことなく描写してゆく。――辛かっただろう、悲しかっただろう。だが文学に誠実であるためには、人間の真実を書き続けなければならないのだ。そして書き上げた作品は内容は重いが暗くはない。一つには友美さんの文章の巧みさにもよるが、老夫婦のいじらしいほどの愛の深さと、家族たちのあたたかい心情が全篇にただようからであろう。

「母の島」――死別したばかりの母の面影を慕って、そのふるさとの高島へ渡った友美さん。「私の行き着く場所をやっと見つけた」と思うほどこの離れ小島を愛してしまう。続篇が読みたい。

「ソウルの雪」——彼女はこの短篇集の中でも才気をきらめかせている。題材が新鮮で特色がある。文章のテンポとリズムがよい。それに友美さんは茶目っけがあり、一人娘特有のわがまま勝手なところも感じる。この性格がすべての作品に色どりをそえ、リアリティを与えている。

友美さん、貴女は忙しい方ですね。毎週火曜日にはホームレスへの炊き出し、離島での民宿経営、集会の司会、友人知人の心配事の相談、病気の世話、なかでも御両親の看護は大変だったでしょう。だがさまざまな人たちとの交流の中で、蓄積した体験が貴女の作品を豊かにし深味を加えていったと思います。

人生は出会いだとよくいわれる。出会いによって道は開けると私は信じている。実は八年もの間、私の書いた作品が一度も上演されなかったことがある。ところが山本周五郎原作『さぶ』を脚色すると、八六〇回をこえるロングランになった。きっかけはすぐれた演出家との出会いである。舞台を見た演劇評論家や新聞記者の諸氏が揃って評価してくれたのだ。その一人一人との出会いが懐かしい。

山本友美さんの作品集が本になって出版される。私はこの機会を待ちわびていた。嬉しい。「おめでとう」と心から祝いたい。

友美さんの作品を読むと、心が温かくなる。人間が好きになる。多くの読者との出会いから新しい道が開けると期待している。

【特別収録】

「国家百年の暗がり」の前で

松原新一

第三十六回部落解放文学賞（記録文学部門）が山本友美さんの「父のなまえ」に授賞された。作品は『部落解放』二〇一〇年七月増刊号に掲載されている。在日韓国人の一青年との出会い・恋愛から結婚に至る間の難関、結婚後にも待ち構えていたさまざまな難関を乗り越え、三人の息子を立派に社会に送り出した自己史を、長男に宛てた手紙の形式で書いた作品である。右に書いた「難関」とは、いうまでもなくそのほとんどが、恋愛・結婚の相手が在日韓国人男性だった、というところにもとづく。

実は、私が山本さんと知り合ったのは、昭和五十五年五月で、つまり三十年も昔のことになる。当時私は久留米市の中央公民館でささやかな文学教室を開いていた。山本さんはその第一期生として教室に来た。既に三児のお母さんになっていた山本さんは、まだ幼稚園に入ったばかりのお子さんを連れて教室に参加する日もあった。元気いっぱいの三人兄弟は公民館の廊下を走り回って遊んでいた。中央公民館は昔の久留米商業高校の校舎をそのまま転用した社会教育の施設で、木造の古い建物だったから、階段も廊下も歩くとぎしぎしと軋む音を立てた。そこを子どもたちが走り回るのだから、教室の環境は、なかなかに賑やかなものであった。丸山豊・河野信子・山本源太・古賀忠昭・高野義裕・柴田基典・野田寿子・崎村久邦・石村通泰・小林慎也などの詩人・作家・評論家諸氏が講師として加わってくださった。上野英信さんや渡辺京二さんや山下惣一さんに久留米で講演をお願いして引き受けていただいたこともある。上野さんが炭坑節を歌ってくださったのも忘れ難い。思えば、ずいぶん贅沢な講師陣であった。

教室ではときどき生徒さんの作品の合評会もやった。山本友美さんの作品は、ほとんどが私小説ふうのもので、中にこういう文章があった。子どもさんを乳母車に乗せて、近くのスーパーに買い物に出かけた山本さんが、帰ると、冷蔵庫の扉に何か貼り紙があるのに気づく。見ると、広告紙の裏に緑のマジックインクで「帰化許可さる。二時電話あり」と書かれてあった。近くの鋳物工場で働いている夫が、急ぎ知らせにきてくれたのである。ふだんは、ていねいな、きちんとした字を書く夫のその文字は、他人が書いたかと疑われるほどの「荒れた」筆跡であった。「帰化許可」を一刻も早く妻に知らせようという思いと、他方に帰化へのわだかまる思いとが、せめぎあっているようで、山本さんは激しく胸を衝かれるのである。「父のなまえ」によれば、山本さんが夫の「帰化」について切実にそれを望む気持ちに傾いたのは、長男誕生の時だった、という。

「……私の頭の中では、あなたの出生届のことが離れません。あまり母乳の出ない乳房を含ませながら、この子の籍はどうなるのだろう、中尾の籍に入れて卜之が認知するのだろうか、ちゃんと父親、母親がいるのにかわいそうに、と泣いてばかりいました」(「あなた」とあるのは、この作品が長男の英世に宛てた書簡形式で書かれているからである。「卜之」は夫の「李卜之」を指す――引用者)。

恋愛から結婚へと至る道筋において、「この人と一緒ならどんな生活でもできる。卜之が在日韓国人ということで、もしも不合理な現実の壁にぶっつかっても乗り越える」と、息巻いていた自負の念も、その「現実」に直面してみると、脆く崩れていった、という。一人ひとりの人間的現実が、単純な原形のままに営まれるわけではない。その多くが「国家」との関係のうちに取り込まれ、「法」のもとに細かく規制されている。日本に定住し、日本で暮らしていくとすれば、在日韓国人という存在のしかたは、有形無形のさまざまな不都合不利益を強いられる。山本夫婦の間には昭和五十年七月長男誕生に続いて、同五十一年十月に二男俊就の誕生を迎えている。山本さんの父親中尾三次からは「もうすぐ英世は幼稚園に上がる。すぐに俊就もそうなる。幼稚園のときはまだいいだろうが、小学校になれば名前が違うとか、父親は韓国人だとか背負わんでいい問題を子供に負わせてしまう。そろそろ日本の籍を取るのが親の努めではないだろうか」という趣旨の手紙が届く。夫は読み終えた手紙を黙って封筒に戻す。その時の夫婦の会話を引いておく。

「ボクちゃん、帰化するのが嫌なの」

私はさりげなく聞きました。

「嫌とか、そんな問題ではないんだ。友美のように、日本人にはどうしてもわかってもらえない部分があるのさ」

「そんなに突っぱねなくても」

「友美に当たっているわけではないよ。日本の国の制度がね」

「私だって日本人の一人よ。私に言われているみたい」

「それは違うよ」

「どうするの。父になんて言うの」

言い返した私の声に棘があったのか俊就がぐ

ずり出しました。卜之はそれには答えず俊就をあやしています。

私には卜之のこだわりが理解できません。

――籍を変えてもボクちゃんには変わりがない。日本で生活していくのなら暮らしやすい道を選ぶ方が得策じゃないの。と、私は声に出しそうになります。夕飯は気まずいものでした。


帰化の要請がだれより先に山本さんの父親から、執拗に、真剣に持ち出されていることに留意したい。この父親にとって山本さんは一人娘だ。親としての愛情のすべてをこの長女ひとりに注いで育ててきた人である。私たちは、この人が明治四十（一九〇七）年生まれの日本人の一人であることを忘れてはならない。ちなみに私の父も明治四十年生まれの日本人の一人であった。この世代の人々（むろん、この世代の日本人とのみ限った話ではないが）の多くに朝鮮人に対する偏見・差別の意識が深く浸透したまま、戦後の時代にもなお根強く残存したとしても不思議ではない。私は一九四〇（昭和十五）年生まれで、本名は「肇」であるが、むろん、この「肇」は、皇紀二六〇〇年の縁を重んじた父が教育勅語「肇国」の語にもとづいて命名したものであった。皇国臣民の意識が骨の髄まで浸透していた日本人の一人に他ならなかった。山本さんのお父さんが、娘の結婚したいという相手が在日韓国人青年だと知って衝撃を受け、猛然と反対したと聞いても、私には、さもありなんと、その反対のしかたは、ごく普通に起こり得る反応と思われた。娘の気持ちを汲んで最終的には折れた父親ではあったが、現実に結婚生活が始まった後にもこの父親は若い夫婦に折に触れては介入するのをやめない。娘への愛情の深さと日本人としての民族エゴイズムとの混合は、この父親の意識において疑いの契機の入り込む余地さえないほどにも、空気のように「自然」と化している。帰化を執拗に迫るのもまた、おのずからの順序というべきであった。

この「父のなまえ」では、作者は、そういう自分の父親の対極に夫の叔父にあたる李竜植という在日韓国人一世の男を据えている。ここに描かれているかぎりでは、この、太い気骨を持つらしい叔父は、作者の父親の三次とは民族としての立場を異にしているだけで、両者の本質はほとんど瓜二つといっていいほどに相似形をなしているかの如くに、朝鮮人としての矜持をつねに前面に押し出すのである。竜植は卜之の父親代わりでもある。初対面のときに彼は山本さんにこんなふうに言う。

「あんたもわかっているとは思うが、これの父親は学問をしたいがために無理矢理に日本に渡ったほどの人間で、はあ、李の家は山口の同胞のものでは知らんもんはおらん。チョクポ(族籍、韓国の家系図)によるとわしらは李王朝の二十八代目でな、卜之はその総領ですいね。本国なら恐れ多くて誰も声をかけんです」

そのあと「ゆっくりして行きなさい」と言ってはくれたものの、それは表向きの挨拶にすぎず、拒絶の意思表示に他ならぬことを山本さんは直感するのである。げんに、この李竜植は結婚式・披露宴の具体的な打ち合わせの場になって、披露宴での山本さんの衣裳について苦情を持ち出し、山本さんのお父さんが聞き咎めて「ここまで辛抱してきたが、もう我慢ならん、朝鮮人の嫁にはやれん、この話はなかったことにする」と、憤然として娘の腕をつかみ外に出ようと身構える一触即発の場面まで出現する。容易には超えられないナショナリティー相互の軋轢であり、衝突である。

私が在日朝鮮人の問題になにほどか目を開かれることになった契機は、金時鐘(在日朝鮮人詩人）と知り合ったことである。四十年余りも昔のことだが、大阪文学学校にチューターとして関わるようになって、やはりチューターの一人として関与していた金時鐘と親しく接するようになった。その具体的な経緯は、倉橋健一との共著『七〇年代の金時鐘論』（砂子屋書房・二〇一〇年七月）に収めた論考に書いたから、ここでは繰り返さないが、私が衝撃を受けた金時鐘のさまざまの発言のうちの一つに、例えば次のようなことばのあったことは、やはりここに言っておかなくてはならぬ。金時鐘は日本の知識人層の多くに見られる「朝鮮コンプレックス」に言及して、こう言う。

「贖罪意識が無形のかたちでみんなに充満していてね、朝鮮人はフリーパスだというのが日本の知識層にあるんだよ。朝鮮人が、話の節々に日本統治三六年をいうだけでことたりるようなね。連帯意識が、日本の知識層と朝鮮人との間にある。日本の知識層にとってやむをえないことかも知れないが、その贖罪意識が、規格化された贖罪意識なんだな。特定の個人がどうだというのではなくて、おしなべて日本が三六年間統治したという、侵略したし、植民地にしたという日本があって自己がないわけよ。いつも総体的なもののなかで、総対的に贖罪するということはあってもね。総体物はどうあれ、ぼく自身はこうであるということが、日本の知識層に少い。だから、朝鮮人に対しては非常に寛大です。それと背中合わせに、知識層でない者は徹底して朝鮮人に対して対処しますね」（『前夜祭』第六号の座談会「在日朝鮮人と文学」・一九七〇年）

私の知るかぎりこういうことを言う朝鮮人は、当時他にいなかった。言われてみれば、そのとおりであった。在日朝鮮人のだれかと向き合うときに、硬く身構えるものが心に動く。「規格化された贖罪意識」に私も染まっているからである。その個別的・具体的な実質のなさを金時鐘によって、ずばりと言い当てられたようなものであった。右の発言と表裏一体をなすものだが、金時鐘は詩集『日本風土記』（国文社・一九五七年）のあとがきに「毛頭『朝鮮人』という特殊性を売物にする気持はもちあわせてない」と、既に早く言い切っていたのである。朝鮮人として歴史における日本の原罪を言い立て、朝鮮（人）に対する日本（人）の「差別と偏見」を論難し告発すれば「ことたりるような」位置に自分を置かない、という強い覚悟がそこに表明されてあった。それで「ことたりる」ならば、それもまた、「総体」としての朝鮮人という抽象に「自己」を解消するに等しいので、その安易を峻拒しつつ「朝鮮人としての自己復元」の道を日本の地にあって歩く、というところに、彼は自身の「在日」の意味を見出そうと願ったわけである。たしかに、「かつて日本（人）は朝鮮（人）に対して何をやったか」式の糾弾、いわば明治以後の日本の歴史の原罪を言い立て論難する声は、私も多く聞いた。それを言い立てられれば、私だけではない、多くの良心派知識人は項垂れて、黙ってその論難告発のことばを聞くよりほかはなくなるのである。金時鐘のいう「フリーパス」とは、そのことだろう。彼は一個の在日朝鮮人として、歴史の罪過における日本人に対する優位性の上に安直に居座ることを自らに禁じたのであったろう。そういう金時鐘のストイシズムを知って私は衝撃を受けたが、同時に思ったことは、「これは日本人に向けて逆に重い課題を突きつけ返しているに同じだな」ということだった。金時鐘が、日本（人）の歴史の罪過を論難告発することで朝鮮人としての自尊の証とする安易を自身に禁じたとすれば、「朝鮮」と「日本」との関係における「差別と偏見」の問題は、私ども日本人の側に押し返されたに等しいのである。それは朝鮮人の側から論難するまでもない、日本人であるあなた方自身が担い、遂行すべき歴史の課題ですよ、というのが、金時鐘の発言の裏側に貼りついているもう一つのことばであろう。

先に紹介した『前夜祭』座談会における金時鐘の発言に、日本の庶民感情のレベルに降りてみるならば、知識層の人々の「寛大」とは対照的に「徹底して朝鮮人に対して対処しますね」ということばのあったことに留意したい。山本友美の「父のなまえ」に、勤め先の大学の上司から見合いを勧められて、在日韓国人の青年とつきあっている事実を打ち明けたとき、この上司は何と言ったか。黙って聞いていた上司の表情はだんだん険しくなり、あろうことか、「あなたはニグロにでも抱かれますか」と口走るのである。憤りを抑え、山本友美は「抱かれます」と、上司の顔を「まっすぐに」見て、立派に、毅然として答えるのである。この答え方は人と人との愛にかかわる理念として正しい。彼女が韓国人の「李卜之」と交際していると告げたときの「周囲の初めての反応」が、この「ニグロにでも」という上司の問いだった、という。「朝鮮人に対して徹底的に対処する」という日本庶民感情の、それは、醜く、卑小な反応の一典型に他ならない。李卜之との結婚を前提とした娘の恋愛を知った父親の拒否反応は、むろん、そのような醜悪卑小のものではない。「父のなまえ」全体を読めばあきらかだが、作者の父親たる中尾三次という人は、ただひたすらに一人娘の人生の幸福と安泰とを願い、祈ってきたよき父親だった、というべきだろう。当初、とんでもないことと言わんばかりの拒絶反応を示すのも、辛うじてその狼狽を鎮め、しぶしぶ娘の結婚を承認したものの、娘の結婚後も執拗に李卜之の日本への帰化を迫るのも、すべて我が娘可愛さのゆえである。それを親のエゴイズムと呼ぶのはたやすい。「家庭の幸福は諸悪のもと」と言った太宰治の揚言さえ、ここで私の頭に思い出されぬではない。だが、この父親は日本の庶民の一人として、日本社会における「差別・偏見」の構造を体験的に熟知している。結婚相手が在日韓国人の男性だと知れば、周辺の人々(広くいって世間の人々)がどのような反応を示すか、結婚生活が始まれば、その前途にどのような実生活上の不都合や難問が待ち構えているか、この父親の目にはすべて正確に、日本人としての生活体験をとおして予知できるのである。自分自身がその他大勢の庶民と同様の、他ならぬ差別者の一人として生きてきたのだから。そんな予期し得る人生の難関にわざわざ我が娘を衝突させたくない、という父親としての愛情の自然より他に中尾三次という人の行動原理はない。そういう中尾三次の言動にふれれば、李竜植もまた、朝鮮人としての矜持を鮮明に表立たせる対立姿勢を構えずにはいられなくなるのも、やむを得ない。瞠目すべきは、むしろ、このようにも明確に日本人としてのエゴイズムを、朝鮮人としてのエゴイズムを、それぞれが互いにさらしあって衝突している生々しい事実であろう。そこにうわべをとり繕う偽善の入り込む余地はない。生活感情の根っこに深く浸透しているナショナリティーの生理を中尾三次と李竜植とは、相互にぶつけあい、さらしあっているのである。この闘争は不可避の、あえていえば世代的衝突に他ならない。次の世代の李卜之と中尾友美(中尾は山本友美の旧姓)になれば、もはやそういうナショナリティーの敵対感はほとんど消えている。帰化問題を間に挟んだ時の夫婦間のぎくしゃくしたもつれを別にすれば、少なくとも、日常生活の細目においては薄らいでいる。ましてさらに次の世代の、ご両人の間に生まれた三人の息子さんたちともなれば、既に育ち上がって社会人となっている現在、記憶に残る祖父中尾三次も、大叔父李竜植も、ともに「やさしいおじいちゃん」であり、「やさしいおじちゃん」であったのは、これもまた自然のなりゆき以外ではない。そういう三世の若い世代にほとんど屈託するところは見えない。祖父母の世代・父母の世代の生活意識に公然と隠然とからみついたナショナリティーの暗い軋轢は、きれいさっぱり拭い去られているかに見える。それをひとまずは、よしとしなくてはなるまい。ただ、にもかかわらず、私の胸になお引っかかる「何か」が残って痼るのである。その「痼るもの」は何なのか。何が引っかかっているのだろう。右に私は「自然のなりゆき」と書いた。本当は自然ではあるまい、とも思う。三世に当たる個々人の微細な内面に立ち入ってみれば、事はそれほどにも単純であるはずもない。日本に生まれ、日本で育ち、日本人の若者とほとんど選ぶところのない生活様式と生活感情とを有する彼らのなかに、祖国を知りたい、祖国に実地に触れたい、という願いをもって韓国に留学する青年もいる。両親や祖父母や親戚のだれかれの語る母国語を折に触れて耳にしながら育ったとしても、多くの三世の青年たちにとって朝鮮語はほとんど外国語に似るのである。身につけるのは、意識的に習い覚えた朝鮮語である。留学の動機で韓国に渡ったとしても、そこに見るのは、かつての貧しい韓国ではない。私は、一九七二（昭和四七）年の十一月に倉橋健一（詩人）とともにソウルに行った。朴正熙大統領の時代で、戒厳令下の重苦しい空気に包まれたソウルに一週間ほど滞在したのだが、目的は、一九七一年四月ソウルで起きた学園スパイ事件の首謀者として捕えられ、一審で死刑判決を受けた徐勝君の最終陳述の行われる高等法院の裁判を傍聴することと、当局に助命嘆願書を提出することであった。彼は京都に生まれ育った在日朝鮮人二世で、東京教育大学を出たあと、祖国を知りたいとソウルに渡り、反共法・国家保安法違反容疑に問われたのである。拘置所で面会したとき、徐勝君は、倉橋健一と私の顔を見るなり、自分の思いを、許された五分の間に滔滔と関西弁でしゃべり続けた。四十年ほども昔の話である。ソウルの街は、日本の戦後七、八年のころの風景に似ていた。米のご飯は家庭でも飲食店でも一日一回と制限されていた。昼間に街の大衆食堂に入ると、パンしか出してくれない。喫茶店でコーヒーを飲んでいると、小学生くらいの子どもが入って来て靴を磨かせてくれ、という。朝の通勤時間帯の駅の近くには、やはり新聞売りの子どもが立っていた。そういう時代であった。今は違う。韓国は日本と肩を並べる経済力豊かな国家となった。私の勤めていた久留米大学に、毎年全州大学の学生三十数名が語学留学生としてやってくるが、彼らを見ると、服装もヘアスタイルも、日本の現在の若者たちの風俗とまったく変わらない。在日朝鮮人三世の若者が祖国に渡ったとしても、もはやそこには、近代化からうんと遅れた貧しい祖国を見ることはない。そういう時代になってみれば、「朝鮮人に対する差別と偏見」という在来の命題そのものが鮮度を失う時代趨勢となるのも、やむを得ない。そういう時代に、しかし、山本友美は「父のなまえ」を書いた。この自己史が息子に宛てて書いた手紙の形式をとっている事実に、私は改めて注目したいと思う。親である自分たちが結婚するときにどういう難関に衝突したか、結婚の後にも夫が在日韓国人であるがゆえにどういう難問に直面したか、父親の名前が山本耕之という日本人の名前になっているのはなぜか、また、その名前の決まるまでにどのような苦悩と逡巡の暗渠を父親がくぐらなくてはならなかったか、その苦渋の歴史を三世にあたる我が息子に伝えておきたい、という願いがそこにこめられているはずである。父親の帰化あればこそ、息子の世代は日本人としての生活現実を自然に受容する位置にいる。息子の世代の享受し得ている、この「自然に」が、一朝一夕に成り立った結果ではないことを次の世代に伝承しておきたい、という願いがこめられているはずである。「在日」の青年との恋愛・結婚から始まった苦渋の歴史を風化させるまい、という抵抗の意志も読み取っていいように私は思う。

「父のなまえ」によれば、帰化申請中の昭和五十四年五月のある日、山本耕之は法務局に呼び出され、「卜之」という名前の「卜」を変えるように係官に要求された、という。当用漢字でなければ受けつけられない、というのである。新戸籍を作ることができないので、帰化の許可が下りない、という。法務局でのそのやりとりを妻に語りつつ、「じゃ、何か、犬猫じゃあるまいし、卜之をひらがなか、カタカナにされてはどうですか、なんて簡単に言うよな、はい、どうぞって返事できるか」と、彼が怒り、少し時間をあげるから新しい名前を決めてください、と言った係官のことばについて、「一体誰が許可するって言うんだ。人間が人間に許可を下せるのか。朝鮮人はどんな無理難題でも呑まなきゃならないのか」と、呻くように苦悩の色を滲ませて顔を歪めるのも、人としての矜りの自ずからの表出に他なるまい。法務局の係官は、平然とそれをふみにじる。むろん、公務員は特殊の人間であって、個人の意志にもとづいて行動するわけではない。それは分かっている。だからこそ、山本友美は「卜之と一緒に国を法をなじることができたら、少しは彼の気持ちも楽になったかもしれません」と書く。「名前を変えろ」と要求した法務局のその係官とて、彼個人の意志によってではなく、「法」という日本の国家意志の命ずるところに自分の意志を従わせているにすぎぬ。山本耕之の胸に、朝鮮を植民地支配していた当時の日本が、彼の父母や祖父祖母の世代の朝鮮人に強いた創氏改名の皇民化政策の残影が横切ったかどうかは知らない。公務員は法の命令に服従しているだけだ、というのが一応の前提だとしても、「卜之をひらがなか、カタカナにされてはどうですか」の提案(?)にまで至れば、もはや法の命令の枠組みを逸脱している、というよりほかない。この逸脱がごく自然に、ほとんど係官の無意識のうちに生起するところが恐ろしいのである。

歴史の刻んだ陰刻は、いったいどれほどの長い歳月にわたって人の心に残存するものなのか。

朝鮮を植民地支配していた時代に、朝鮮の学校教育の場では朝鮮の「地理歴史」にかかわる教科や教材は、可能なかぎり縮小されていた。「国語」(むろん、当時の朝鮮人にとっての「国語」は「日本語」であった)教科書からも朝鮮の地理歴史にかかわる教材は排除されていた。歴史にふれれば、民族意識の覚醒につながりかねない、というわけである。朝鮮人の「愚民化」を教育方針の基本としたのであった。そういう日本帝国主義の三十六年に及ぶ朝鮮植民地支配は、日本の敗戦とともに終結した。だが、日本人の心に染み入った歴史の陰刻までは簡単に消滅しない。げんに、私と同世代の昭和十四年生まれの歌人岸上大作の短歌に、「豚飼いて貧しく暮す鮮人村いちじくの葉の緑の濃さよ」があり、「朝朝を鮮人村を通学し豚の臭気に親しみも湧く」がある。いずれも彼の高校時代の作品である。「朝鮮人村」と書けば、五七五七七の短歌のリズム形式に合わないからというばかりでなく、「朝鮮人」を「鮮人」と侮蔑的に呼んで怪しまなかった歴史の陰刻の残影をこそ、そこに読み取るべきであろう、と思う。朝鮮人の暮らしの貧しさへの同情心や豚の臭気への親しみの感情と、「鮮人」と呼ぶ侮蔑感とが、岸上大作の内部で、きわめて「自然に」、つまりまったく無意識に同居していることが可能だったのである。それが可能だったことと、山本耕之に「卜之」をと提案した法務局係官の逸脱とは、私の目にはほぼ同根のものと映らぬわけにはいかない。

丁海玉『こくごのきまり』(二〇一〇年九月・土曜美術出版販売)という詩集の中に、「落としもの」という詩がある。はじめの二連を引いてみる。

にごるんですか、にごらないんですか

この人のなまえは
と、法廷で聞かれたときは答え方を決めているので
まよわない
はつおんのしくみがちがいまして
にごるときと、にごらないときがあるのです
てんてんは、つくときとつかないときがあるのです

棒みたいに突っ立ったこの人が今言ったなまえと
にほんごで書かれた紙の上のこの人のなまえと
同じなのか違うのか
だから、にごるんですか、にごらないんですか

いえ、ですから、てんてんはあってもな

くても
　てんてんでもでんでんでも、どちらでも

　丁海玉は一九六〇年、川崎市生まれで、現在は大阪府堺市に住むと、詩集に附された略歴に記されている。法廷通訳人という特異な仕事に携わっている在日朝鮮人二世の女性である。別の詩（「法廷通訳人と呼ばれたときは」）には、「にほんごがわからない人が／被告人になったとき／裁判所で訳する私だ／母が近所の人にそんなことを話したら／じゃあ娘さんは／悪いことをしたちょうせんの人を相手にしてるんだ／そう言われたことがあったと話していた」とある。

「落としもの」という詩を読んで、なにより先に私の脳裏に浮かんだのは、いわば「踏み絵としての言語」という命題に他ならない。関東大震災のとき、朝鮮人が暴動を起こし、社会主義者たちがこれを煽動している、という流言飛語が東京中にひろがった。大勢の通行人を呼び止めて警察官が「十五円五十銭と言ってみろ！」と言う。これを満足に発音できず、「チュウコエンコチッセン」と言った者は朝鮮人とみなされ、直ちに殺される。壺井繁治の詩「十五円五十銭」にそれは書かれてある。権力機関の内部にはつねにサディスティックな狡智の知恵者がいる。日本人と朝鮮人との差異が顔を見ただけでは分からぬとなれば、言語を識別の踏み絵につかうという狡智である。濁音をきちんと発音できるかどうかを試せばいいというわけである。「悪いことをしたちょうせんの人」が日本の法廷に被告人として立つ場で、「にごるんですか、にごらないんですか／この人のなまえは」が、今もなお問われる事態が生じているわけである。

ここまで書いてきて思い出したから紹介しておきたいが、川崎彰彦の『新編・竹藪詩集』（一九九四年十月・編集工房ノア）に「なすぴの歌」がある。二十三ページにもわたる長い詩なので、ここでは内容の要約にとどめるよりないが、川崎彰彦は昭和八年生まれ、平成二十二年二月に死去した。小学校五年生か六年生のころの話とあるから、戦争中のある日の出来事が素材になっている。収穫の遅れた学校農場のなすびを、農業の先生に命じられて子どもたちが街に出かけて売ることになった。二個一銭で売れ、という。子どもたちは荷車いっぱいになすびを積んで街に行く。いつも閉まったままのナントカ組合の前に車を止めて、子どもたちの「商売」が始まる。「二つで一銭　二つで一銭のなすびはどうですか」と、みんな一生懸命に通る人に声をかけるが、いっこうに売れない。たまに手にとる人がいても「高いねぇ」とかなんとか言いながら、行ってしまう。何人もの人が通り過ぎるが、なすびを買おうという人はいない。いたずらに時間が過ぎていくばかり。日が暮れかけてきた。工場街から終業を告げる細いサイレンの音が聞こえてくる。「ぼく」は、そのサイレンの音が鳴りやんだ瞬間、むなしく腰掛けていた組合の冷たい石段から、きっぱりと立上がると、「よしっ！　十個一銭にしちゃれ」と叫ぶ。「そんなことしてええそかね」と、級長の少年が心配そうに言うのに、「ぼく」は「売れんよりゃええじゃろうが……のう？」と、みんなの同意を求める。こうしてなすびの大安売りが始まった。折柄「S湾埋立」工事に携わっていた朝鮮人労働者が、終業とともに三々五々工場から帰ってくる。でっかい空弁当をさげて「重い足取り」で朝鮮人集落に帰って行く労働者たち。「えー、なすびなすび／十で一銭、十で一銭」の声に、朝鮮人労働者たちが「おっ」と言いながら車の周りに寄ってくる。「とおていっせん……ですか」「にちゅうくたさい」と、彼らはポケットからバラ銭をつかみ出してなすびを買い、後からやってくる仲間に「金…金…なすぴそ……／たったいっせんそ」と、教えるのである。その金さんたちもまた、他の仲間に教える。不売れをかこっていたなすびが、きれいに全部売れてしまった。荷車の底にはわらくず一本も残っていない。夥しい数の朝鮮人労働者たちが、めいめいのふろしきやポケットをなすびでふくらまして、夕映えのだらだら坂をのぼって行く。「アーリラン　アーリラン　アラアリーヨー」と歌いながら。ここでも「なすび」は「なすぴ」であり、「とおでいっせん」は「とおでいっせん」であり、「二十ください」は「にちゅうくたさい」である。「たちまちぼくたちは／耐え難い汗とニンニクの匂いに／とりまかれた／ごつごつと油ぎった逞しい／朝鮮民族の顔…顔…顔…／それらが犇き合いしゃべり合って／二十、三十と買って行く」に見られるように、川崎彰彦は、この「にごらない」彼らの発音を深い親愛の感覚で受けとめている。

なぜ日本人には「なすび」と容易に発音できるのに、朝鮮人にはそれが困難なのか。「十五円五十銭」が、なぜ「チュウコエンコチッセン」になってしまうのか。丁海玉の詩では「はつおんのしくみがちがいまして」ということになるのだが、なぜ、そうなるのか。中国の留学生の多くも、日本語を学び始めた初期段階で濁音の習得はむつかしかった、という。「老婆」が「ロウハ」になってしまう。ここで思いつきを書く。生命形態学の三木成夫「生命記憶と回想」(『海・呼吸・古代形象』所収の講演記録。一九九二年八月・うぶすな書院。初出は「高崎哲学堂講演会要旨」第十一集・一九七八年)の中に、次のような興味深い指摘がある。それがヒントになった思いつきの推測である。

「最近、人間の大脳半球が『論理』をつかさどる左側のロゴス脳と『カン』をつかさどる右側のパトス脳に分極していることが、アメリカ大脳生理学のひとつの成果として紹介されているようですが、わが国のある耳鼻科のお医者さんが、この模様を聴覚の電気生理学を利用して、われわれ日本人の脳について調べましたら、ここでは右側のパトス脳が左側のロゴス脳のところへ同居しているという。

このかたちが宗族発生的にどのような位置を占めるのか、そこが私にとりまして非常に興味深いところですが、そのお医者さんはこの脳の型を日本に一番近い韓国や中国の人々について調べましたところ、予想に反して全く違う。韓国人の脳も中国人の脳も完全にヨーロッパ・アメリカ型。

そこで世界中のさまざまの人種を片っ端から調べたら、やっとわれわれ日本人と同じ型の脳を持つ民族が見つかった。それが何とトンガ、フィジーそしてサモア、ニュージーランド。まさにポリネシアだったのです。それを見ました時には、ゲーテではありませんが、『五感は欺かない』と思いました。」

この、「五感は欺かない」は、三木成夫がデパートの果物売場で買って帰った椰子の実を、鋸まで持ち出してあちこちに傷をつけながら、悪戦苦闘の果てに、やっと中の黒檀のような殻にまで達し、錐で二ヶ所を開け、ストローを一方の穴に突っ込んで吸ってみた、その瞬間の「これは他人の味ではない、いったいおれの祖先はポリネシアではないか！」と、「ほとんど確信に近い生命的な叫び」をあげた体験にもとづく。三十余年もの昔の講演で、現在の大脳生理学の知見にてらせば、どの程度の妥当性を持ち得るのか、私にはよく分からないけれども、「十五円」が「チュウコエン」になってしまう発音のしくみは、あるいは日本人と朝鮮人との大脳半球の構造の違いに由来するのかもしれぬ。聴覚と大脳半球との構造的な結びつきに由来する何かが介在しているとすれば、「なすび」が「なすぴ」になり、「十五円五十銭」が「チュウコエンコチッセン」になるのは、大脳生理学上の必然でしかない、とも思われるのである。そういう生理の自然過程でしかないものに、言語としての優位・劣位の意識を投げ込んだのだからたまらない。金時鐘に「若いあなたを私は信じた」という詩がある。『日本風土記』に収められている。戦後まだ幾年も経っていないころの、金時鐘が大阪の城東線（現在の環状線）の電車の中で目撃した光景が描かれている。金時鐘の腰掛けている座席の、通路を挟んだ向かい側に、一人の老婆が坐っている。老婆は、窓の外に目をやり、「ツルハシ、ノコ?」と呟いている。車内に目を戻し、やはり「ツルハシ、ノコ?」と呟く。不安げに車窓の外をみつめ、「ツルハシ、ノコ?」と呟く、その落ち着かぬ繰り返しを金時鐘はじっと見つめている。老婆はあきらかに朝鮮人だ。「鶴橋どこ?」が言えない。「ツルハシ、ノコ?」になってしまう。おそらく鶴橋に用があって、城東線に乗った老婆である。初めて鶴橋に行くのだろう。どこが鶴橋駅なのか、乗り過ごしてしまわないか。その不安で老婆は幾度も「ツルハシ、ノコ?」と、独り言のように繰り返し呟いているのだが、車内の乗客はみな黙ったままだ。老婆の隣には母娘らしい二人連れが坐っている。二人とも押し黙ったままだ。金時鐘は心の中で賭ける。母親は旧い世代の日本人で、今もって朝鮮人への偏見・差別の感覚が居座ったままだとしても、これはもうしかたがない。しかし、戦後の若い、新しい世代の日本人の一人である娘さんまでが、同じ偏見の擒になっているはずはない。彼は「若いあなたを…信じた」のである。きっと教える、裏切るはずはないと。電車は森ノ宮を過ぎた。老婆はやはり窓外に目を向け、「ツルハシ、ノコ?」を繰り返している。みんな押し黙ったままだ。やがて電車は玉造駅に着く。母と娘の二人連れが席を立つ。ドアが開く。母と娘が降りる。ドアが閉まる。その瞬間、ホームに降りたその娘さんが、窓に顔を押しつける老婆に、進行方向に指を指して教える。「ツ、ギ、ガ、ツ、ル、ハ、シ、ヨ」。金時鐘の目に、そう告げている娘さんの唇の動きがはっきりと見えたのであった。彼は賭けに勝った。ここでも、「ツルハシ、ドコ?」が、「ツルハシ、ノコ?」になることで、老婆は車内の乗客の前に朝鮮人に他ならぬ自己を露わにさらしているのである。「ドコ?」が「ノコ?」になってしまう事態に、民族に固有の「はつおんのしくみ」以外の根拠はないとすれば、そこに言語上の優劣の意識をさしはさむ余地など、もともと一切存在しないはずであった。だが、かつて私たち日本人は「十五円五十銭」を、「チュウコエンコチッセン」と発音し、「ドコ?」を「ノコ?」と発音することをもって朝鮮人を嘲笑したのであった。「国家百年の暗がり」とは、金時鐘のことばだが(『わが生と詩』二〇〇四年・岩波書店)、この「暗がり」の中に言語ナショナリズムの暴力性もまた、数え上げられねばなるまい。

〔略〕

もう一度ここで山本友美に戻るなら、彼女に同人雑誌『河床』三十号に発表された「投稿癖」という作品がある。ある文学賞に応募した作品が次席の評価で、当選作にはならなかった。嘆き悲しむ山本友美に父親が「実はとうちゃんはずっと考えとることがある。おまえはどう解釈するかわからんが」と前置きして、「もう今の内容で書いてくれるな。(中略)耕之が韓国人ということを、もう書いてくれるな」というのである。娘が結婚して既に二十年もの時間が経過した頃の話である。夫は帰化した後で大学時代の恩師の配慮もあって、ある工業大学の教師の仕事に就いた。三人の息子たちもほぼ順調に成長を続けている。娘がそういうとにもかくにも一応の生活の安定を得た状況にあって、なおこの明治生まれの父親は「夫が韓国人ということを、もう書いてくれるな」というのである。これは読者の肺腑を抉ることばである。父親は娘の結婚に同意し、執拗に要求していた娘婿の日本への帰化も、苦悩を胸に鎮めた彼の決意のもとに実現し、孫の誕生・成長にも恵まれながらも、心の底では娘婿が韓国人に他ならぬ事実に拘り続けていたのであったろう。民族的エゴイズムが骨の髄まで深く染み込んだ差別者の一人で、自分自身があればこそ、この父親は「差別と偏見」の陰湿な暴力性をよく知っているのである。そこには、自分自身が家族全体を含めて被差別者の位置へと逆転する予感を払拭し得ない恐怖と不安があったにちがいない。この父親の恐怖と不安とは、「国家百年の暗がり」にこそ宿っている。それを「無理解」の父親とあっさり断罪することはできぬ。アンソロジーに寄せられた金敬淑「夢から覚めて」中の「時とは明日へと進むものなのに／時代はどんどん引き戻され／暴言は今、暴力となり／きっとそろそろ血まみれのチョゴリが／拉致被害者への生贄と称され／国家の許す事となるのだろうか」と記された不安のことばは、けして無根拠ではない。「時とは明日へと進むもの」ではあっても、条件さえそろえばそれが契機となって、歴史は「どんどん引き戻され」得るのである。

（『叙説』Ⅲ－06〔叙説舎編、花書院、二〇一一年四月一五日〕掲載分より抜粋）

あとがき

「ええねぇ、きれいじゃね。友美さんのなまえが出ているわぁね」
姑・山本ミネさんはこの本を手にしたら、きっとそう言って喜んでくれただろう。「おかあさん、いつか私が本を出してみんなが買ってくれたらね、その時はおかあさんとお祝いしよう」「楽しみじゃね、がんばりいねぇ」。こんな約束をミネさんと交わしていた。私の苦手な家事全般を、「友美さんは忙しいけね、することいっぱいじゃあね」と、黙々と手伝ってくれた。今、この本を真っ先に見せたいミネさんは、二〇一四年二月二日、空に昇ってしまった。

韓国人の姑、在日の家族に嫁いだ私、生まれた子供には韓国人の血が半分は入っている。このことが生きていく上でどういう意味を持つのか、私自身は開き直ることはあっても、身を小さくして生きることは一度もなかった。少なくとも家族はのびのびと今を生きている、と思っている。耕之との結婚によって拡がる人間関係、私自身が体験した諸々を書きたかった。

私がものを書くことを諦めずに続けてこられたのは、何度も何度も同じ文章を読んでくれ、批評してくれた、『河床』同人のおかげだ。一カ月に一度、「河の会」と名付けた勉強会で、互いの作品を合評したり、読書会をしたり、松原新一先生の指導の下、三十余年にも及ぶこの会がなければ、もしかしたら書くことを続けていなかったかもしれない。

松原先生は、二〇一三年八月十三日に帰らぬ人となられた。先生が私に残された言葉は、「好きな歌を歌えばよい」だった。この一冊に好きな歌を歌えたのかどうかは、自身まだわからない。

松原先生を通じて、詩人の金時鐘《キムシジョン》先生とも出会えた。大阪で行われた部落解放文学賞の授賞式の日、「私はこうじと同胞だということを誇りに思う」と、夫の肩を抱いておっしゃった、その熱い言葉が沁みた。身に余る序を頂戴し、夫と私の何よりの励みとしたい。

「中学生が読んでも理解できるような文章を書きなさい」。田島栄先生の言葉だ。東京、福岡と離れてはいても、常に励まし続けてくださった。支えられている、私は書き続けていいんだ、と自信を与えてくださった方だ。この度も玉稿をいただいた。

落ち込んだ時、「だから何よ、の精神で。友美なら大丈夫」とメールで励ましてくれる友。「あなたは忙しすぎるんだ、もっと落ち着いて」と叱咤激励する師の存在。「友美の本、一番に買うよ。楽しみにしとるよ」と受話器から長崎の同級生。名古屋や京都の先輩や、あちこちにいる青春時代を共にした朋友、教会の仲間たちの声援も、書いていく、生きていくための後押しとなる。
原稿の締め切りが迫っているのに、書けないと机に突っ伏している私に、「よかさ、また書かんね」と言う二男・俊就。部屋の中は散らかし放題、食事の支度もできていないのに、容認し続けてくれた息子たち。その心意気が何より私のバネとなっている。この本の表紙絵カットを描く長男・英世、三男・尚生は写真を寄せてくれた。後押しをしてくれる嫁たち。私の書いた作品を読んでいないという顔をしながら、実際は内容を把握しているらしい夫。もしかしたら、永遠に伴走者のあなたが一番この本の出版を心待ちにしているのかもしれない。

刊行にあたり、故松原新一先生の文章を抜粋再録したことを諒承願いたい。その著作権を快諾してくださった夫人・江頭春江さん、長男・江頭謙さん、転載データを快く提供してくださった花書院の仲西佳文さん、解放出版編集部の方々へ、素敵な装丁に仕上げてくださったdesign POOL（デザイン・プール）の北里俊明さん、田中智子さんに心よりお礼を申し上げる。

一冊の本を創る、わくわく感以上に、もっと推敲しなければ、もっと内容を吟味しなければ……、焦りの方が強かった。そんな私とともに、冷静に渾身の編集作業をしてくれる妹分の多田孝枝さん、そばで、ほっこりと見守ってくれる弟分の多田薫さん。
そして、幾度も久留米市まで足を運び、真摯に的確な編集・制作に徹し、上梓を叶えてくださった花乱社の別府大悟さん、宇野道子さんに心から深く感謝を申し上げたい。
この『また「サランへ」を歌おうね』は、そんな家族の、友人の、師の、重みの中から誕生した。「天国のとうさん、かあさん、みんなの支えで刊行できました」。ありがとう。私の道標としたい。

五年前に、私は母の島である高島の民宿「うりずん」を譲り受けた。これまで教会学校の子供たちや友人が島に集い、軍艦島に眠る母国の人々の御霊に祈りたいと、韓国の高校生たちが訪れた。この間、東日本大震災が起きた。一昨年からは夏休みに福島県の幼稚園児と父母たちを、復興ボランティア活動に携わる息子とともに受け入れている。これらの体験をもとに纏めたいと思う。
どうかこれからも付き合っていただきますよう。

二〇一四年三月

山本友美

山本友美（やまもと・ともみ）
1949年，長崎市生まれ。長崎県立長崎南高等学校在学中，文芸部に所属。1981年より松原新一氏主宰の「久留米文学教室」に入る。1994年より田島栄氏と親交を得て薫陶を受ける。同人誌『河床』編集・発行人。日本聖公会信徒。日本国際ギデオン協会会員。「父のなまえ」で第36回部落解放文学賞（記録文学部門）受賞。福岡県八女郡広川町在住。

また「サランへ」を歌《うた》おうね

❖

2014年6月1日　第1刷発行

❖

著　者　山本友美

発行者　別府大悟

発行所　合同会社花乱社
〒810-0073　福岡市中央区舞鶴1-6-13-405
電話 092(781)7550　FAX 092(781)7555

印刷所　シナノ書籍印刷株式会社

製本所　加藤製本株式会社

[定価はカバーに表示]

ISBN978-4-905327-33-2